Schwarzer Falter

Marc Kayser

Schwarzer FALTER

Tatort: Weststrand

HINSTORFF

Der Inhalt dieses Buches ist ein Produkt meiner Fantasie. Jede noch so winzige Ähnlichkeit mit lebenden oder verstorbenen Personen ist unbeabsichtigt und wäre rein spekulativ. Spekulationen sind irrational und führen demzufolge ins Nichts.

Die Erwähnungen der Marken und Produkte in diesem Buch dienen nicht etwa der Werbung. Sie illustrieren lediglich das persönliche Umfeld des Autoren und ihren normalen Gebrauch.

Für Loui.

Man muss es töten, um es loszuwerden. T. P.

Teil I

1 30. April, vor 25 Jahren

Die Sonne stand an diesem Abend schon tief über dem Meer und ihre Strahlen glitzerten wie Goldstaub auf den von einem kräftigen Wind aufgewühlten Wellen. Es war ein Licht wie gemacht für lange Schatten. Und so beeindruckte das schlanke, etwa 240 Meter lange Tragwerk der noch jungen Seebrücke nicht nur mit seiner Weite, die hinaus aufs Meer führte. Auch die Lichterspiele um die Pfeiler, Balken und Geländer mit ihren Spiegelungen im unruhigen Wasser waren hübsch anzusehen. Die gesamte Seebrücke war, bis auf den Laufsteg, aus festem Holz gebaut. Statt der typischen weißen Farbe maritimer Bauten, hatte sie nur einen farblosen Schutzanstrich erhalten. Sie war erst vor wenigen Wochen mit kleinstädtischem Pomp und unter Anwesenheit vieler Schaulustiger und Honoratioren für die Öffentlichkeit freigegeben worden. Jedes Teil war neu verschraubt und frisch gewachst. Rettungsringe hingen noch unbenutzt an ihrem Platz und das Brückenende zierte ein besonders massives Geländer aus Balken, die so stark schienen wie die Oberarme eines Karatekämpfers. Ihre Querverstrebungen waren allerdings sehr schmal geraten und machten den Eindruck, als haute sie der gleiche Kämpfer beim ersten Mal entzwei.

Es war der letzte Abend im April. Kaum jemand war unterwegs. Vielleicht, weil der 1. Mai auf einen Samstag fiel und daher unattraktiv für Arbeiter und Angestellte war oder weil niemand in diesen Tagen dem Frühling traute. So kurz nach den turbulenten Monaten der deutschen Wiedervereinigung hatten sich nur wenige Touristen in den spärlichen Quartieren entlang des Kühlungsborner Ost- und Weststrands eingebucht. Nur vereinzelt leuchteten in der Abenddämmerung die gelben Tupfer der Regencapes auf, die einen vor der Gischt schützten, die der scharfe Westwind in die Luft trieb. Es würde eine kühle Frühlingsnacht werden, wolkenlos mit Sternen, mit einem tosenden Meer und dem harten Rauschen eines unerbittlichen Windes.

Aus dem Schutz des Halbdunkels tauchte ein Motorrad auf, das ohne Licht fuhr und von dem beinahe kein Motorengeheul zu hören war. Die Geräusche des Meeres lagen über den Tönen der Stadt. Die Maschine schlich die angrenzende Straße zur Meerespromenade entlang, hielt in Sichtweite zur Brücke und wurde von ihrem Fahrer in eine der engen Parklücken direkt neben einen leeren Baucontainer gelotst. Er stieg vom Krad, spazierte mit seinem dunklen Anglerrucksack zur Brücke und schlenderte über die frischen Planken bis an ihr Ende.

Er entnahm dem Rucksack einen faltbaren Hocker, einen Schreibblatt großen Spiegel, einen simplen Handfeger, eine schmale Säge und eine *Thors Hammer*-Meeresangel mit Pilker und Rolle. Er steckte die Teleskoprute zusammen, warf Haken und Blei aufs Wasser hinaus und arretierte ihren

Schaft zwischen zwei Planken des Holzbodens. Dann ließ er sich auf dem Hocker nieder, platzierte den Spiegel so, dass er den Eingang zur Brücke im Visier hatte und fuhr leicht mit dem Daumen über das Blatt der Säge. Er schnalzte leise mit der Zunge und trieb das Werkzeug dann horizontal in die Querstreben des Geländers. Vorsichtig und mit ruhigen Bewegungen zerteilte er das Holz von oben nach unten, wobei er es nicht vollständig zerschnitt, damit es nicht auseinanderfiel. Währenddessen sah er immer wieder in den Spiegel, ob sich ihm irgendwer näherte. Doch die Luft war rein. Und so sollte es auch bleiben.

Nach nicht einmal einer Viertelstunde legte der Kradfahrer die Säge aus der Hand und säuberte mit dem Handfeger verräterische Holzspäne vom Brückenboden, verpackte Spiegel und Säge, holte die Rute ein, schob sie zusammen und verstaute alles wieder in seinem Rucksack.

Ruhig und ohne hektische Bewegungen spazierte er gemächlich über die Brücke zurück zu seinem Krad. Im Schatten des Baucontainers entledigte er sich mit einer schnellen Bewegung seines Rucksacks. Danach zog er seine schwarze Jacke, die schwarze Hose und die schwarzen Schuhe aus und warf sie in den Container. Barfuß, in Shorts und T-Shirt entriegelte er das Krad und schob es beinahe geräuschlos bis kurz vor den Brückenanfang. Er warf sich, fröstelnd und so dünn bekleidet wie er war, auf die Maschine und startete sie. Fast wie in Zeitlupe schlich das Motorrad über die 240 Meter lange Brücke und heulte dann an ihrem Ende laut auf. Mit einem schnellen Satz durchbrach sie mit ihrem Vorderrad und dem metallenen Schutzblech scheinbar mühelos die zuvor angesägten Querstreben des Brückengeländers. Maschine und Fahrer segelten, begleitet von zerborstenen Holzteilen, durch die Luft und stürzten ins gurgelnde Wasser.

Während das Krad versank, tauchte der Fahrer nach wenigen Sekunden wieder auf und drückte sich wie eine Amphibie mit kräftigen Beinstößen durchs Wasser. Nach wenigen Minuten erreichte er den Strand und schlich gebückt über den weichen Sand hinauf zur Uferpromenade.

Vorsichtig und das Dunkel suchend, erreichte der Motorradfahrer den Container, schlüpfte nass in seine Kleidung und verschwand schließlich zwischen den Bäumen des an die Strandstraße angrenzenden kleinen Parks.

2 Am nächsten, frühen Morgen

»Dort«, zeigte der Jogger auf die Spuren eines Reifens im Sand vor dem Zugang zur Kühlungsborner Seebrücke, »dort hat er sicher Anlauf genommen und ist dann hinübergerast.« Er war ein langer, dünner Mann mit Halbglatze, so an die sechzig oder darüber, trug lächerlich eng anliegende Thermohosen aus einer schwarzen Kunstfaser und ein graublau verwaschenes T-Shirt. Sein Schnurrbart hüpfte bei jedem Wort.

Die beiden Beamten der Polizeiwache Kühlungsborn blickten mit einer Mischung aus Skepsis und Unmut über die Brücke hinaus aufs Meer. Schließlich bückte sich einer von ihnen, begutachtete zuerst die deutlichen Reifenspuren im Sand, dann die schwarzen Ölflecken auf den Bohlen und sagte: »Teufel noch eins! Das muss ein Höllenritt gewesen sein.«

»Hab schon ein paar Leute gefragt, aber niemand will irgendwas gesehen oder gehört haben«, informierte ihn der Jogger.

»Wie sind Sie drauf gekommen?«, fragte ihn der zweite Polizist. Er trug einen grauen Vollbart und seine wenigen Haare waren schon sehr weiß. Seine Hände hatte er lässig in die Hosentaschen geschoben.

»Gehe frühmorgens immer laufen. Und als Krönung renne ich jetzt immer die neue Brücke rauf und wieder runter. Hab das Loch vorn am Schiffsanleger und die vielen zerstörten Holzteile gesehen.« Der Jogger machte ein besorgtes Gesicht.

Der Wind hatte in den frühen Morgenstunden an Kraft verloren, und so gingen die drei Männer gemächlich bis ans Ende der Brücke. Sie blickten unisono fassungslos auf die stattliche Bruchstelle in den oberarmdicken Holzverstrebungen. Sie tat sich vor ihnen auf wie das hungrige Maul eines Wales. Dort, wo der Ponton und die Eisendüker für die Schiffstaue im Wasser verankert waren, schwammen dünne, durchsichtige Ölschwaden auf der Wasseroberfläche, die in der Sonne bunt schillerten. Von den Holzsplittern und den zerschlagenen Resten des Brückenkopfes war nichts mehr zu sehen. Sie waren vom Wind und den Wellen davongetragen worden.

Die beiden Polizisten und der Jogger sahen mit konzentrierten Blicken auf die Wasseroberfläche.

»Siehst du was, Uwe?«, fragte der Beamte mit dem Vollbart seinen sehr viel jüngeren Kollegen. Uwe schien nicht älter als Mitte zwanzig zu sein und hatte noch das Gesicht eines Milchbubis, an dem die Zeit vorbeigegangen war. Doch beide trugen ihre Polizeimützen so schief auf dem Kopf wie Pariser Clochards ihre Schiebermützen.

»Nein, nichts«, antwortete er.

»Aber hier hat zweifellos eine Sache stattgefunden«, beharrte der Jogger. Sein Gesicht zeigte einen wichtigtuerischen Ausdruck. Er kratzte sich am Kinn und schaute ebenfalls auf das Wasser vor ihnen.

Die Polizisten nickten stumm.

»Von einem Fahrzeug keine Spur, von einem Fahrer keine Spur, nur gesplittertes Holz.«

»Das sehen wir, Kumpel«, brummte Uwe jetzt genervt. Er nahm seine Mütze ab, streichelte sich den dichten Haarschopf und wandte sich seinem Kollegen zu: »Machst du Meldung A 1?«

»Ja, ist ein Fall für die Taucher«, bekam er zur Antwort. Der ältere Polizist nickte eher abwesend als dienstbeflissen mit dem Kopf. Ihm schwante, dass es ein langer, nervenaufreibender Tag werden würde. Er hatte nur noch fünf Jahre bis zur Rente. Und Uwe würde ihn als Leiter der kleinen Kühlungsborner Wache sicher einmal ablösen. »Gehen wir in die Dienststelle«, sagte er.

»Ja, gehen wir«, antwortete Uwe, »aber vorher noch eine Currywurst. Musste ja heute das Frühstück stehen lassen. – Und Sie«, wandte er sich an den Mann mit den eng anliegenden Hosen aus Chemie, »halten sich für eine Zeugenaussage bereit. Ich benötige noch Ihre Daten.«

Der Jogger zog ein dünnes Portemonnaie unter seinem T-Shirt hervor, aus dem er seinen Personalausweis nestelte. Der jüngere Polizist notierte seinen Namen und Anschrift. Der Zeuge brummte noch irgendetwas, wackelte dabei eindrucksvoll mit seinem Schnauzbart und trabte dann davon.

Die dünne Beweislage hielt zwei weitere Tage. Schließlich fanden Beamte der Spurensicherung heraus, dass die schwarzen Flecken auf den Brückenplanken vom Öl eines Zweitaktmotors stammten. Polizeitaucher fischten beinahe zeitgleich ein Motorrad der Marke MZ 150 ohne Kennzeichen aus dem Meer. Vom Fahrer fehlte jede Spur. Nach drei weiteren Versuchen stellten die Taucher ihre Arbeit ein. Man nahm an, dass der Körper im Meer verschwunden war. Sie konnten nicht ahnen, dass die Ostsee an dieser Stelle auch in Zukunft ihr Geheimnis behalten und keine Leiche freigeben würde.

3 Polizeipräsidium Rostock, Zentrale, heute

Das Klingeln des Telefons riss den diensthabenden Beamten, einen älteren Herrn mit langen Koteletten und kurz geschorenem Haar, aus seinem Ruhemodus. Seine Halbbrille saß ihm schief auf der Nase. Er hatte es sich in seinem zerschlissenen Lederstuhl bequem gemacht, die Füße auf den Schreibtisch gelegt und stocherte mit einem Holzstäbchen in seinen Zähnen. Es war bislang ein friedlicher Vorabend zum 1. Mai gewesen, auch wenn in der Dienstbesprechung am Morgen vor spontanen Demonstrationen gegen die Flüchtlingspolitik der Regierung und vor möglichen Gefährdungssituationen durch vagabundierende Terroristen gewarnt worden war. Der Beamte versuchte gerade seinen hinteren Backenzahn zu malträtieren, als er dem unaufhörlichen Klingeln des Telefons nachgab und den Hörer abnahm.

»Polizeipräsidium Rostock. Wer ist am Apparat?« Der Polizist lauschte angestrengt. Die Miene seines Gesichts wirkte nun so angespannt wie die eines Richters vor einem Urteilsspruch. Er hörte nichts als ein Hintergrundrauschen, durchbrochen von einem merkwürdigen Pfeifen, das so ähnlich klang wie eine Polizeisirene. »Hallo?«, fragte er jetzt in barschem Ton. Er schwang seine Füße auf den Boden und setzte sich aufrecht in seinen Stuhl. Den weißen Telefonhörer hielt er eng an sein Ohr gepresst. »Hallo, wer ist denn dort?«, fragte er nochmals, die Stimme weiter erhoben.

»Ich möchte einen Mord melden«, sagte eine Stimme am anderen Ende. Sie klang fest, ihre Farbe ließ eher auf einen Mann als auf eine Frau schließen.

Die Augen des Beamten schnellten auf den Monitor vor sich. Die Sprachaufzeichnung und die Nachverfolgung des Anrufers liefen. Es würde allerdings mehr als dreißig Sekunden dauern, bis das Programm herausgefunden hatte, woher der Anruf kam. »Werden Sie mal konkreter!«, rief der Polizist in den Hörer. Er versuchte Zeit zu gewinnen. Seine Brille war ihm jetzt noch weiter die Nase heruntergerutscht.

»Es ist beinahe auf den Tag 25 Jahre her.« Es knackte mehrfach in der Leitung, technische Geräusche wie bei einer Stimmenüberlagerung waren zu hören. Außerdem glaubte der Beamte, weitere Stimmen im Hintergrund zu vernehmen. »Eine Frau, sie hieß Christine. Ich habe sie umgebracht. Mehr ist dazu nicht zu sagen. Vielleicht ein Tipp: Sie war, wie ich nie sein wollte …«

Die Verbindung wurde getrennt. Der Beamte sah mit fassungslosem Gesichtsausdruck erst auf seinen Hörer, dann auf das Holzstäbchen zwischen seinen Fingern. Es klebte ein winziger Speiserest daran. ›Sie war, wie ich nie sein wollte?‹, der Beamte zog seine Stirn kraus. Was sollte das heißen?

Das Programm auf seinem Monitor öffnete ein Fenster von der Größe einer Streichholzschachtel. Ein Kartenausschnitt mit einem Pfeil und ein schmales Textfeld wurden sichtbar. Gebannt starrte der Beamte auf die Nachricht: *Übertragung Datenleitung. Keine Verifizierung möglich.* Mit der Maus dirigierte er die Sprachaufzeichnung auf Anfang. Er dachte angestrengt nach.

»Scheiß Internet«, fluchte der Polizist, wuchtete sich aus seinem Stuhl und verließ das Zimmer. Er kam nicht weit. Das Telefon schrillte erneut. Der Beamte bellte ein »Ja?« in den Hörer. Ein wütender Autofahrer meldete sich, um sich darüber zu beschweren, dass die rechte Notfahrspur der Autobahn nach Rostock trotz eines Staus nicht freigegeben war.

»Verschwinden Sie aus meiner Leitung«, keifte der Beamte böse, »sonst schicke ich Ihnen eine Rechnung wegen Zeitverschwendung von Beamten.« Dessen Handynummer sah er, könnte sie sogar zurückverfolgen lassen.

Doch der mysteriöse Anrufer hingegen blieb im Dunkeln. Der Polizist eilte aus dem Raum. Der Mord, den der Unbekannte gestanden hatte, klang nach einem unheimlichen Vorgang, den er dringend melden und mit seinem Vorgesetzten besprechen musste.

4

Jede Nacht war anders, doch die Träume blieben gleich. Nur in winzigen Nuancen verändert kamen sie immer wieder über ihn. David Lux, ein leicht adipöser, recht großer Mann, lag im Bett seiner Wohnung in der Goethestraße im norddeutschen Städtchen Bad Doberan und träumte schwer. Sein schon silbrig scheinendes, blondes Haar schimmerte feucht von Schweiß. Die Flügel seiner auffallend gerade gewachsenen Nase hoben und senkten sich bei jedem seiner schnellen und unregelmäßig klingenden Atemzüge hektisch mit. Als er sich jetzt in seinem Bett auf die andere Seite warf, ächzten die Holzlatten unter der Matratze, als wäre es deren letzte Nacht. Heute träumte Lux von einer gefährlichen Gefängnismeuterei, die brutal und blutig ablief …

Er ist in einem Gefängnis für Schwerverbrecher inhaftiert. Er leidet wie auch seine Mitgefangenen unter schlechten hygienischen Bedingungen, sexuellen Übergriffen und Gewalt unter den Arretierten. Er lebt wie ein gefangenes Tier in einer miesen vergitterten Unterkunft, die aus nicht mehr, als einer Pritsche, einem harten Stuhl und einem von Holzwürmern zerfressenen Tisch besteht.

Und dann fallen sie über einen Gefängniswärter her. Lux mittendrin. Erst schlagen die Häftlinge dem Mann mit Fäusten ins Gesicht, dann haut ihm einer das stumpfe Ende eines Beils über den Kopf. Zwei weitere Gefangene stürzen sich auf einen anderen Wärter, schleppen ihn in das vergitterte Dienstzimmer, das die Justizangestellten kurz zuvor verlassen hatten, um die auf den Gängen lungernden Gefangenen für die Nacht wegzusperren. Ein dritter Beamter, ältlich und schmächtig, kann nur noch einen Notruf absetzen, dann fallen Lux und Kumpane auch über ihn her. Mit Messern, die sie im Dienstzimmer der Wachmänner finden, zerschneiden sie ihren Opfern Gesichter und Rücken. Dann reißen sie den blutenden Wärtern die Kleider vom Oberkörper und schleppen sie vor das Gefängnistor. Dort drohen sie, die Männer zu erstechen, falls ihnen nicht geöffnet und ein Fluchtauto bereitgestellt werde.

Die Meuterei wird nach Stunden von einem Sondereinsatzkommando der Polizei beendet. Als die Streifenwagen abgefahren sind, bleibt eine abgeschlagene Hand auf dem Asphalt vor dem Gefängnis liegen. Sie spiegelt sich in den Pfützen der Straße.

5

Der Mann erwachte, setzte sich mit einem Ruck auf und sah benommen von diesem Albtraum, der wie ein schweres Unwetter über ihn gekommen war, auf die Bettdecke vor sich. Er wirkte abwesend, stark verschwitzt und atmete schwer. Strähnen seiner Haare klebten an der schweißnassen Stirn. Sein Mund war trocken, seine Hände kalt wie Eis. Er sprach mit sich selbst, er monologisierte darüber, was es mal wieder gewesen war, das da an ihm zerrte, während seine Augen geschlossen waren. Wer war er, während er träumte? War er es, der da schlief oder war es nur seine Hülle? Und wo wäre seine Seele dann, wenn nicht in seinem Körper in diesem verdammten Bett? Er stellte sich vor, dass sie nachts um die Häuser schlich. Immer auf der Suche nach einem Ereignis, das dem Alltag Farbe verlieh. Die Nacht zuvor hatte er gefesselt im Zentrum eines Feuerkreises gelegen, aus dem es kein Entrinnen gab. Vor einer Woche war er im Schlaf durch ein Weizenfeld gerannt, doch er kam nirgends an. Und immer wieder berührten ihn die Hände fremder Menschen, die ihn drückten, nach ihm griffen, ihn packten, an sich zogen, liebkosten und wieder von sich stießen – doch sie hatten keine Gesichter. Zumeist wachte er erst am Morgen auf und konnte sich nur noch vage an seine Träume erinnern, die ihm wie Horrorfilme erschienen.

Doch heute war es noch finster vor seinen Fenstern. Lux hatte gerade mal zwei Stunden geschlafen. Es war 2:35 Uhr. Er torkelte schlaftrunken in sein Bad, entzündete wegen einer defekten Glühlampe eine Kerze, öffnete das Kippfenster einen Spalt und sah im Spiegel ein verzerrtes Gesicht, in dem noch immer die Furcht stand. Falten, wie von einem Messer gezogen, hatten auf seiner Stirn und den Wangen die Vergangenheit für immer dokumentiert. »Schnaps wär jetzt nicht schlecht«, murmelte er und sah seine Mundwinkel zittern. In der Küche griff er nach einer Flasche Irish Whiskey. Er bediente sich ohne Glas.

Vor dem Fenster tauchte ein fahles Mondlicht die Straße in kalte Grautöne. Der Himmel war fast wolkenlos und voller glitzernder Sterne. Doch das imposante, stille Leuchten hatte eine mächtige Begleitung. Starker Wind aus West durchwühlte die Kronen der Bäume auf dem Hof vor seinem Haus, einer alten Villa, die sich Lux mit zwei weiteren Parteien teilte.

Es war inzwischen drei Uhr am Morgen. Lux ließ sich in einen der zwei Clubsessel fallen, die er vor Jahren von einer alten Tante geerbt hatte. Ihm gefiel, dass das Leder noch immer so frisch war, als sei es erst kürzlich aufgezogen worden. Lux pflegte die Dinge, die ihn umgaben, mehr noch: Er war ein Ordnungspedant, der sofort beseitigte, was ihm als Störung vorkam.

Plötzlich krachte etwas gegen das Fenster seines Wohnzimmers. Er zuckte zusammen. Dann sprang er wie eine Stahlfeder aus seinem Sessel hoch und sah angestrengt durch die Scheiben nach außen. Vielleicht ein Ast, der wegen des starken Windes vom Baum gebrochen war? Aber da war nichts, außer im Wind schaukelnde Wipfel und ein

Mond, von dem nur noch ein kleiner Rest durch eine einsame Wolke ragte.

Lux wollte sich soeben abwenden, als er das Licht einer Taschenlampe aufblitzen sah. Er öffnete das Fenster. Die kühle Nachtluft, die ihm entgegenschlug, machte seinen Atem kalt. Fröstelnd spähte er über den Hof, doch der Mond war nicht hell genug, als dass aus dem Geräusch auch Bilder wurden. Er verharrte einen weiteren Moment, schloss aber dann, noch immer leicht benommen, das Fenster, knipste die Lichter in

seiner Küche aus, durchquerte seine Wohnung, warf sich in seinem Schlafzimmer aufs Bett und verschränkte die Arme hinter dem Kopf. Der Schweiß auf seiner Stirn war getrocknet, sein Atem klang wieder gleichmäßig und ruhig. Die Whiskeyflasche blieb neben einem der Sessel stehen und im Bad tanzten Mücken im Schein der Kerze. Er hatte vergessen, sie zu löschen.

Der Mond stand jetzt wieder strahlend am Himmel. Sein Licht spiegelte sich auf dem nassen Asphalt vor dem Haus. Er beleuchtete eine große, offenbar weibliche Person, die nicht weit von hier auf der gegenüberliegenden Straßenseite stand und zu den Fenstern von Lux emporblickte. Ihren auffälligen Ohrschmuck sah man nicht.

Als Lux neuerlich erwachte, war es kurz nach zehn Uhr am nächsten Morgen. Wegen seines unruhigen Schlafs wirkte sein Gesicht gerade mal so frisch wie ein fünf Tage altes Salatblatt. Noch immer missgestimmt von dem turbulenten Traum der Nacht, schlug er mit zu viel Kraft vier Eier in die Pfanne, wovon ihm zwei zuvor in der Hand zerbrachen. Fluchend gab er Milch dazu, würzte die breiige Masse mit Salz, Pfeffer und Thymian und gabelte das Gemisch nach
der Garung direkt aus der Pfanne auf. Später duschte er, rasierte sich und wählte aus seinem Kleiderschrank ein weiß-blau gestreiftes Hemd, Jeans und ein Sakko, dazu graue Strümpfe und schwarze Schuhe, die an den Hacken leicht abgetreten waren. Die Espressomaschine gurgelte, während ihm Spiegel Online auf seinem Laptop die frischesten Nachrichten zeigte, die sich nun schon seit Monaten mit dem Ansturm von Kriegs- und Balkanflüchtlingen und ihrer Eingliederung nach Deutschland und Europa sowie den Terroranschlägen in Westeuropa beschäftigten. Lux atmete diese Meldungen oberflächlich und mit einer gewissen Abwehr ein, wie es Millionen anderer Menschen möglicherweise auch taten, weil in der Flut der Meldungen das gleiche Chaos herrschte wie unter den Flüchtlingen, freiwilligen Helfern und Sicherheitsbehörden. Und Chaos machte in einer Welt voller Nachrichten die Menschen erst neugierig, dann wütend und schließlich gleichgültig.

Mit einem Espresso in der Hand stellte er sich an ein geöffnetes Fenster und sah von seiner Position im ersten Stock hinunter auf die Straße. Es war ein friedlicher und heller Vormittag, ein freundlicher Bote des angebrochenen Frühlings. Auf der Fensterbank neben ihm lag eine Fernbedienung. Er drückte auf einen Knopf. Die Musik setzte irgendwo in der Mitte eines Liedes ein, das er am Tag zuvor gehört hatte. Eine kraftvolle Ballade von Bob Dylan: *Like A Rolling Stone*.

Lux lebte in einer Eigentumswohnung mit hohen Decken, schönen Holzfußböden und restaurierten Kastenfenstern, vor denen eine schmale, beinahe die gesamte Wohnung umlaufende Terrasse angebaut war. Sie war zur Straße hin ausgerichtet, sodass er von ihr aus einen weiten Blick in das Zentrum von Bad Doberan und zur anderen Richtung nach Heiligendamm hatte. Unweit der alten Villa verliefen die Gleise einer Schmalspurbahn, die alle hier nur Molli nannten. Seine Wohnung hatte er nach mehr als zehn Jahren der Verschuldung abbezahlt, ihre Einrichtung seither kaum verändert. Lux lebte in einer Möbelmischung aus modern und vintage. Die Sessel und das Sofa waren zwar alt, aber gut erhalten; auffällig der große, alte Esstisch aus hellem Eichenholz, an den sechs Stühle passten und der einmal im Besitz eines Bauern gewesen war, der seine Landidylle vor Jahren gegen eine Stadtwohnung eingetauscht hatte. Auch die Bücherregale und ein imposantes Schreibtischungetüm, das in seiner Länge zwei und in der Breite eineinhalb Meter maß, hatte er aus der bäuerlichen Haushaltsauflösung übernommen und restaurieren lassen.

Fast wie ein Fremdkörper stach seine Musikanlage aus dem wilden Stilmix heraus, die mit ihrem Internetempfang, USB-Anschlüssen für einen iPod und der Festplatte für die Speicherung von Musik der letzte Schrei war. Auch die Küchengeräte, Kühlschrank, Backofen und Mikrowelle waren nicht mehr von gestern. Lux telefonierte und schrieb Nachrichten mit einem iPhone der neuesten Generation, hatte aber seinen Fernseher schon vor Jahren abgeschafft. Dort, wo ein Flachbildschirm hingepasst hätte, prangte stattdessen ein riesiger Spiegel, der das Licht des Hofes, die Bäume und die Farbe des Himmels wiedergab und so die Wohnung optisch reichlich illustrierte. Sämtliche Wände waren in der Farbe von hellem Sand gestrichen und nicht tapeziert. Die Küche hatte Lux in den Wohnraum integrieren lassen, das Schlafzimmer wirkte eng und schmal, das Arbeitszimmer hingegen war großzügig geschnitten. Es wurde von einer Unzahl an Büchern und eben jenem Schreibtisch dominiert, auf dem sich ein Apple-Rechner seinen Platz mit einer ziemlich unübersichtlichen Anzahl an Zeitschriften, Magazinen und Papieren teilen musste.

Lux hatte, außer in seinem Arbeitszimmer und neben dem Esstisch, keine Fotos an den Wänden hängen. Jene, auf denen er aß, trank und mit seinen Gästen redete, zeigten ihn in sehr persönlichen Posen. Der junge David als Teenager mit langen, blonden Haaren, nur spärlich bekleidet am Strand von Heiligendamm. Daneben Fotos von Ausflügen mit Freunden ans Meer, mit seinen Eltern im Urlaub, mit einer Freundin beim Angeln. Andere Abbildungen zeigten ihn zum Beispiel mit einer Urkunde, auf der das Wort *Diplom* zu erkennen war, Lux im Anzug als frisch gebackener Absolvent der Uni, oder als Journalistenschüler. Auf diesen Bildern zog er oft ein Gesicht, als sei der Ernst des Lebens ein böses Tier. Ein Foto stach besonders heraus: Zu sehen war Lux als Mann von Mitte dreißig oder kurz darüber mit einem Anstellungsvertrag eines Hamburger Medienhauses in den Händen. Hier war er nach 1990 als Polizeireporter bei einer auflagenstarken Zeitung untergekommen, die eine Redaktion in Rostock betrieb. Ihre Nachrichten, Berichte und Reportagen entnahm sie dem bunten Boulevard des Lebens und genau dorthin platzierte sie diese auch wieder.

Andere Fotos, auf denen er mit Freundinnen zu sehen war, hatten ihre letzte Ruhe in den Schubladen einer klobigen Anrichte gefunden, die zu nichts anderem taugte, als nur schwer und braun ein Stück Wand zu verdecken. Es war die Art, mit der sich Lux gegen seine intime Vergangenheit wehrte, vor allem wenn er als Verlierer aus dem Rennen um Zuneigung und Liebe gegangen war. Und von solchen Ereignissen hatte es einige gegeben. Seiner Ansicht nach war es besser, sich die daran beteiligten Gesichter nicht wieder als Fotogalerie ins Gedächtnis zurückzurufen. Einen eher lieblosen Platz, nämlich an der rückwärtigen Seite der Wohnzimmertür, hatte ein respektabel großer Jahreskalender, der im Vergleich zu seiner aktiven Reporterzeit nur noch mit einem Bruchteil der Menge an Terminen und Hinweisen vollgeschrieben war. Allerdings signalisierte ein fetter roter Punkt, wie in den Jahren zuvor auch, dass er am 24. Mai Geburtstag haben würde. Wenn er gesund blieb und niemand nach seinem Leben trachtete, würde er dann 66 Jahre alt werden. Das war in etwas mehr als drei Wochen. An diesem 24. Mai würde er auch auf den Tag genau ein Jahr lang Pensionär sein. David Lux, Polizeireporter außer Dienst.

Ein anderer Termin war mit einem blauen Punkt und der Ortsangabe *Hamburg* markiert. Das war heute.

Lux stellte seine Espressotasse in den Geschirrspüler, wischte sorgsam den Ausguss seiner Küche trocken, trennte die Kaffeemaschine vom Strom und wusch sich dann die Hände. Er sah auf die Uhr. Zeit, sich auf den Weg zu machen. Er griff nach seiner schmalen abgewetzten Ledertasche, die ihm schon seit Jahren ein verlässlicher Begleiter war, blickte sich nochmals kurz in seiner Wohnung um und verschloss dann die Wohnungstür.

Auf der Straße vor dem Haus begegnete er seiner Nachbarin. Obwohl sie beide schon sehr lange Tür an Tür wohnten, kannte er noch immer nicht ihren Namen. Und so murmelte er etwas von einem »Schönen Tag!« und schob sich dann schnell an ihr vorbei. Sie war eine Frau von Mitte 50 oder kurz darüber, mit blonden, hübsch frisierten Haaren, Grübchen in den Wangen und einem gepflegten Teint. »Regnen soll's«, hörte er sie noch zu einem ihm unbekannten, älteren Herrn sagen, der so dicht vor ihr stand, als wäre er ihr sehr vertraut. Mit ihren Worten im Ohr und der kurzen Überlegung, wer der Mann wohl gewesen sei, entriegelte er sein Cabriolet, plumpste auf den Sitz und brauste davon.

Der Wind, der durch sein geöffnetes Fahrerfenster kam, verwirbelte ihm das Haar. Die Luft war mild und klar und die noch junge Maisonne zeigte bereits Muskeln. Sein Mobiltelefon gab einen Laut von sich. Eine Nachricht: *Treffen 16 Uhr im Café Leander. Bis später.* Lux lächelte zufrieden in sich hinein. Er mochte Verlässlichkeit. Wenn Lux zu seiner Verabredung mit einem Redakteur des Stern am Hamburger Baumwall wollte, musste er von der A 1 aus Lübeck kommend, durch die Innenstadt fahren.

Das drohende Unheil kündigte sich schon wenige Kilometer hinter der Autobahnabfahrt an. Er hatte kaum den Stadtteil St. Georg erreicht, als er die massive Polizeipräsenz bemerkte. Er schaltete das Radio an – und landete inmitten einer Live-Reportage über Ausschreitungen in der Innenstadt. Der Maifeiertag war auch in Hamburg der Tag der Demonstrationen. Aber für Arbeit, Gerechtigkeit oder gute Löhne ging auch hier in diesem Jahr niemand auf die Straße. Vielmehr trieb die Menschen die Flüchtlingspolitik der Regierung und die Wanderungsbewegungen von Millionen Menschen aus der Dritten in die Erste Welt um. Der überwiegende Teil der Demonstranten enthüllte auf Plakaten und Transparenten Wortkaskaden der Solidarität und der Hilfegefühle für die Asylsuchenden. Für Nervosität sorgten bei Polizei und Staatsschutz Provokateure, die eine angebliche Überfremdung Deutschlands durch die nicht enden wollenden Flüchtlingsströme aus den Kriegsgebieten in Syrien, Afghanistan und Somalia fürchteten und mit markigen Parolen deren Abschiebung forderten. Lux sah

Transparente mit der Aufschrift *Deutschland erwache!* und *Schiebt die Bundeskanzlerin endlich ab.* Molotow-Cocktails flogen, und nur ein paar hundert Meter weiter hatte die Polizei das Hamburger Rathaus, den Fischmarkt und die Hafencity abgeriegelt. Vor dem SPIEGEL-Hochhaus stand eine Hundertschaft schwer bewaffneter Beamter. Sondereinsatzwagen johlten mit Blaulicht durch die Straßen, zwei Wasserwerfer bezogen Stellung.

Lux zuckelte wegen diverser Vollsperrungen ganzer Straßenzüge von einem Umweg zum anderen und hoffte, dass der Spuk am Nachmittag, wenn er Hamburg wieder in Richtung Rostock verlassen würde, vorbei war.

7

Zur selben Zeit saß ein Mann mit dunklem, kurzen Haar, dunklen Augen, weich geschnittenem Gesicht mit kräftigem Bartwuchs und auffällig schmalen, kleinen Händen vor einem Spiegel im Zimmer eines Hamburger Hotels. Augen- und Stirnpartie wirkten stark umschattet und müde, als habe er viel gefeiert, aber wenig geschlafen. In seinem rechten Ohr steckte ein auffällig türkisfarben leuchtender Schmuckstein mit einem Muster wie auf einem Leopardenfell von der Größe eines Ein-Cent-Stücks.

Auch er hörte durch die Fenster seiner Herberge die grellen Geräusche der Demonstranten und die schrillen Warntöne der Polizeisirenen, warf einen kurzen Blick aus dem Fenster, wandte sich aber scheinbar desinteressiert wieder ab. Heute würde er abreisen. Er war bereits am Freitagabend hier im Alsterhotel Heidehof untergekommen, das sich wegen seiner Küche und den passablen Zimmern einen guten Ruf erworben hatte. Mit ein bisschen Fortune erwischte man einen Tag, an dem die wenigen Zimmer mit Blick auf die Binnenalster noch nicht vergeben waren. Die Möblierung war zeitlos und mutmaßlich des besseren Rechnens wegen funktional eingerichtet. Doppelbett, Flachbildschirm, Telefon, Tisch, Schrank und Internetzugang. Das Bad verführte nicht zu Wellness, aber immerhin zur behaglichen Dusche.

Der Mann war als Heilpraktiker auf eine Veranstaltung kanadischer Sportärzte eingeladen gewesen, die vorgeblich neue Therapien für Reha-Patienten mit gebrochenen Fußgelenken vortragen wollten. Aber am Gesellschaftsabend, der nun mittlerweile zwei Tage zurücklag, fuhren die Ärzte zu seinem Ende hin ein gänzlich anderes Programm auf. Angefangen hatte es ganz harmlos. Es gab die üblichen Fachplänkeleien über physiotherapeutische Methoden und psychotherapeutische Gespräche, gefolgt von einem Drei-Gänge-Menü und einer Menge Bier und Weißwein. Doch dann überraschten die Kanadier ihre dreißig Seminarteilnehmer mit einem therapeutischen Drogenexperiment. Unter Mithilfe des Psychedelikums 2 C-E mit Namen Aquarust sollten alle Heilpraktiker eine sogenannte Psycholyse, eine Art drogenunterstützte Bewusstseinserweiterung, erreichen. Die Substanz zeigte augenblicklich Wirkung. Der Abend eskalierte zu einer Massenhysterie. Jeder aus der Gruppe torkelte, fiel um, halluzinierte. Litt unter schweren Wahnvorstellungen, Krämpfen, Schmerzen, Luftnot und Herzrasen. Auch der Mann, der vor dem Spiegel in seinem Hamburger Hotel saß, hatte vor dem starken Halluzinogen kapituliert. Zwar war es nicht sein erster Trip gewesen, den er auf diese Weise erlebte, es war jedoch der heftigste. Nur mit Mühe und unter erheblichem physischen Einsatz hatte er sich zurück in sein Hotel geschleppt.

Was aus den anderen Seminarteilnehmern wurde, erfuhr er erst aus den Zeitungen des nächsten Tages. Die Hamburger Presse überschlug sich vor diffusen Vermutungen darüber, welchen Grund es für die Drogenorgie gegeben haben könnte. Es war die Rede von medizinischen Einsatzkräften, die in buchstäblich letzter Minute einige der vergifteten

Teilnehmer aus einer Lebensgefahr retteten. Einig schienen sich die Journalisten darüber zu sein, dass Sex nicht im Spiel war, wobei ein Redakteur der taz Hamburg daran erinnerte, dass es in den frühen 1970er-Jahren Exzesse ähnlicher Couleur gegeben habe und dabei *jeder über jeden hergefallen* sei.

Der Mann fand das amüsant.

Er riss sich den betreffenden Artikel aus und verstaute ihn in seiner Aktentasche. Er las weiter, dass die Veranstaltung ein juristisches Nachspiel sowohl für die Kanadier als auch für die Seminarteilnehmer haben würde. Doch den Mann kümmerte das wenig. Bevor ihn die Polizei oder Rettungssanitäter namentlich identifizieren konnten, hatte er, wenn auch gefährlich betäubt, aus dem Tagungszentrum entwischen können.

Er sah auf die Uhr. In weniger als zwei Stunden würde er am Hamburger Hauptbahnhof von einem Mann in dessen Auto nach Rostock mitgenommen werden. Das Handy des Heilpraktikers surrte. »Ah du«, sprach der Mann in den Hörer, »wie ist es gelaufen? Haben sie dich gekriegt?« Er lauschte auf die Worte in seinem Telefon. »Oh Gott ja, streite alles ab. Sag, du wurdest dazu gezwungen.« Der Mann tippte mit einem Finger auf die Tischoberfläche. »Nein. Mir geht es wieder ganz gut. Ich kenne das Zeug ja aus meiner Zeit in Melbourne. Da habe ich es aber besser vertragen. Aber da war ich auch noch sehr viel jünger. Sag mal, wann fährst du ab?« Er hörte zu. »Dann sehen wir uns nicht mehr«, sprach er in den Hörer. »Ich werde bald mit zurück nach Rostock genommen. Ich melde mich später mal wieder. Mach's gut.«

Er verstaute sein Handy, trat an das Hotelfenster und blickte hinunter auf die Straße, auf der sich ein Demonstrationszug entlangbewegte. Er hörte das grelle Trillern von Pfeifen. Der Mann verzog angewidert sein Gesicht. Er griff nach einem Ordner mit Papieren und verstaute ihn in seinem Rollkoffer. Mit einem letzten Blick zurück verließ er das Hotelzimmer und hinterließ eine Wolke aus Parfüm. Sie hatte eine Note aus Sandelholz und Zitrone.

8

Nur mit Mühe und einigen Umwegen hatte Lux es geschafft, den vereinbarten Treffpunkt zu erreichen, einigermaßen pünktlich zu sein und an dem Tisch Platz zu nehmen, den er mit seinem Mitfahrer vorher verabredet hatte. Der Mann, der soeben das Lokal betrat, sah sich zunächst etwas unsicher um, steuerte dann auf Lux zu, der augenscheinlich lustlos in einer Illustrierten blätterte.

Der sah zu dem Mann auf. »Draußen ist der Teufel los«, brummte Lux.

»Ja, man sieht und hört es. Ich bin Steve, Ihr Mitfahrer.« Steve blies sich theatralisch eine Strähne aus der Stirn.

Lux' Augen blieben auf dessen türkisfarbenem Ohrstecker mit dem Leopardenmotiv hängen. »Gut, Steve. Lassen Sie uns fahren.«

Wegen der Demonstrationen staute sich der Verkehr dicht an dicht.

»Bis wohin soll ich Sie bringen?«, fragte Lux, als sie im Cabriolet saßen. Er kratzte sich mit einem Finger an der Nase. Das Parfüm von Steve war für ihn ungewohnt. Er sah jetzt verdrießlich auf die Straße und die Autoschlangen vor sich. Er mochte es nicht, wenn Männer aufdringlicher rochen als Frauen. Und er mochte Staus nicht. In der Stadt nicht, auf dem Land nicht, nirgendwo. Seine Stimmung war sowieso nicht gut. Wegen der schlechten Ertragslage des Medienhauses Gruner + Jahr hatte der Verlag ausgerechnet jenen Zeitschriftentitel eingestellt, für den er seit wenigen Monaten als Kolumnist tätig gewesen war. Unter dem Titel *Ein Lux packt zu* hatte er berühmte Kriminalfälle der Vergangenheit nacherzählt und ihre Aufklärung mit seinem Fachwissen kommentiert. Doch heute war er unerwartet entlassen worden – und mit ihm mehr als dreißig weitere Redakteure.

»Wenn Sie mich in Rostock am Hauptbahnhof aussteigen lassen …«, riss ihn Steve aus seinen Gedanken. Steve bemühte sich, seiner Stimme einen festen Klang zu geben. Er wusste, dass sie nicht tief und bärig-männlich klang, eher wie die Stimme eines pubertierenden Jungen. »Ich fahre dann weiter nach Kühlungsborn.«

Obwohl Lux seinen Mitfahrer nach Bad Doberan hätte mitnehmen können, der Weg von dort nach Kühlungsborn war sehr viel näher, bot er ihm das nicht an. Steve gefiel ihm nicht. Es war aber nur ein sehr fernes Gefühl, aber immerhin doch so stark, dass er stattdessen rau fragte: »Haben Sie das Geld passend? Sonst halten wir an einer Tankstelle.« Es würde zwölf Euro kosten, die sich sein Mitfahrer aber offenbar bereits zurechtgelegt hatte.

»Nicht nötig. Passt bei mir«, sagte der mit gleichgültiger Stimme.

Lux hielt jetzt seinen Kopf so, dass er sowohl den Verkehr, als auch Steve im Blick hatte. Ihm fielen dessen lange, gebogene Wimpern und der feminine Gesichtsschnitt auf. Eigentlich hatte er keine Lust auf Smalltalk, andererseits wäre es höflich, wenigstens ein paar Worte miteinander zu wechseln. Immerhin würden sie beinahe zwei Stunden unterwegs sein. Wenn er nur nicht in so mieser Stimmung wäre. Er entschloss sich zu einer guten Miene, denn schließlich konnte sein Gegenüber nicht wissen, dass er, Lux, vor gerade einmal zwei Stunden als Autor abserviert worden war. »Was haben Sie in Hamburg gemacht, wenn ich fragen darf?« Lux mühte sich um einen herzlichen Tonfall.

»Eine Weiterbildung für Heilpraktiker«, antwortete Steve. »Es war – interessant.« Sein Tonfall klang verschlagen.

Lux entging die unüberhörbare Unaufrichtigkeit seines Mitfahrers nicht. Er schwieg einen Moment. Dann sagte er: »Ich las heute morgen von einer Drogenorgie einer Truppe von wild gewordenen Heilpraktikern. Da waren Sie aber sicher nicht dabei, oder?«

Der suggestive Unterton stimulierte Steve zu einer beinahe ehrlichen Antwort: »Vor Ihnen sitzt der lebende Beweis, dass Amphetamine trockenen Therapien viel Würze verleihen können.«

Unisono fingen beide an zu lachen, doch Lux wechselte das Thema. »Ich bin raus aus dem alltäglichen Berufskram, man hat mich in Rente geschickt. Ich bilde mich jetzt mit Whiskey und meinem Fernseher weiter.« Das war nur die halbe Wahrheit. Ihm ging seine frühere Arbeit als Polizeireporter so wenig aus dem Kopf wie einem Bienenzüchter der Honig. Er war geradezu versessen darauf, tagtäglich bei seiner früheren Sekretärin anzurufen, um zu erfahren, was es aus dem Ressort *Stadtkriminalität* Neues zu berichten gab.

»Das tut mir leid. Allerdings klingt Ihre neue Beschäftigung auch nicht uncharmant. Whiskey und Fernseher als neue beste Kollegen? Warum nicht?« Steve ordnete seine Beine neu.

Lux griente, brummte irgendwas, schaltete in den nächsten Gang und fluchte leise. Der stockende Verkehr ging ihm auf die Nerven.

Steve schielte aus den Augenwinkeln zu Lux hinüber. Alt war der Reporter geworden, dachte er. Als er ihm das letzte Mal begegnet war, hatte Lux noch volles Haar und kaum Falten im Gesicht. Aber Lux schien ihn nicht erkannt zu haben. Auch wenn er einen sympathischen Eindruck machte, dachte Steve, so hatte er dennoch mit ihm abzurechnen. Doch er durfte nichts überstürzen, durfte nicht riskieren, dass Lux ihn vielleicht doch erkannte und sich fragte, was er, Steve, in seinem Auto verloren hatte. Er musste ihn in ein Gespräch verwickeln, um herauszufinden, wie Lux über eine bestimmte Sache dachte. Aber eigentlich war es egal. Früher oder später würde Lux für seine Schandtat büßen müssen.

»Ich beneide Sie«, unterbrach Steve die Stille. »Sie können sich entspannt zurücklehnen. Ich hingegen mache gute Miene zu einem Job, der mich derzeit nicht befriedigt.«

Lux sah verstohlen zu ihm hinüber. Sein Mitfahrer machte jetzt einen ehrlichen Eindruck. Aber wollte er ein Gespräch über etwas, was ihn nicht interessierte? Andererseits lagen noch gut 150 Kilometer vor ihnen. »Nichts füllt einen ewig aus«, brummte er.

»Kann ja sein, aber hätten Sie Spaß daran, Tag für Tag Gliedmaßen zu mobilisieren oder sich mit anderen Physiotraumata zu beschäftigen? Ich träume eher …«

»… Träume«, unterbrach ihn David Lux in spöttischem Tonfall. »Wer in seinem Job von etwas träumt, soll zum Arzt gehen.«

»So kann man es natürlich auch sehen«, sagte Steve und lächelte fein. »Aber wer sich nur der Routine hingibt, landet irgendwann auch beim Psychologen. Oder?«

Lux bremste kurz scharf. Steve wippte in Richtung Frontscheibe. Beinahe wären sie beim Umschalten der Ampel von gelb auf rot noch über die Kreuzung gebrettert. »Sorry«, murmelte Lux.

»Gut gemacht.« Steve blickte anerkennend zu ihm hinüber.

»Und welche Alternativen zur Langeweile haben Sie?«, fragte Lux nach einem Moment.

»Ich träume von einer Spezialisierung auf Menschen, die ein neues Leben beginnen wollen. Meinetwegen auch nach schweren Operationen.«

»Klingt vage, was meinen Sie genau?«

»Jenseits von konventionellen Operationen bei Knochenbrüchen oder kaputten Gelenken und Bändern gibt es eine Vielzahl anderer Eingriffe. Nehmen Sie Krebsoperationen, Geschlechtsangleichungen, et cetera.«

»Geschlechtsangleichungen?«, fragte Lux, als habe er sich verhört.

»Ja, Geschlechtsangleichungen. Es gibt mehr als sie glauben.«

»Und was hat ein Heilpraktiker damit zu tun?«

»Heilpraktiker arbeiten auch psychotherapeutisch.« Steve machte eine kurze Pause, Lux sah auf den Verkehr vor sich. Ihn interessierte das Gespräch nicht. Er schnaufte leise vor sich hin. Steve nahm keine Notiz davon. »Ist es nicht viel spannender«, nahm Steve den Faden wieder auf, »als Therapeut einen Mann vor sich zu haben, der im Körper einer Frau steckte, oder eine Frau, die im Körper eines Mannes unglücklich war? Die Gesellschaft steht diesem Phänomen heute viel offener gegenüber, als das früher der Fall war.«

Lux macht ein griesgrämiges Gesicht. Wie konnte er den Mann neben sich nur davon abhalten, mit ihm weiter über Geschlechtsumwandlungen und Menschen, die im falschen Körper steckten, zu reden? Das waren Themen, mit denen er weder etwas am Hut noch sich jemals ernsthaft beschäftigt hatte. Gehört und gelesen hatte er davon, aber immer mit dem Anspruch eines soliden Desinteresses. Er schaltete vom vierten in den fünften Gang, seine Hand rutschte dabei seitlich an das Knie seines Beifahrers. Er tat seinem Mitfahrer jetzt den Gefallen, nachzufragen: »Was und wer genau sind diese Leute, die ihr Geschlecht wechseln wollen? Was suchen sie, was wollen sie, wie leben sie?«

Vor ihnen wies ein mächtiger Wegweiser auf die nahe liegende A 20 hin, die nach Rostock und Stettin führte. Sie ließen im Moment Lübeck hinter sich. Es waren noch 120 Kilometer.

»Menschen wie du und ich«, sagte Steve.

»Wie ich? Bestimmt nicht …«, warf Lux ein.

»Darf ich ausführlicher werden?«, fragte Steve.

»Wenn es sein muss?« Lux verbarg sein Desinteresse nur unzureichend, doch Steve scherte sich nicht darum.

»Sie kennen sicher nur den Begriff der Transsexualität. So wie viele andere Menschen auch«, führte Steve aus. »Doch das ist unscharf. Die Betroffenen bevorzugen den Begriff der Transidentität, weil es nichts mit ihrer sexuellen Orientierung zu tun hat, sondern mit ihrem Fühlen. Sie bezeichnen sich als Transmänner oder Transfrauen. Damit meinen sie, dass sie jeweils im falschen Körper stecken. Transmänner sind biologisch weiblich, fühlen und handeln aber männlich. Sie richten sich also nach ihrer Identität, nicht nach ihrem biologischen Geschlecht. Bei Transfrauen ist es dasselbe, nur umgekehrt.«

»Krank …«, murmelte Lux, der bis eben noch aufmerksam zugehört hatte.

»Wie bitte?«, fragte Steve nach.

»Ach nichts«, entgegnete Lux. »Haben Sie noch mehr von dem Stoff auf Lager?«

Steve überhörte den Sarkasmus geflissentlich. Ihm war das Thema zu wichtig, außerdem fand er nicht jeden Tag ein Publikum wie sein Gegenüber, der, quasi gefangen in diesem Auto, gar nicht anders konnte, als ihm zuzuhören. Mehr noch: Steve war auch gar nicht gewillt, David Lux dieses Thema zu ersparen. »Beide unterliegen also zunächst einer intensiven Suche nach ihrem wirklichen Ich bis sie sich für das ihrer Biologie genau entgegengesetzte Leben entschieden haben. Und dann rücken sie davon auch nicht mehr ab. Transmänner bauen ihre Brust ab, und Transfrauen, die biologisch männlich sind, eine Brust auf.«

Steve wies mit einer Hand durch die Scheibe nach vorn. »Stau«, sagte er.

»Verdammt«, fluchte Lux.

»Cool bleiben«, mahnte Steve. »Oder sind Sie in Eile?«

Lux schüttelte den Kopf.

»Es ist jedenfalls ein Irrtum, zu glauben, dass nur Penis oder Vagina die Identität bestimmen«, monologisierte Steve weiter. »Es geht bei den Transsexuellen um das gefühlte Sein, das steht auch schon bei Shakespeare ...«

»Shakespeare?«, fragte Lux gequält.

»Er lässt seinen Hamlet sagen: *Sein oder Nichtsein, das ist hier die Frage.*«

Im Wagen herrschte jetzt Stille. Nur der Motor surrte leise.

»Sie wollen doch nicht sagen ...«, versuchte Lux eine Gegenrede, doch Steve unterbrach ihn.

»Sind sie jetzt über das Phänomen der Transsexualität schlauer geworden?«

»Was glauben Sie?« Lux sah zu ihm hinüber.

»Wenn nicht, dann gehören Sie zur Mehrheit auf dieser Welt.«

Lux schluckte. Es war einer jener Kernsätze, die sich ihm tief eingebrannt hatten: Als Journalist macht man sich weder mit Minder- noch Mehrheiten gemein, doch offen für beide Seiten zu sein, das war ein absolut unumstößliches

Credo. »Es interessiert mich«, sagte er gedehnt, »aber es gehört eben nicht zu meiner Lebensrealität. Ich kenne weder solche Leute wie Transmänner, noch Transfrauen. Bin ihnen nie begegnet.« Beide Begriffe sprach er mit der Betonung eines abgestoßenen Menschen.

»Ach nein, nie begegnet?«, fragte Steve jetzt wie aus der Pistole geschossen zurück, besann sich aber schnell. Es war nicht nötig, sich seinem Gegenüber zu offenbaren. Steve beschloss, das Thema zu wechseln.

»Und Sie? Was haben Sie gemacht, bevor Sie Whiskey und einen Fernseher zu Ihren Helden machten?«

Lux grinste.

Steve feixte.

»Schlau gesagt, aber Helden sind beide nicht. Es wäre wohl heldischer darauf zu verzichten … Ich war Polizeireporter bei einer Zeitung. Also Journalist.« Lux erhöhte das Tempo auf jenseits von 120 km/h.

»Was macht ein Polizeireporter?«, fragte Steve nach. Lux hätte hören müssen, dass es scheinheilig klang. Steve wusste genau, wen er da neben sich sitzen hatte.

Lux überlegte kurz. Er war auf der Suche nach einer kurzen Formel. »Die Polizei ermittelt, wir schreiben darüber. Wenn es spannend ist. Im Grunde klassische Unterhaltung für den Leser.«

»Sex, Crime, Money«, antwortete Steve, »darauf fahren doch alle ab. Könnte ich Sie kennen? Habe ich vielleicht was von Ihnen gelesen?«

»Sicher nicht«, wehrte Lux ab.

»Waren Sie ein guter Reporter?«, fragte Steve. Hätte Lux einen guten Blick auf ihn gehabt, hätte er gesehen, dass die Augen von Steve wild funkelten.

»Was ist für Sie ein guter Reporter?«

»Einer, der die Wirklichkeit abbildet, nicht dort noch Sahne draufhaut, wo gar keine Sahne drauf gehört.« Steve machte eine kurze Pause. »Und ein guter Reporter schützt fremde Menschen, auch wenn sie vielleicht einen Fehler gemacht oder sich Schwächen geleistet haben.«

»Soso«, klang Lux leicht arrogant, »soll ich auch Mörder schützen und ihre Taten verniedlichen?«

»Ganz sicher nicht«, sagte Steve. »Kennen Sie denn einen Mörder?«, fragte er und riss die Augen gespannt auf.

»Nicht persönlich«, gab Lux zu, »aber ich habe einen Verbrecher überführt, bevor die Polizei dazu in der Lage war.«

»Oh«, machte Steve.

Lux erhöhte das Tempo. Er fuhr jetzt 170.

»Na, Sie haben es wohl doch eilig, wie?« Steve wies auf den Tacho.

Lux verlangsamte sein Auto. Es waren ohnehin nur noch knapp fünfzig Kilometer bis Rostock. Beide versanken in Schweigen. Steve dachte über Lux nach. Dessen Welt war ihm fremd. Und dennoch war er ihm mehrmals begegnet, hatte mit ihm Erfahrungen gemacht, die nicht gut gewesen waren. Doch das war sehr lange her. Lux wiederum erschien sein Mitfahrer suspekt. Er hatte als Journalist Tausende Menschen kennengelernt, von denen einige noch in seinem Kopf, die meisten aber daraus wieder entschwunden waren. Lux dachte selektiv und entsorgte Geschehnisse und ihre Protagonisten kurz und knapp. Er nahm sich vor, auch den Mann neben sich sehr schnell wieder zu vergessen.

9

Beinahe lautlos rollte das Cabriolet von Lux auf den Parkplatz vor dem Südausgang des Rostocker Hauptbahnhofs. Das Licht des Bahnhofsvorplatzes war durch die Feuchte, die in der Luft lag, diffus und schummrig. Sie verabschiedeten sich freundlich, aber ohne Empathie. Lux fuhr eilig nach Bad Doberan, wobei er sich, wie so häufig, eher freudlos an die Geschwindigkeitsbegrenzungen der Stadt hielt.

Zu Hause angekommen, hatte er seinen Mitfahrer schon wieder verdrängt. Er steuerte das Tischchen mit dem Telefon an und hörte den Anrufbeantworter ab. Seine frühere Sekretärin Susanne hatte ihm eine Nachricht hinterlassen: »Hey David, es gibt da etwas Interessantes, irgendwie sogar Rätselhaftes. Karl Delgado aus der Mord hat die Redaktion soeben kontaktiert. Im Präsidium ist ein Anruf aufgelaufen, der denen Kopfzerbrechen bereitet. Melde dich mal, wenn du nicht gerade wieder im Whiskey ertrinkst …« Sie hatte gekichert und dann aufgelegt.

Lux nahm die Anregung auf, entnahm dem Barschränkchen eine Flasche Irish Whiskey namens Tullamore Dew, goss ein Glas daumenhoch voll und kippte ihn in einem Zug hinunter. Mit einem Anflug von Benommenheit lümmelte er sich in einen Sessel, so breitbeinig wie ein Pubertierender ohne Anstand. Er langte nach seinem Mobiltelefon in der Hosentasche, scrollte mit einer Wischbewegung seines Daumens nach einer Nummer und hielt es sich ans Ohr.

»David hier, du hast was für mich?« Er hörte kurz zu. »Das ist in der Tat eine mysteriöse Geschichte«, sagte er. »Und was macht ihr darüber?« Er lauschte auf ihre Worte. »Jaja, sehr gut. Gute Zeile. Der Anruf eines Spinners, das klingt plausibel. Vielleicht sollte ich mich …« Er wurde von der Sekretärin unterbrochen, aber antwortete ihr sogleich. »Ach, Karl kommt nicht weiter? Ha! Dann werden wir dem Herrn Hauptkommissar mal beweisen, dass er auf seinem Hochsitz eingerostet ist. Machst du mir einen Abendtermin mit Karl?«

Einen Augenblick später war das Gespräch beendet. Lux warf sich aufs Sofa und starrte ein paar Minuten an die Decke. Spinnen hatten die Ecken mit beinahe unsichtbar dünnen Fäden eingewoben, die hellgrau schimmerten.

Lux goss sich sein Glas nach. Er fühlte sich nicht nur vom Alkohol, sondern auch von der Möglichkeit beschwingt, die der Fall ihm bieten könnte. Schließlich war er als Kolumnist ausgeschieden. Er hatte Zeit. Und: Er sehnte sich nach Anerkennung. Schließlich war er mehr als vierzig Jahre lang, Tag für Tag, manche Sonntage mit eingeschlossen, in eine Zeitungsredaktion gefahren, hatte manchen Tag verflucht, aber viele gesegnet. Er war kein stiller Arbeiter. Lux war eher laut und vernehmlich, pries wie ein eitler Zeremonienmeister eigene Erfolge, schob sich ins Licht, weil er den Schatten lieber anderen überließ. Dennoch war er ein beliebter und geschätzter Kollege, weil er den Behörden misstraute, auf eigene Faust recherchierte und sich nicht als Lobbyist der Meinung anderer missbrauchen ließ.

Und nun war er ein Rentner wie viele andere Deutsche auch. Lux, der Polizeireporter, der Mann mit der Spürnase eines gut abgerichteten Schäferhunds, pflegte seine Kontakte zu den Kriminalen dennoch weiter. Die Vorstellung, nun zum alten Eisen zu gehören, ängstigte ihn. Deshalb hielt er schon seit seiner offiziellen Verabschiedung in den Ruhestand weiter den Kontakt zu seinen Buddys bei der Polizei aufrecht.

Ein Mann, den er besonders gut leiden konnte, war Karl Delgado, ein Kriminalhauptkommissar, der so ähnlich tickte wie Polizeireporter Lux. Delgado hatte nicht nur einen illustren Namen für einen Kommissar aus Mecklenburg, er sah auch sonderbar aus. Die Haut seines Gesichts war immer etwas rötlich, seine dunklen, kastanienbraunen Augen immer etwas wässrig und auf seiner Oberlippe thronte ein grauschwarz gefleckter Schnurrbart wie der eines alten Katers. Das Ganze war eingerahmt von langen Koteletten und schwarzem krausen Haar, das an den Schläfenansätzen ins weißliche gerutscht war. Delgado hatte einen spanischen Vater und eine deutsche Mutter, einen Vornamen wie ein Deutscher, aber das Temperament eines Südländers. Der Hauptkommissar war auch jünger als Lux. Dieser Umstand gefiel ihm außerordentlich. Denn nun – als Rentner drohte seine Welt der täglichen Anerkennung zu entschwinden – brauchte er Karl umso mehr. Der Polizeireporter außer Dienst plante, mit aufsehenerregenden Geschichten zu reüssieren, weiter im Licht zu stehen – und dafür brauchte er seinen Freund aus der Polizeidirektion Rostock mehr denn je. Ihm wurde schlecht bei dem Gedanken, ab sofort weder einen seiner Leser zu erreichen noch seine Eitelkeit mit einem Artikel zu befriedigen, der möglicherweise das Publikum nicht nur unterhielt, sondern sogar aufwühlte. Er musste also etwas tun.

10

Lux und Delgado liebten Whiskey, späte Abende und die Gespräche über kriminelle Großtaten, die nicht nur lokale, sondern auch nationale Medien beschäftigten. Und sie liebten die Theorien, die es über angebliche Verbrecherhirne gab.

»Der Mensch und das Gewaltverbrechen …«, so hatte Delgado an einem jener Abende das Gespräch begonnen.

Lux erinnerte sich jetzt sehr genau daran. »… es füllt die Bibliotheken und das Internet«, hatte er den Kommissar ergänzt, »und es taugt dennoch immer wieder dazu, grundsätzliche Fragen zu stellen, oder?« Delgado hatte zustimmend genickt und nach einem weiteren Whiskey gerufen.

Lux seinerseits verlegte sich aufs Sinnieren. »Was bringt Menschen dazu, entsetzliche Verbrechen zu begehen? Folgen sie ihrem freien Willen, oder treibt etwas krankhaft Böses in ihnen sie zur Tat? Und könnte man das Böse sehen? Ließe sich das Geheimnis des Verbrechens auf diese Weise lüften?«

»Nein«, hatte Delgado nach einem Moment des Nachdenkens geantwortet, »wir können nicht in die Köpfe der Menschen sehen und deshalb gehört das Misstrauen zu deinem und meinem Geschäft. Mich beschäftigt vielmehr und immer wieder die Frage: *Warum hat er das getan?* Und weißt du, was Anwälte, Richter, Angehörige, Zeugen und auch Polizisten als erstes Wort sagen?« Delgado sah lauernd auf Lux.

Der hatte den Kopf geschüttelt: »Sag es!«

»*Unfassbar.* Dieses eine Wort. Wenn ein Mensch ein schweres Verbrechen begeht, sagen alle: *Unfassbar.* Weil es unerklärlich zu sein scheint. Rätselhaft.«

Lux sah auf die Worte Delgados hin eine Zeitlang stumm in sein Glas. Delgado drehte derweil seine Eiswürfel im Kreis.

»*Unfassbar* beschreibt das Unerklärliche an manchen Taten«, sagte Lux schließlich. »Unerklärlich ist ja stets nur die kleine dunkle Ecke in der Persönlichkeit, die beispielsweise Christian Klar dazu brachte, Terrorist zu werden; den Kannibalen von Rotenburg dazu, seinen Freund zu schlachten und teilweise zu verspeisen; den Belgier Marc Dutroux dazu, jahrelang Kinder in sein Verlies zu entführen, nackt ans Bett zu ketten und vier von ihnen schließlich zu töten. Unerklärlich das idyllische Bild, das eine Überwachungskamera in Berlin vor dem Sozialamt von dem bosnischen Flüchtlingskind Mohammed und seinem freundlichen Entführer dokumentierte, das später zum Fahndungsfoto wurde. Der nette Herr hat Mohammed erst missbraucht und dann mit einem Gürtel erdrosselt.«

»Ja, scheußliche Sachen, besonders aber die letzte«, sagte Delgado. »Aber vielleicht ist das Böse auch ein biologisches Phänomen im Kopf?«

Lux wiegte seinen Schädel jetzt von rechts nach links. »Nicht umsonst streiten Philosophen, Neurobiologen, Psychiater und Juristen über die Frage, welche Verantwortung letztlich ein jeder für sein eigenes Tun trägt«, hatte er entgegnet.

»Aber Gene, frühkindliche Erlebnisse, soziale Umgebung – alles gräbt sich ins Gehirn ein«, sagte Delgado. »Und: Laut Verurteilungsstatistik werden 99,5 Prozent aller Taten von geistig Gesunden begangen. Menschen, bei denen man davon ausgeht, dass sie sich auch gegen die Tat hätten entscheiden können. Aber in allen modernen Strafrechtssystemen der Welt macht genau das den Unterschied bei der Beurteilung der Tat aus: Der psychisch kranke Straftäter, zum Beispiel der Schizophrene, der unter dem Einfluss von Wahnvorstellungen tötet, wird von Schuld freigesprochen, denn er kann das Unrecht seiner Tat in diesem Zustand nicht erkennen. Es steht ihm Hilfe zu, wohl auch Mitgefühl. Die anderen haben auf unentschuldbare Weise die Normen des Zusammenlebens verletzt und werden bestraft.«

Lux war unruhig auf seinem Stuhl hin und her gerutscht. »Und was ist, wenn das Böse eine Krankheit ist? Wenn man den Neurobiologen glauben darf, dann lassen sich Veränderungen in der Neurochemie, anatomische Besonderheiten, komplizierte Wechselwirkungen von Umwelteinflüssen und fehlerhaften Genen in den Gehirnen von Menschen nachweisen, die andere erschlagen, vergewaltigt, beraubt haben. Vielleicht ist das Böse sogar heilbar?«

»Quatsch!«, war Delgados hitzige Antwort gewesen. »Das Problem dabei ist doch, dass mindestens ebenso viele Nichtkriminelle vergleichbare Defekte aufweisen. Was auch immer beide unterscheidet – vor Gericht beschreibt man es von alters her als Schuld. Die Biologie hat für diese Differenz bislang weder Definition noch Namen. Deshalb wehren sich ja auch Verfassungsrechtler, Strafrechtsdenker und Richter mit aller Macht gegen Forderungen, das Schuldprinzip aus dem Strafrecht zu tilgen, da sonst für Schuld kein Raum mehr da wäre. Das hieße ja, dass Gangster nicht anders konnten, als so zu handeln, wie sie handelten.«

»Ich sage ja«, hatte Lux den Diskurs wieder zu entschärfen versucht, »die Welt des Verbrechens ist eine unendliche, aber auch sehr spannende Welt.«

»Genau darauf trinken wir!« Delgado hatte damals den inhaltlichen Schwenk seines Freundes Lux erkannt und wie ein ungezogener Schüler gefährlich mit seinem Stuhl zu schaukeln begonnen. Soweit Lux sich an diesen Abend erinnerte, tranken sie noch zwei Gläser, plätscherten thematisch in leichteren Gewässern und waren später mit dem Taxi stramm angetrunken in ihr jeweiliges Zuhause gefahren.

Lux schaltete seinen Kopf ab und den Fernseher an. Er legte eine DVD mit dem Film »Der Ghostwriter« ein, sah ihn nun schon zum dritten Mal, und würde sich wieder an der Unerschrockenheit und dem frechen und distanzierten Verhalten des Journalisten ergötzen, der für den britischen Premierminister die Memoiren schrieb. Nur das Ende des Films ließ Lux ein ums andere Mal Lux wütend zurück. Der Mut des Ghostwriters führte nicht zum erhofften Happy End.

Kaum eine halbe Stunde später bemerkte er, wie schwer ihn der Whiskey zugerichtet hatte. Es war kurz vor Mitternacht, als Lux benebelt ins Bett stolperte. Alkoholverhangen war er jetzt doch fest davon überzeugt, dass jener Anruf bei der Polizei genügend Potential barg, um neu aufgerollt zu werden. Und er würde seinem langweiligen Alltag mit der Entlarvung des rätselhaften Anrufers neuen Schwung verleihen. Lux war jetzt von der Vorstellung, der Polizei zu zeigen, wie man einen schier unlösbaren Fall aufklärt, so beseelt, dass er sich zwischen Laken und Bettdecke einen kurzen Moment lang für den besten Ruhestandsreporter aller Zeiten hielt. Er sabberte ein bisschen aufs Kissen und segelte mit dem unnachahmlichen Lächeln eines Trunkenbolds ins Traumland.

Wenn es eine Macht gab, die für die Zuteilung von Albträumen an Schlafende verantwortlich war, so hatte diese Institution heute ihr Nachsehen: Für eine Schlägerei mit Wärtern in einem Gefängnis war Lux heute Nacht viel zu betrunken.

11

Susanne hatte ihrem Chef a. D. den Gefallen getan und ein Treffen zwischen Lux und Delgado in einem italienischen Lokal in der Nähe der Marienkirche in Rostock arrangiert. Sie fanden einen Tisch auf der Terrasse, beschienen von einer nur mäßig-warmen Maisonne. Lux liebte es scharf, Karl ebenso, und so bestellten sie sich ein einfaches, aber klassisches Gericht aus Apulien: eine Linguine alla Puttanesca mit einer Sauce aus Oliven, Kapern, Knoblauch, Sardellen, frischen Tomaten und Peperoncini.

»Kennst du die Geschichte der Soße?«, fragte Lux.

Delgado verneinte. »Aber ich lerne gerne von dir, alter Mann«, neckte er sein Gegenüber.

Lux nahm es mit Humor. »Es ranken sich viele Anekdoten um das Gericht, wobei sich die Restaurantbetreiber in ihren Speisekarten nicht immer um Sachlichkeit bemühen.« Er gabelte eine Nudel auf. »In der Mitte des letzten Jahrhunderts verbreiteten sich die männlichen Prostituierten in Italien so rasant, dass die Zahl der männlichen Transvestiten zeitweise höher war, als die ihrer weiblichen Konkurrenten. Die versuchten sich wiederum als Puttane vere, als die wahren Huren, zu behaupten und ersannen auch als Abgrenzung zu den Gigolos ein eigenes Essen: die Puttanesca. Eine Soße, die schnell zubereitet und sowohl warm als auch kalt schmeckt und aus Zutaten gemacht werden konnte, die aus haltbareren Resten in der Speisekammer entstanden, wenn die Vorräte zur Neige gingen.« Lux schob einen Löffel Soße in seinen Mund.

Delgado grunzte auf den Teller. Die Nudeln schmeckten ihm, waren aber rutschig. »Ich mag die Hurensoße.« Der Hauptkommissar stippte seinen Löffel in die rote Pampe. »Sie hat einen Hauch von jener Welt, in der auch unsere Lebensinhalte spielen. Die Welt des Zwielichts, der verbotenen Lüste, der changierenden Grenze zwischen *Du darfst* und *Du darfst nicht*.

Lux sah anerkennend auf seinen Freund. »Das hast du aber schön formuliert«, lobte er ihn.

Delgado wischte über seinen Mund. »Ich kann auch Poesie«, sagte er. »Nicht nur du.«

»In jedem Falle schmeckt sie wundervoll«, schwärmte Lux mit einem winzigen Rest Soße am Kinn.

»Du sagst es«, murmelte Karl, während er auf seine Uhr sah. »Schon bald acht, machen wir heute nicht so lange?«, bat er. »Wir drehen uns bei dieser Sache immer noch im Kreis. Und mein Boss will morgen auf einer langen Sitzung ...«

»... Lösungen findet man im Stehen, nicht auf dem Stuhl«, unterbrach ihn Lux mit einem Grinsen. »Sieh mal, die haben heute das hier geschrieben«, schob er Karl ein paar in Konkurrenz stehende Zeitungen über den Tisch. Der sah nur flüchtig darauf.

»Der Anruf eines Spinners?«, fragte Delgado. »Klingt nach Vorverurteilung. Aber wir haben tatsächlich nicht viel mehr.«

»Bist du sicher?«, fragte ihn Lux. »Zu den Akten, oder wie?«

»Wir haben die Todesfälle durch Fremdverschulden von vor 25 Jahren durchforstet. Es waren vier. Sie sind alle aufgeklärt, die Täter sind verurteilt, niemand bislang aus dem Knast entlassen. Entweder der Anrufer hat sich beim Tatzeitpunkt geirrt oder er ist, wie die Meute schreibt, ein Spinner.«

Aus der Nähe waren die Geräusche einer Straßenbahn zu hören, die mit einem kreischenden Geräusch die Kurve an der Marienkirche passierte. Auf dem Platz vor ihnen packten die Händler gerade ihre Stände zusammen. Lux überlegte kurz.

»Aber ich bin auf einen anderen Fall gestoßen.« Delgado strich sich liebevoll über den Schnurrbart. »Erinnerst du dich noch an das sogenannte Brückenphantom von Kühlungsborn? Liegt 25 Jahre zurück. Ein Motorrad hatte das Ende der gerade neu eröffneten Seebrücke durchschlagen, Polizeitaucher fanden das Krad im Wasser, aber eine Leiche fehlte.«

Lux horchte auf. Ihm dämmerte der Fall, zwar nur langsam, dafür stetig. »Ich habe darüber geschrieben, das stimmt. Große Geschichte, aber kein Ergebnis. Habt ihr das Motorrad noch?«

»In der Asservatenkammer«, sagte Karl kurz.

»Und das ist wirklich 25 Jahre her?«, fragte Lux.

»Exakt.«

»Kannst du mir die Ermittlungspapiere aus dem Archiv überlassen?«

»Das ist die Frage ...« Karl sah mit einem gewissen Zweifel auf sein Gegenüber.

»Ach komm schon«, bettelte Lux, »ich habe nichts zu tun und vielleicht finde ich was.«

»Warum genießt du nicht dein Rentnerdasein, fährst wie Tausende anderer Silberlöckchen nach Mallorca und plätscherst mit den Füßen im warmen Mittelmeer?«

»Du Großmaul, komm erst mal in das Alter.« Lux war pikiert.

Delgado feixte. »Okay, ich kann und will auch nicht loslassen«, gab Lux zu. »Ich fühle mich zu jung, um mit einer Horde alter Menschen in klimatisierten Bussen zwischen Rom, Berlin und Paris zu pendeln. Verstehst du das?«

»Nein, aber was soll's«, sagte Karl nach kurzem Zögern. »Doch wir müssen vorsichtig sein. Bislang konnten wir uns gegenseitig decken. Du als aktiver Redakteur, ich als aktiver Ermittler. Jetzt, wo du nicht mehr offiziell bist, kann das problematisch werden.«

»Bin ich grün hinter den Ohren?«, fragte Lux. »Ich bin ein Profi. Ich halte dich aus allem raus. Und wenn ich fündig werde, bist du der Erste, der es erfährt.«

»Lass uns unsere Stärken doch weiter nutzen«, warb Lux. »Du hast an mir immer geschätzt, dass ich dich aus der Öffentlichkeit namentlich herausgehalten habe, aber durch meine Veröffentlichungen konnte ich die Mordkommission in ein strahlendes Licht rücken. Und immerhin hast du auch durch mich eine respektable Karriere hingelegt.« Lux nippte an seinem Wein.

Karl Delgado sah ihn prüfend an. »Und du hast durch meine Unterstützung ein paar Fälle exklusiv bekommen und dadurch Anerkennung und Zuspruch deines Chefredakteurs geerntet. Aber das brauchst du eigentlich nun nicht mehr.«

»Doch«, warf Lux ein, »jetzt erst recht.« Beide blinzelten in die satten Farben des abendlichen Himmels.

»Auf deinen Unruhestand«, erhob Karl sein Glas Trebbiano und prostete Lux zu.

Der schloss genießerisch die Augen. Er würde einen Teufel tun und sich zur Ruhe setzen. Einmal Reporter, immer Reporter, denn Spürnasen verliert man nicht. »Komm, noch einen Espresso.« Lux schnalzte mit der Zunge.

Karl widersprach nicht. Der Journalist winkte dem Kellner. Er fühlte sich gut und spürte, dass Energie in ihm aufstieg. Er liebte es, seine Nase in etwas zu stecken, was danach roch, an die Oberfläche geholt zu werden.

12

Die Berichte über den Unfall auf der Seebrücke lasen sich nüchtern und steckten voller Kommafehler. Das verwunderte Lux nicht. Polizisten und Ermittler sollten ein gutes Gespür und eine gesunde Psyche haben. Orthografie gehörte seines Wissens nach nicht zu den Entscheidungskriterien, ob jemand ein guter oder schlechter Ermittler war. Anders sah es schon bei den Profilern aus. Von ihren Berichten erwartete man nicht nur die Erklärung für detaillierte Zusammenhänge, mögliche Motive und Analysen, sondern auch ein gutes und verständliches Deutsch ohne die Fehler eines Teenagers mit Hang zum Handydiktat mit Siri.

Lux machte sich auf den Weg nach Kühlungsborn. Er parkte sein Cabriolet vor einem der neu entstandenen Apartmenthäuser. Dieses hier nannte sich Travelcharme, war von außen gelb getüncht und fiel in seinem Stil nicht weiter auf. Es war quadratisch gebaut, mit Balkons zur Seeseite und geeignet, an jedem Strand der Welt zu stehen. Über das Katzenaugenpflaster schritt er schnell hinüber zur nahen Seebrücke und an deren Ende. Der Wind kam aus Ost übers Meer. Er war scharf und unangenehm kühl. Lux fröstelte.

Aus dem Bericht war herauszulesen, dass die Geländer am Ende der Brücke manipuliert worden waren. Spurenleser hatten winzige Holzspäne gefunden, die auf eine Säge schließen ließen.

Er strich mit seinen Händen über die Balken, als wollte er das Holz streicheln. Das Material fühlte sich rau an. Bei der weiteren Suche hatten die Spurenleser feine, vertikal verlaufene Linien entdeckt, die vermutlich von einer Stichsäge stammten. Lux las: *Es ist zu vermuten, dass auf diese Weise die Balken der Barrieren unter Druck jederzeit zum Kippen gebracht werden konnten und das Motorrad deshalb keiner großen Geschwindigkeit bedurfte, um das Geländer zu durchschlagen.*

Doch wer hatte das Motorrad gesteuert und aus welchem Grund hinein ins Meer? Die Profiler kamen im gleichen Bericht zu dem Schluss, dass es sich um einen vorgetäuschten Unfall gehandelt haben könnte. Sie erwähnten auch kurz einen möglichen, gut vorbereiteten Selbstmord. Aber letztendlich war es nicht zu einem durch Indizien bewiesenen Abschlussbericht gekommen; ein Opfer konnten sie nicht präsentieren. Und außer einem Jogger, der den zerschlagenen Brückenkopf entdeckt und die Polizei alarmierte hatte, hatte es keine Zeugen gegeben. Lux schleuderte, wie ein Cowboy sein Lasso, seine Gedanken durch den Kopf.

Ein Motorrad ohne Fahrer? Ein derart auffälliger Unfall ohne Opfer? War da tatsächlich doch jemand ertrunken, aber wo war die Leiche? Eine Strömung der Ostsee am Weststrand von Kühlungsborn gab es zwar. Sie wurde aber von Meeresbiologen als eine Tiefenströmung beschrieben, die es nicht bis an die Wasseroberfläche schaffte. Und mehr als vier Meter maß das Wasser von der Welle bis zum Grund hier nicht. Und wenn hier eine bewusste Täuschung vorlag? Wenn jemand auf sich aufmerksam machen, aber nicht entdeckt werden wollte? Oder war dieser Jemand vielleicht sogar auf der Flucht und täuschte ein Verschwinden vor? Und würde er sein Verschwinden der Welt mitteilen? Eine kräftige Windbö durchfuhr Lux' Haare. Er strich sie sich zurück, ohne Erfolg. Der Wind war stärker.

Er schlenderte über die Seebrücke zurück zu seinem Auto. Etwa auf halber Höhe war eine der Bänke, die eine geruhsame Aussicht aufs Meer boten, zur Hälfte durch eine leicht blaue, aber durchsichtige Plastikfolie verhüllt. Lux sah Tropfen wie von einem durchsichtigen Lack auf dem Holzboden der Brücke, die aber bereits getrocknet waren. Hier war frisch gestrichen worden. Lux zog die Folie ab. Auf einer der Holzpaneele, von denen vier eine Sitzfläche bildeten, waren drei Worte mit einem Messer eingeritzt worden. Auch der neue Schliff konnte die tiefen Verletzungen im Holz nicht unsichtbar machen. Lux ging in die Hocke. Ein Satz in englischer Sprache: *Suicide is painless*. Lux übersetzte ihn sich als *Selbstmord tut nicht weh*, erhob sich wieder und erinnerte sich daran, dass er vor einigen Jahren, als der Höhepunkt der Finanzkrise erreicht war und weltweit die Börsen wankten und abstürzten, einen Bericht über einen angeblich toten Amerikaner recherchierte. Darin ging es um einen schwerreichen, 38-jährigen Geschäftsmann, der sein altes Leben nicht mehr wollte, sondern lieber ein neues. Er stand vor dem Ruin und glaubte, ihm stünde nun vor der Gesellschaft keine Gnade mehr zu. Deshalb täuschte er seinen eigenen Tod auf dramatische Weise vor.

Lux setzte sich auf die Seite der Bank, die nicht frisch lackiert worden war. Ihm stand jetzt die Geschichte so klar vor Augen, als habe er sie erst gestern geschrieben. An einem Sonntagabend im Mai war der Geschäftsmann mit einem seiner Flugzeuge, einer sechssitzigen Piper Malibu, unterwegs nach Florida gewesen. Er war ausgebildeter Pilot und flog selbst. Dann hatte er laut amerikanischen Medienberichten per Funk einen Notruf abgesetzt: Während Turbulenzen sei sein Fenster beschädigt worden, er sei verletzt, blute. Militärjets waren aufgestiegen, konnten die Piper kurz darauf orten. Doch den Piloten der Jets hatte sich ein merkwürdiges Bild geboten: Die Tür des Flugzeugs stand offen, offenbar war der Autopilot eingeschaltet, das Cockpit erschien dunkel und verlassen. Um Viertel nach neun abends war das Flugzeug dann im Norden Floridas in einem sumpfigen Gelände abgestürzt; es verfehlte nur knapp einige Häuser. Die Polizei hatte sofort mit der Suche nach dem Piloten begonnen, doch finden konnten sie ihn nicht, weder tot noch lebendig. Sie konnten auch keine Blutspuren sichern, schrieb Lux damals. Das war es, was ihn an den Fall erinnerte, an dem er hier gerade arbeitete. Auch vor ihm am Brückenkopf hatten die Ermittler kein Blut gefunden.

Wochen und Monate zuvor war das Leben des Amerikaners aus den Fugen geraten. Er war Chef einer Vermögensverwaltung gewesen, hatte zuvor einen wichtigen Prozess verloren, als dessen Folge er eine halbe Million Dollar an eine Versicherungsgesellschaft zahlen sollte. Der Vorwurf damals: unerlaubte Bereicherung. Außerdem hatte der Verdacht auf Wertpapierbetrug im Raum gestanden, die Ermittlungen liefen, ausgerechnet an Silvester wurden die

Villa und die Geschäftsräume des Bankers von der Polizei durchsucht. Die Tageszeitung Indianapolis Star berichtete damals, dass der 38-Jährige Hunderttausende Dollar unterschlagen haben soll. Und dann reichte auch noch seine Ehefrau die Scheidung ein. Nein, es lief damals gar nichts mehr rund bei dem Hasardeur. Lux schrieb: *Der Amerikaner wollte raus aus seinem Leben, nur sterben wollte er nicht. Also täuscht er seinen Tod vor.*

Mit einem Fallschirm könnte er das Flugzeug verlassen haben, das vermutete die Polizei. Doch Montagfrüh um halb drei Uhr griffen Polizisten den vermeintlich Toten auf – 360 Kilometer entfernt von dem Ort seines Absturzes. Doch die Beamten wussten nichts von dem Täuschungsmanöver, nichts von einem Absturz. Der Mann behauptete, einen Kanu-Unfall gehabt zu haben, die Polizisten brachten ihn in ein Hotel. Sie waren misstrauisch gewesen, denn der Mann trug eine Schutzbrille, wie sie Piloten nutzen. Als sie von dem Flugzeugabsturz hörten, eilten sie zurück zum Hotel. Aber der Pilot, der seinen Tod nur vorgetäuscht hatte, war weg. Lux schrieb damals, dass Zeugen gesehen hätten, wie der Amerikaner, gekleidet in eine schwarze Jacke und schwarze Hosen, in den Wald gerannt und seither nicht wieder aufgetaucht wäre. Wochen später war im Indianapolis Star eine Todesanzeige erschienen, in der der Mann seinen eigenen Tod veröffentlichte und eine merkwürdige Danksagung an die Nachwelt hinterlassen hatte.

Lux eilte von der Brücke und setzte sich wieder in sein Auto, die Hände um das Lenkrad gefasst, den Blick starr geradeaus. Er hatte eine Idee, die sich später als Eingebung herausstellen sollte. Er rollte mit seinem Cabriolet von Kühlungsborn auf direktem Weg zur B 105 und weiter nach Rostock. Er wusste, dass nur derjenige Glück hatte, der Glück auch erkannte. Er nahm sich vor, sehr aufmerksam zu sein. Und wenn es Tage, Wochen oder Monate dauern würde. Finanziell fühlte er sich gut versorgt. Zu seiner Rente von mehr als zweitausend Euro kam eine Barschaft von mehr als einhunderttausend Euro. Lux stellte sich seinem selbstgewählten Auftrag mit dem Gefühl, die richtige Entscheidung getroffen zu haben.

In Rostock parkte er sein Auto in der Tiefgarage in der August-Bebel-Straße. Er überquerte die stark befahrene Straße im Schritttempo eines Menschen, der keine Zeit zu verschenken hatte. Der Verkehr staute sich auf einer Länge von ein paar hundert Metern. Schuld daran war nicht nur der aufkeimende Feierabendverkehr. Auch die Kreuzung der Steinstraße, der Richard-Wagner-Straße und der August-Bebel-Straße in der Nähe des Steintors forderte den Autofahrern eine Menge Geduld ab. Hier war das Abbiegen in alle Richtungen möglich, was die Ampeln zum Verdruss vieler Autofahrer mit stoischer Ruhe und langen Rotphasen zu regeln versuchten.

13

Nur wenige Minuten später betrat er das Foyer im Verlagsgebäude der Ostsee-Zeitung, ein modernes, fünfstöckiges Bürohaus, das nach dem Fall der Mauer bereits mehrmals von außen und innen mit einer hellen Fassade und neuen Fenster aufgemöbelt worden war. Jetzt hieß es, freundlich zu sein und ebenfalls ein bisschen Glück zu haben. Die Dame am Empfang hatte ein rundliches Gesicht, eine blondierte Dauerwelle und erschien Lux jenseits der 50. Sie sah ihn an wie alle Damen eines Empfangs einen ansehen, wenn sie ihn nicht kannten: etwas misstrauisch und mit wenig Freundlichkeit. Lux grüßte höflich.

»Zu wem möchten Sie?«, fragte die Frau brummig. Das Foyer roch nach einer Turnhalle, deren Holzböden frisch gebohnert worden waren.

»In ihr Archiv. Wissen Sie, ich habe von heute an gerechnet vor 25 Jahren eine Todesanzeige aufgegeben, aber leider nicht aufbewahrt. Und jetzt wollte ich Sie bitten …«

»Was … wie? Todesanzeige? Hm … Von …?« Die Dame schien beim Sprechen ein Schläfchen zu machen.

Lux sah sie abschätzig an. Sie kam ihm begriffsstutzig vor. »Von meiner Mutter«, log er.

»War sie eine Rostocker Bürgerin?«

Lux nickte stumm.

»Wenn sie nämlich vom Land kommt und dort gestorben ist, müssen Sie bei den Regionalausgaben gucken. Dann wären Sie hier falsch.«

»Ist sie nicht«, knurrte Lux wie ein alter Polizeihund.

Die Dame senkte den Kopf, sah irgendetwas an und kaute auf ihrer Unterlippe, als sei sie scharf auf ihr eigenes Blut. »Wie hieß sie denn?«, bohrte sie erneut.

»Hören Sie«, sagte Lux jetzt streng, »ich bitte Sie einfach nur darum, in Ihrem Archiv anzurufen und zu fragen, ob ich mir die Ausgaben des betreffenden Jahres ansehen kann. Wenn ich nicht irre, haben Sie meistens an einem Samstag Todesanzeigen im Blatt. Schließlich habe ich dafür irgendwann einmal bezahlt und nun möchte ich meinen Beleg.«

Die Dame sah ihn an wie ein Fisch am Haken. Mit glasigen Augen. Lux spürte, dass die Begründung mit der Bezahlung gezogen hatte.

»Moment«, nuschelte die Dame und fingerte den Telefonhörer an ihr Ohr. Sie gab auf einer für Lux unsichtbaren Tastatur eine Nummer ein. Sie lauschte. Der glasige Blick war verschwunden. »Ja, hier ist Minchen vom Empfang«, hörte Lux sie sagen. »Kann ich dir einen jungen Mann schicken, der sich im Archiv eine Todesanzeige heraussuchen will? Geht um sein Mutter. – Vor 25 Jahren« Dame Minchen blickte jetzt so wichtig, als sei die Queen höchst selbst in der Leitung. Sie spitzte die Ohren. »Sage ich ihm.« Sie legte auf. »Wir haben hier keine Zeitungen, die so alt sind. Da müssen Sie rüber ins Stadtarchiv. Gleich hinter dem Rathaus. Altes Backsteingebäude.« Die Dame wackelte etwas merkwürdig mit dem Kopf.

»Aha«, schmollte Lux, »und das wussten Sie noch nicht?«

Dame Minchen sah ihn durchdringend an. »Was glauben Sie was ich hier alles auf dem Tisch habe? Und ob die Zeitungen von damals hier …«

»Ist schon gut«, unterbrach Lux sie. »Kündigen Sie mich dort bitte an. Ich möchte nicht wieder nach Hause geschickt werden.«

Die Frau blickte etwas unschlüssig erst auf Lux, dann auf ihr Telefon. Offensichtlich wartete sie auf eine dritte Meinung. Und schließlich hatte ihr Innerstes geantwortet: »In Ordnung, ich melde Sie an.«

Lux bedankte sich und verließ das Foyer hinaus auf die Straße. Nach nur wenigen Minuten Fußweg, der ihn vom wild befahrenen Steinplatz in eine etwas ruhigere Gegend um den Neuen Markt führte, erreichte er das Haus des Stadtarchivs. Ein hübsch zurechtgemachtes Patrizierhaus aus dem 15. Jahrhundert mit Verzierungen aus Terracottasteinen, deren Oberflächen funkelten wie frisch geputzt. Seit 1907 konnte man hier heiraten und Nachforschungen über die Vergangenheit anstellen. Und so teilten sich die Schilder *Standesamt* und *Stadtarchiv* die Wand hinter der Eingangspforte und lotsten mit jeweils eigenen Pfeilen den Ankömmling in die richtige Richtung. Während Lux in den Lesesaal trottete, ging ihm durch den Kopf, dass er jetzt das Glück des Suchenden brauchte. Das Finderglück.

Auf seinem Weg durch den Flur roch es muffig, die Wände wirkten gräulich und waren hier und da mit feinen Haarrissen durchzogen. An der Eingangstür trat ihm eine Frau entgegen, die auffallend hübsch war. Sie mochte Mitte dreißig oder etwas darüber sein, trug ihr blondes Haar streng nach hinten gekämmt, war ganz in grau gekleidet mit einer Schürze in hellbeige. Aus einer ihrer Taschen ragten Stifte und ein Notizblock hervor. Auffällig war ein großer Leberfleck unter ihrem rechten Auge. Das machte sie interessant, aber auch älter als sie wahrscheinlich war. Sie sah ihn fragend an und verströmte dabei einen Geruch von Thymian und Minze. Lux verschlug es den Atem. Er beugte sich zurück. Die Frau schenkte ihm einen kräftigen Händedruck und ein Lächeln.

»Sie sind der etwas ungeduldige Herr?«, fragte sie freundlich. »Was kann ich denn für Sie tun?«

Lux grub in seinem Kopf nach einer Entschuldigung. Doch er beließ es bei einer nüchternen Antwort: »Ich bin David Lux und suche nach einer Todesanzeige, die ich zwischen April und – sagen wir – Juni vor 25 Jahren in der Ostsee-Zeitung aufgegeben habe.« Er machte eine kleine Pause. »Meine Mutter … Sie starb damals ganz überraschend. Wäre nett, wenn Sie mir da helfen könnten.«

»Dafür bin ich da«, sagte die Archivarin. »Ich heiße Sarah Piper, aber alle nennen mich hier nur beim Vornamen. Kommen Sie mit.«

»Ah, wie nett, Sarah«, stammelte Lux, hielt sich aber auf Abstand, denn ihr strenges Parfüm irritierte ihn.

Nach nur wenigen Metern betraten sie einen Raum, der ihm nicht sonderlich groß, aber für ein Archiv auch nicht zu klein erschien. In den Regalen lagerten nicht nur Zeitungen der verschiedensten Jahrgänge, sondern auch

Ordner mit Aufschriften, die auf Themen und Recherchen hindeuteten.

»Das alles hier ist Geschichte in analog.« Sarah Piper überstrich mit ihrer Hand den gesamten Raum. »Wir haben seit 1990 natürlich alles elektronisch archiviert und die Artikel digitalisiert. Auch die Todesanzeigen. War sehr aufwändig. Wenn ich Sie richtig verstanden habe …« Die Frau japste ein wenig nach Luft.

Lux sah sie besorgt an. »Asthma?«, fragte er.

»Ja, seit meiner Kindheit. Scheußliche Sache.«

Lux nickte mitfühlend. Sie gefiel ihm und sie tat ihm leid.

»Nehmen Sie den Tisch dort«, zeigte die Frau in den Raum. »Sie setzen sich vor ein Lesegerät und ich spiele Ihnen die Ausgaben auf den Bildschirm.«

Lux bedankte sich artig und setzte sich. Er besah seine Fingernägel. Sie waren sauber. Er blickte sich um. Alles sauber. Nur die Luft war nicht gut, obwohl man Lüfter leise surren hörte.

Die Archivarin berührte ihn leicht an der Schulter. Er blickte auf. »Blättern Sie auf dem Bildschirm nach den betreffenden Seiten. Wenn Sie Ausdrucke brauchen, rufen Sie mich. Notizen dürfen Sie machen, eigene Fotos nicht.« Sie wandte sich wieder von ihm ab und verschwand irgendwo im Raum.

Lux sah ihr kurz nach, bewunderte ihren leichtfüßigen Gang und machte sich dann wie ein Detektiv an die Arbeit. Er konnte nicht ahnen, dass er inzwischen selbst zu einem Ziel geworden war.

Zur gleichen Zeit entstieg eine fein gekleidete Frau mit
einem Hollandrad älteren Modells am Haltepunkt Bad
Doberan der Schmalspurbahn Molli, die, aus dem Küsten-
städtchen Kühlungsborn kommend, hier ihren Endbahnhof
hatte. Sie schwang sich eher sportlich als vornehm auf ihr
Zweirad und rollte gemächlich die wenigen hundert Meter
in das Zentrum des Städtchens hinein. Zwar war die Bahn
70 von hier aus gekommen, hatte sogar einen Halt am Markt-
platz, doch sie hatte gute Gründe, nicht direkt hier ausge-
stiegen zu sein. So radelte sie also die Schienen entlang zum
Haltepunkt Goethestraße, vorbei an Villen und Einfamilien-
häusern, die nicht immer den Schick der modernen Zeiten
zeigten. Aus den tief hängenden Wolken dieses Mainachmit-
tags fiel feiner Nieselregen. Wegen des schmutzigen Wetters
trug die Frau einen hellen, knielangen Mantel und am Hals
ein auffällig blau gemustertes Wolltuch, zu dem ihr türkis-
farbener Ohrstecker gut passte.

Sie stoppte vor dem Haus Nummer 13, lehnte ihr Hollandrad an den Grundstückszaun und ging noch ein paar Meter zu Fuß. Dann wechselte sie die Straßenseite. Von hier aus hatte sie einen guten Blick. Es war für die Frau nicht schwer gewesen, diese Adresse zu finden. Das Internet ist ein geschwätziger Ort, der von der Eitelkeit und der Lust der Menschen an Darstellung und der Sammelwut der Suchmaschinen lebt. Und mit dem Internet kannte sie sich sehr gut aus.

Von außen machte das Haus einen ordentlichen Eindruck. Doch es war in einer Zeit errichtet worden, als gute Baustoffe Mangelware und braune Farbe als Sockelanstrich wohl in Mode waren. Ein eher unauffälliges Haus mit der Eingangsfront zur Südseite der Goethestraße, viereckig und zwei Etagen hoch. Das obere Stockwerk war nach hinten versetzt, davor befand sich eine schmale überdachte Terrasse, die mit Efeu bewachsen war und eher wie ein Laubengang anmutete. Im Geschoss waren zwei breite, nebeneinanderliegende Fenster in die Front eingelassen, über die der Architekt jeweils zwei hervorspringende Leisten aus braunem Backstein gesetzt hatte. Der Bürgersteig davor hatte mehr Klasse: Er war aus weißen und anthrazitfarbenen Marmorplatten gelegt, die über die Jahre eine Patina aus Moos und Dreck angesetzt hatten.

Die Frau mit dem knielangen Mantel entzündete sich eine Zigarette. Sie löste den Gummi aus dem Zopf ihres dunklen Haars, das sich nun anmutig um ihre Schulter legte. Während sie rauchte, ruhten ihre Augen auf dem Haus von Lux. Das verräterische Schaukeln einer Gardine im zweiten Stock des Nachbarhauses war ihr nicht entgangen. Doch sie blieb, wo sie stand, rauchte sehr langsam, inhalierte dabei ruhig und tief. Schließlich schnippte sie die Zigarette mit einer Geste zur Seite, die zu ihrem Gesamteindruck nicht passen wollte. Sie überquerte jetzt die Straße, las die Namen an den Klingelschildern und wandte sich dann ab, schwang sich auf ihr Hollandrad und radelte in die Richtung davon, aus der sie auch gekommen war.

Der Regen nahm an Stärke zu. Kühles Frühlingswetter an der See, eine Sinfonie in Moll, eine Vertonung grauer Bilder.

15

Lux war inzwischen bei jenen letzten Ausgaben der Ostsee-Zeitung angelangt, in deren Zeitraum ihres Erscheinens der pensionierte Reporter nach Hinweisen gesucht hatte. Er hatte nicht nur seinen eigenen, schmalen Artikel über das Brückenphantom von Kühlungsborn gefunden. Seine Idee war es gewesen, in den Todesanzeigen nachzuforschen, ob eine Familie, Freunde oder eine Einzelperson in genau jenem Zeitraum das tragische Ableben eines Menschen aufgrund eines Unfalls oder Ähnlichem abdrucken ließ. Lux war überzeugt, dass der merkwürdige Vorgang auf der Seebrücke auch eine mindestens ebenso merkwürdige Schlusspointe haben könnte. Um Mitwisser seines Tuns auszuschließen, fotografierte er die Anzeigen mit den Namen der Hinterbliebenen und des Verstorbenen mit seinem Handy ab. Er war dabei völlig ungestört, weil die Archivarin für ihn beinahe eine Stunde lang unsichtbar blieb. Er bedauerte das, andererseits kam es ihm zupass.

Lux wollte sich verabschieden, doch er fand die Frau nicht. Er schien allein zu sein. Er verließ das Archiv auf dem gleichen Weg, auf dem er auch gekommen war. Die beiden Kameras, eine über der Eingangstür und die andere an der Decke direkt über dem Tisch, an dem er gesessen, die Zeitungen studiert und die Todesanzeigen abfotografiert hatte, waren ihm nicht aufgefallen. Er zog die Tür leise hinter sich zu. Vor dem Gebäude stehend atmete er erst einmal tief durch. Die Luft im Archiv war ihm zu stickig gewesen.

Die Sonne platzte jetzt aus eben noch regenschweren Wolken. Er ging zurück vor das Rostocker Rathaus, Menschen saßen auf noch feuchten Stühlen vor den Restaurants auf der anderen Seite des Platzes. Eine Straßenbahn überholte ihn, schleifte mit schrägem Geheul über die Gleise und stoppte am Haltepunkt Neuer Markt. Nach einer Viertelstunde stieg Lux in der Tiefgarage in seinen Wagen und reihte sich in den Feierabendverkehr ein. Bis nach Bad Doberan zu seiner Wohnung in der Goethestraße kalkulierte er in Gedanken dreißig Minuten.

Sein Handy klingelte. Karl. »Danke der Nachfrage«, freute Lux sich. Und selbst?« Er hörte kurz zu, dann antwortete er: »Nein, ich habe noch nichts Neues. Die Berichte sagen auch nicht viel …« Er lauschte. »Ja, mit ein bisschen Glück … – Wünsche ich dir auch.« Lux war Delgado für dessen Nachfrage dankbar, denn er fühlte sich gebraucht. Er müsste sehr viel Pech auf seiner Seite haben, dachte er, wenn seine Funde ihm nicht weiterhelfen würden. Und käme er mit dem Brückenphantom nicht voran, verbargen sich hinter denen von ihm abfotografierten Todesanzeigen vielleicht ungeahnt spannende und tragische Geschichten, die es wert waren, vom Tod ins Leben geholt zu werden. So oder so, schloss er seinen Gedanken ab, würde er seinem langweiligen Rentnerdasein als wieder aktiver Journalist ein Schnippchen schlagen.

Zu Hause angelangt fand er in seinem Postkasten einen Brief des Finanzamtes, in dem man ihm bestätigte, dass er nun der Besitzer einer Steuernummer als selbstständiger Journalist war. Er notierte die Nummer in seinem iPhone und warf das Schreiben in den Müll. ›Ich bin wieder im Spiel‹, freute er sich, fragte sich aber auch, auf welchem Weg er seinen Presseausweis verlängern könnte. Das Dokument, das einen Journalisten beinahe überall, nur nicht ins Schlafzimmer der Bundeskanzlerin hereinließ, erschien ihm als ein äußerst wichtiges Papier, da es ihn als Mann in offizieller Mission bei Recherchen ausweisen konnte.

Es klingelte an der Tür. Er öffnete. Einen Spion hatte er nicht. Vor ihm stand seine Nachbarin, die vor ein paar Tagen mit einem ihm unbekannten Mann über das Wetter geredet hatte.

»Guten Tag Frau …« Lux war der Name entfallen.

»Piper. Ich bin die Frau Piper.«

»Gut. Was kann ich denn für Sie tun?« Sie standen sich beide mit einigem Abstand gegenüber. Die Frau versuchte einen Blick in das Innere der Wohnung zu erhaschen, doch Lux drückte sich breit in seine Eingangstür.

»Jemand stand heute vor dem Haus und hat es ziemlich lange angeguckt. Wollen Sie verkaufen?« Die Frau verbohrte sich in die Augen von Lux. Der hatte nichts zu verbergen.

»Nein, hatte nicht die Absicht.«

»Hmm, sie hat sich auch die Klingelschilder durchgelesen, deshalb dachte ich, dass Sie …«

»Nein, nein«, wehrte er ab, »ganz sicher nicht. Wie sah sie denn aus?«

»Groß, schlank, lange, braune Haare, heller Mantel. Mit einem grellen Ohrstecker. Eine Frau eben. Sie hat geraucht.«

Lux hörte aus ihren Worten Verachtung. »Fällt mir niemand ein, den ich kennen könnte«, antwortete er.

»Ach, wirklich nicht? Vielleicht ja eine Verflossene.« Die Frau grinste hintergründig.

Lux hatte genug gehört. Er sah auf die Uhr. »Ich muss dann mal weiter. Bleiben Sie weiter schön achtsam, Frau Piper.« Er machte einen Schritt in Richtung Tür zurück und hob zum Abschied die Hand.

Die Frau blieb stehen. Sie zeigte auch keinerlei Absichten, diesen Zustand zu ändern. »Sie war eine Fremde«, sagte sie. »Und wenn ich mich nicht irre, trug sie eine Perücke. Ich sehe so was. Ich habe lange als Friseuse gearbeitet. Macht ihnen das keine Sorgen?«

Lux wurde jetzt doch neugierig. »Woran sehen Sie das?«, fragte er sie.

»Natürliches Haar ist feiner als Perückenhaar. Es bewegt sich anders. Perückenhaar ist schwerer. Die Härchen haben bei dem starken Wind nicht – hmm – wie soll ich es sagen …«

»Getanzt?«, half Lux aus.

»Ja, getanzt. Sehr poetisch ausgedrückt, Herr Lux.« Sie strahlte ihn an, er schaute geniert weg.

»Na, wie dem auch sei. Eine Perücke macht eine Frau nicht gleich verdächtig.«

»Wenn Sie meinen … Ich gehe dann auch mal wieder. Ich wollte nur sagen …«

Lux unterbrach sie: »Menschen wie Sie sind wichtig, liebe Frau Piper. Damit wir alle in Frieden leben können.« Seine Stimme triefte vor Ironie.

Das entging ihr nicht. Sie verzog ihren Mund, wandte sich von ihm ab und ging nach Haus.

Lux schloss seine Tür. Er erkannte an, dass die Nachbarschaft aufmerksam war, doch wohl war ihm bei dem Gedanken daran nicht. Wahrscheinlich geriet auch er in den Fokus der Herrschaften mit der Gier nach allem, was nicht sie selbst betraf. Er genehmigte sich einen steifen Schluck Whiskey, den er auf einem zerschlissenen Sessel auf seiner efeubedeckten Terrasse sichtlich genoss. Nach seinen Minuten der hochprozentigen Einkehr, steuerte er sein Arbeitszimmer an. Ihn drängte es, die Fotos von den Traueranzeigen zu sichten.

16

Sein Arbeitszimmer war eine Mischung aus Bibliothek, Museum und Hightech-Labor. Es erzählte Geschichten. Drei von vier Wänden seines großzügigen Zimmers waren von Regalen eingekeilt, die vom Fußboden bis an die Decke reichten. In ihnen stapelten sich Bücher über Forensik, Profilanalysen, Observationstaktiken, Psychologie, Innere Sicherheit, Allgemeines Strafrecht, Strafvollstreckungen und Abhandlungen über Vernehmungsmethoden und Spurenanalysen. Dazwischen hatte Lux, der ein Sammler alter Schießeisen war, immer wieder Kästen mit rostigen Revolvern, Pistolen und Messern verschiedener Längen und Ausformungen gestellt. Die Waffen trennten die Büchersammlungen voneinander und machten sie so überschaubar.

Wie Fremdkörper wirkten dagegen die vier Kunstdrucke des Expressionisten Franz Marc an der einzigen regalfreien Wand. Lux hatte sich für dessen Tierporträts entschieden. Das »Blaue Pferd«, die »Gelbe Kuh«, den »Tiger« und die »Tierschicksale». Neben den Bildern hing ein Faksimile eines Briefes von Franz Marc, den er zwischen 1914 und 1915 aus einem Feldlager an eine Freundin geschrieben hatte: *Ich empfand schon sehr früh den Menschen als ›hässlich‹; das Tier schien mir schöner, reiner; aber auch an ihm entdeckte ich soviel gefühlswidriges und hässliches, so dass meine Darstellungen instinktiv immer schematischer, abstrakter wurden.* Diese Sätze gefielen David Lux, denn sie beschrieben den Menschen und das Tier nicht nur von ihrer positiven Seite.

Noch immer türmten sich auf seinem Schreibtisch Kopien von Polizeiakten, Tages- und Wochenzeitungen, Magazine der Kriminalistik und Gesetzesveröffentlichungen der vergangenen Jahre. Lux verschob einen Stapel ein bisschen weiter nach rechts, um für die Tastatur seines Computers mehr Platz zu haben. Er stöpselte sein Handy ein und übertrug die Fotos der Todesanzeigen auf den Desktop des Rechners. Mit nur wenigen Mausklicks legte er sich die Fotos nebeneinander auf die Oberfläche des Bildschirms. Er hatte jetzt eine gute Übersicht darüber, wann jemand gestorben und wie dessen Name war, wo die Trauerfeier stattgefunden hatte und in welchem Kreis. Er schrieb die Namen untereinander und ordnete sie nach ihrem Sterbedatum.

Christine Steiner, 30. April, Friedhof Kühlungsborn
Peter Kaufmann, 5. Mai, Westfriedhof Rostock
Amelie Kubiczek, 12. Mai, Neuer Friedhof Warnemünde
Torsten Fenzlau, 18. Mai, Westfriedhof Rostock
Monika Ludwig, 19. Mai, Neuer Friedhof Rostock
Maja Thomalla, 23. Mai, Friedhof Bad Doberan

Es gab nur einen Sterbefall, der zeitlich exakt passte und für den eine Todesanzeige aufgegeben worden war. Christine Steiner. Sie war die Jüngste unter den Toten gewesen, war mit zwanzig Jahren gestorben. Dafür klangen die Abschiedsworte in Lux' Ohren ungewöhnlich. Sie waren der Bibel entlehnt: *Und Mose wurde zornig über die Hauptleute des Heeres und sprach zu ihnen: Warum habt ihr alle Frauen leben lassen?*

Eine genaue Angabe über die Bibelstelle fehlte. Lux suchte mit den Augen seine Regale ab und griff sich einen Moment später das Buch »Grundkurs des Glaubens«. Er musste eine Weile blättern, bis er die richtige Lesestelle gefunden hatte: *Mose führte das Volk der Israeliten, die Hebräer, auf einer vierzig Jahre währenden Wanderung aus der ägyptischen Sklaverei nach Kanaan. Auf seinem Weg überzog er die Midianiter mit Krieg. Ihr Anführer war Midian, der älteste Sohn Abrahams, laut jüdischer Bibel, der Stammvater aller Israeliten.*

Lux fragte sich, was der Tod Christines mit dem Krieg Moses' und seinem Satz *Warum habt ihr alle Frauen leben*

lassen? zu tun hatte. Er dachte scharf nach. Sie war zwanzig Jahre alt geworden. Ein tragischer Unfall. Der einzige Hinterbliebene, der in der Todesanzeige genannt war, hieß Tom. Ein Nachname fehlte. Tom, die Kurzform von Thomas, ein Name, der aus dem Aramäischen stammte. Lux las, dass Thomas einer der Jünger Jesu war, der als Ungläubiger galt. Er hielt die Auferstehung für ein Märchen und ließ sich erst überzeugen, als der auferstandene Jesus mit Wundmalen vor ihm stand. Die Bibel übersetzte Thomas weiter als Zwilling. Tom und Zwilling? Lux machte sich Notizen. Waren er und Christine Zwillinge gewesen? Würde ein Atheist einen Satz aus dem Buch Mose in eine Todesanzeige drucken lassen? Eher nicht. Für Lux ein Hinweis darauf, dass Christine ein christlich-evangelisches Grab bekommen hatte.

Nach einem kleinen, aber durchaus wirksamen Schluck Tullamore Dew dämmerte ihm, dass in der Todesanzeige eine Botschaft versteckt gewesen sei könnte. Doch für wen? Und zu welchem Zweck? Und war er bei jener Christine auf der richtigen Spur? Der Ort der Beisetzung war mit der eher ungebräuchlichen Bezeichnung *Gottesacker in Kühlungsborn* angegeben. Er überlegte. Sollte er heute noch dorthin fahren? Doch es dämmerte bereits und er befürchtete, auf einem wahrscheinlich eher dunkel gelegenen Friedhof den Grabstein nicht zu finden. Und wenn doch, dann würde er wegen des fehlenden Lichts möglicherweise Hinweise übersehen, die ihm weiterhelfen konnten. Oder sollte er sich einer Taschenlampe oder dem Licht seines Handys bedienen? Er verwarf den Gedanken. Flackernde Lichter auf dunklen Friedhöfen führten möglicherweise zu einem ungebetenen Polizeibesuch. Neugierige Beamte konnte er nicht gebrauchen.

17 Am gleichen Abend

Der Mann und die Frau, die sich in der Rostocker Kneipe Rocket gegenübersaßen, hatten sich offensichtlich viel zu sagen. Sie hielten ihre Köpfe dabei so eng aneinander, als verrieten sie Staatsgeheimnisse. Der Mann saß mit dem Rücken zum Gastraum. Von ihm sah man nur die kurz geschnittenen, dunklen Haare, einen graugrünen Rollkragenpullover und einen auffälligen Ohrstecker, der im schummrigen Kneipenlicht türkisfarben leuchtete. Die Frau hatte ihr blond gebleichtes Haar streng nach hinten frisiert und ein blaues Hütchen keck mit Klammern auf dem Hinterkopf befestigt. Sie trug ein lilafarbenes Wollkleid und hatte auf den Lippen zu viel Rot. Es steckten zwei Ringe an ihren Fingern, die zu groß für die zierlichen Hände und sicherlich ziemlich teuer gewesen waren. Sie schimmerten beide matt golden und hatten beinahe die Farbe ihrer Haare.

Das Rocket befand sich nur unweit vom Doberaner Platz in einer Seitenstraße, war eine Raucherbar mit fleckigem Holzmobiliar und einer Luft, die man nur ertrug, wenn man hart im Nehmen war. Es war kurz nach 18 Uhr. Vor der Tür fegte ein Wind mit kräftigen Böen durch die Straßen und außer dem Mann und der Frau war nur noch ein Typ anwesend, der nicht den Eindruck machte, als sei dieser Tag für ihn ein guter Tag gewesen. Er sabberte vor sich hin, krakeelte ab und an ein Wort in den Raum und schwieg wieder. Er wirkte wahrscheinlich älter als er war, denn sein Gesicht war aufgedunsen und sicher roch sein Atem schlecht.

Seine Kleidung machte allerdings nicht den Eindruck, als sei sie aus dem Altkleidercontainer. Er jonglierte mehr auf seinem Barhocker, als dass er auf ihm saß. Der Mann hatte bereits den vierten Wodka mit Orangensaft vor sich, den er jetzt in einem Zug leerte und sah benebelt über die schwarze, blanke Theke hinüber zum Flaschenregal. Dann bestellte er noch einen fünften Drink, den er genauso schnell hinunterkippte. »Hast du Erdnüsse?«, fragte er lauthals die Barfrau, die zwar vor ihm stand und irgendwas auf ein Stück Papier kritzelte, ihm aber den Rücken zugewandt hatte. Man konnte sehr deutlich die blaue Rose und das Wort *Vita* erkennen, die auf ihren Nacken tätowiert waren. Sie trug ein weit ausgeschnittenes Top und die Haare kurz.

»Moment«, brummte sie zurück.

Wenig später lag eine Packung vor dem Betrunkenen, die er mit Gewalt aufriss und dabei die Hälfte der Nüsse auf dem Boden verstreute. »Schmecken fabelhaft«, krähte er über die Bar. Er strich sich seine wenigen Haare glatt, rülpste. Aus den Lautsprechern der Kneipe wehte ein Lied durch den Raum. *Let It Be* von den Beatles.

»Am besten du trinkst noch einen, dann schmeckt dir sogar die Packung«, schallte es zurück.

Der Mann trank hundert Gramm Wodka in einem Cocktailglas, das die Barfrau mit Saft auffüllte. Der Alkohol zeigte sich jetzt von seiner besten Seite, denn er wirkte. Der Typ glitt vom Barhocker und jonglierte unsicher mit dem noch halbvollen Glas in der linken Hand zu einem in der Ecke halb verdeckten Tisch. Er fiel mit schweren Beinen in den

Stuhl. Dort blieb er eine Weile regungslos sitzen. Er stierte mit leerem Blick auf den Mann und die Frau, die so eng und vertraut miteinander tuschelten, und nahm einen tiefen Schluck. Draußen vor der Tür wirbelte der Wind Papierfetzen in die Luft und schleuderte sie gegen ein Fenster des Lokals. Der Sturm brachte ein Straßenschild zum Wanken auf dem das Wort *STOP* stand.

»Wollen wir gehen?«, fragte der Mann die Frau. »Dieser Typ gefällt mir nicht.« Ihre Biergläser waren noch halbvoll.

»Lass uns bleiben. Der beruhigt sich auch wieder.« Die Frau sah zur Seite aus dem Fenster des Lokals. Dabei wurde ein leuchtend brauner Leberfleck sichtbar, der unter ihrem rechten Auge saß. »Er hat sich die Todesanzeigen von damals rausgesucht«, wandte sie sich wieder ihrem Begleiter zu. »Ich konnte nicht alles erkennen, die Kamerabilder sind leicht unscharf. Aber es könnte sein, dass er dir auf der Spur ist. Ich bringe sie dir morgen mit.«

»Das ist gut. Je näher er mir kommt, umso näher kann ich ihm kommen. Ich habe mich ihm mit Steve vorgestellt, ein bisschen Verwirrung kann nicht schaden. Er wird sowieso für das büßen, was er mir angetan hat, die Frage ist wann.« Der Mann rückte sein Gesicht wieder sehr dicht an das seiner Begleitung.

»Ich finde deinen echten Namen schöner«, wisperte sie ihm zu.

»Ja, Sarah, dafür habe ich auch lange gekämpft.« Er nahm einen Schluck aus seinem Bierglas. »Was meinst du?«, fragte er nach einem Moment, »soll ich ein paar neue Spuren legen? Schließlich hat ihn mein Spruch auf der Bank *Suicide is painless* ganz sicher zu seiner Suche im Archiv inspiriert.«

Sie fingerte eine Zigarette aus der Packung und zündete sie an. Der betrunkene Typ war mit seinem Gesicht auf den Armen vornübergebeugt an seinem Tisch eingeschlafen. Er schnarchte leise.

»Schenk ihm nichts, Tom. Und suche dir einen guten Moment dafür aus. Du musst sehr vorsichtig agieren. Sonst landest du wegen dieser anderen Sachen wirklich noch im Knast. Und aus dem kommst du nur verfault wieder raus.« Sie umfasste seine Schulter.

Er lehnte seinen Kopf an sie. Doch seine Augen funkelten bedrohlich. Wie ein Schatten legte sich jetzt ein harter Zug um seinen Mund. Er drängte sie von sich ab.

Bevor sie darauf reagieren konnte, machte sich der betrunkene Typ bemerkbar. »Bedienung!« Er leerte den Rest seines Glases, schlug es mit dem Boden krachend auf den Tisch und wischte mit einem Ärmel über seinen Mund.

Es rührte sich was hinter der Theke. »Für dich reicht's für heute!«, schnarrte die Barfrau ihn an, als sie an seinen Tisch getreten war. Sie griff nach dem leeren Cocktailglas.

Der Mann packte sie hart am Handgelenk. »Schätzchen«, drohte er, »willst du Ärger machen?«

»Lass mich los«, fauchte sie, »sonst schmeiß ich dich raus.«

Der Mann prustete lauthals über den Tisch. »Mich rausschmeißen? Da musst du aber früher aufstehen.«

»Ach so?«, höhnte sie. »Du solltest mal sehen, wie schnell du vor der Tür sitzt.«

Der Typ schwieg jetzt und stierte mit glasigen Augen zum Nachbartisch. Das Paar tat so, als ginge sie das Ganze nichts an. Die Barfrau war zum Tresen zurückgekehrt. »Und nun verlass schleunigst das Lokal«, kollerte sie aus sicherer Entfernung zu ihm hinüber, »bevor ich dich dazu zwingen muss.«

»Mach mal halblang, Mädchen. Einen bringst du mir noch, und dann bist du mich los.«

Sie kaute auf ihrer Unterlippe und dachte nach. Doch sie blieb hart. Der Typ drückte sich aus dem Stuhl und wankte auf sie zu. Sie wich vom Tresen rückwärts nach hinten und griff dabei nach ihrem Mobiltelefon.

Tom hatte das Gespräch mit seiner Freundin unterbrochen und kam der Barfrau zu Hilfe. Er tippte dem Trunkenbold auf die Schulter. Der fuhr herum. Er sah in ein entschlossenes Gesicht. Die mächtigen Gitarrenriffs von Deep Purples *Smoke On The Water* ertönten.

»Hier gibt es so viele Kneipen«, sagte Tom wie zu einem Kind. »Warum versuchen Sie es nicht dort? Sie kommen hier sowieso nicht mehr weiter. Gehen Sie und wir haben alle unseren Frieden.«

»Frieden?«, blökte der Typ ihn an. »Frieden? Scheiß auf Frieden.«

Smoke on the water, fire in the sky …

Der Ellbogencheck in Richtung Kinn des Pöblers passte haargenau. Der verlor das Gleichgewicht und stürzte zu Boden. Die Barfrau legte das Telefon blitzschnell aus der Hand und eilte hinzu. Gemeinsam hoben sie ihn auf die

Beine, nutzten seine vorübergehende Orientierungslosigkeit und drückten ihn mühelos durch das Lokal hinaus auf die Straße. Die Barfrau verschloss die Tür. Der Typ trollte sich mit unsicherem Gang und wild fluchend irgendwohin. Als er außer Sichtweite war, entriegelte sie die Tür wieder und ging zurück zum Tresen. »Danke«, sagte sie und winkte Tom zu, der sich wieder zu seiner Begleitung gesetzt hatte.

»Das war toll von dir«, umarmte Sarah ihren Freund zärtlich. Ihre Ringe schimmerten im Licht der Kneipenlampe über ihrem Tisch. Die Bäume vor dem Lokal standen so still, als habe es nie einen Sturm gegeben. »Um noch mal auf den Reporter zurückzukommen«, nahm sie den Faden von eben wieder auf, »pass da auf! Vielleicht hat er bessere Kontakte zur Polizei, als du glaubst. Ich möchte dich nicht mein Leben lang im Knast besuchen müssen.« Sie drückte seinen Arm, den er ihr aber entzog.

In seiner Stimme lag jetzt Kühle: »Bist du es nicht gewesen, die ihn für mich gefunden hat?«

Statt einer Antwort küsste sie ihn leidenschaftlich auf den Mund.

Er ließ es geschehen.

Am nächsten Morgen radelte er missmutig und mit gequältem Gesichtsausdruck zur Arbeit. Nach ihrem Kneipenbesuch in Rostock am vergangenen Abend hatten Sarah und er in seiner Kühlungsborner Wohnung noch bis zwei Uhr nachts drei Flaschen Primitivo geleert und waren, wohl auch wegen ihrer seligen Trunkenheit, im Schlafzimmer lange nicht zur Ruhe gekommen. Toms erster Patient war bereits
88 für acht Uhr bestellt. Und so war auch das Frühstück weggefallen, der Espresso und die Zigarette am Morgen. Das zweistöckige Physiozentrum, in dem Tom arbeitete, sah aus, als seien mehrere Bungalows aufeinandergestapelt und miteinander verbunden worden. Es lag vom Meer ein ganzes Stück ab an einer Straße, die nach Ernst Wittholz, einem Hauptmann aus dem Ersten Weltkrieg, benannt war. Er war bei einem Angriff auf das Dörfchen Pintheville in Ostfrankreich gefallen. *Physiologisches Zentrum und Massage* stand in breiten Lettern auf dem Schild an dem bungalowartigen Haus, das in der Mitte des Städtchens lag. Von hier aus war es noch ein Stück Weg in das Zentrum Kühlungsborns, das in die Ortsteile Ost und West aufgeteilt war. Während der Oststrand beinahe ohne Steine war, musste man auf manchen Abschnitten des Weststrandes vorsichtig sein. Angeschwemmte Kiesel, aber auch Strandgut aus Holz, Metall und Glas, dazu von der See zerfressenes und vom Wind zerzaustes Wurzelwerk, zeichneten nicht nur wilde Bilder, sondern waren auch nicht ganz ungefährlich für nackte Füße.

Vor der Physiotherapie schlängelte sich ein Pfad aus Natursteinplatten um das Betongebäude hinter deren Fenstern Touristen und Bewohner auf Therapeuten warteten, die ihnen die Physis wieder geradebogen.

Tom stellte sein Fahrrad in den Hof und betrat das Haus. Er kleidete sich um und erschien nun ganz in Weiß vor seinem Patienten, einem jungen Mann, der bereits auf ihn wartete.

Mit einem genervten Gesichtsausdruck lotste er ihn in das Behandlungszimmer, sein Ton klang streng: »Oberkörper frei machen, mit dem Bauch auf die Liege legen und warten! Bin gleich bei Ihnen.«

Der Patient sah ihn eingeschüchtert an.

»Ja, da ist noch jemand vor Ihnen, der eine Fangopackung bekommt, das kann ein paar Momente dauern. Lesen Sie doch in einer Zeitung. Es liegen etliche hier herum.«

Der junge Mann schenkte Tom einen fragenden Blick.

»Jeder weiß«, sagte der jetzt ungehalten, »dass man sich bei Praxisbesuchen Zeit und ein Buch mitbringen muss. Also bis gleich.« Er quittierte den erstaunten Gesichtsausdruck des Patienten mit einem grimmigen Lächeln und knallte die Tür des Behandlungsraums hinter sich zu. Sein Schlafdefizit fühlte sich an, als würde die Wirkung einer Droge nachlassen.

Der Etage mit der Physiotherapie war ein kleiner Balkon mit einem Tisch und zwei Stühlen vorgelagert. Er setzte sich, schlug die Beine übereinander, zog eine Zigarette aus der Packung, entzündete sie und sah dann versonnen dem Rauch hinterher. Er dachte an das Gespräch mit David Lux, der ihn von Hamburg nach Rostock in seinem Auto mitgenommen hatte. Bitterkeit stieg in ihm auf. Ob dieser Schmierenreporter ihn überhaupt verstanden hatte? Der Mann, der ihn in einem Artikel öffentlich geschlachtet hatte? War dessen Interesse an der von Tom ausführlich erklärten Transsexualität echt oder nur geheuchelt gewesen? So wie das die meisten Menschen taten, wenn sich ihnen jemand offenbarte, der abseits der Norm lebte? Er hatte eine langwierige Häutung hinter sich, die allerdings auf beiden Seiten Opfer gekostet hatte. Auf Seiten seiner Familie, seiner Freunde und ihm und auf Seiten seiner Kollegen und fremder Menschen, deren Wege Tom gekreuzt hatte und immer noch kreuzte.

Ein kühler Schauer durchzog ihn. Ohne dass er sich erklären konnte, warum er gerade jetzt an eine Frau denken musste, mit der er kurze Zeit liiert war und die er hier in der Physiotherapie kennengelernt hatte, schwelgte er jetzt in Gedanken über sie. Die Patientin war mit einer halbwegs auskurierten Lendenwirbelstauchung am Hals überwiesen worden und hatte zehn Massagen und mehrere Wärmebehandlungen verschrieben bekommen. Sie hieß Lena Hummel, war 29 Jahre alt, eine schlanke, blonde Frau mit kornblumenblauen Augen und einer Haut, die jeden Mann zum Träumen brachte. Tom erinnerte sich an beinahe jede Minute, die sie in seinem Behandlungszimmer, auf der Massagebank und unter seinen Händen verbracht hatte. Am ersten Tag, als sie in der Praxis auftauchte, trug sie ein dünnes Wollkleid, das sich so eng an ihre Brüste und Hüften anschmiegte, dass die Augen der Patienten und der Heilpraktiker an ihr klebten wie ein Magnet an einem Stück Stahl. Eigentlich war Tom an jenem Tag ausgebucht und ein anderer Heilpraktiker war ihr zugeteilt worden. Aber ein einziger scharfer Blick, ähnlich dem eines Löwen im Tierreich gegenüber einem Rivalen, stellte alles klar. Der Kollege, der eben noch selbst lüstern auf die Kundschaft geschaut hatte, verzog sich vom Empfangstresen. Im Behandlungszimmer streifte sich die Frau das Wollkleid so behände ab wie eine Go-Go-Tänzerin mit viel Kundschaft. Sie trug einen passgenau sitzenden Mieder und roch wie frisch geduscht.

»Wohnen Sie hier?«, fragte Tom, während er sich mit dem Rücken zu ihr die Hände desinfizierte. Er bemerkte ein Zittern in seiner Stimme.

»Oh ja«, sagte sie, »ich habe mir ein Apartment gekauft, im Ostteil von Kühlungsborn. Ich habe es mir gerade neu eingerichtet und mich beim Tragen eines Sofas verhoben. Es tat einige Zeit höllisch weh und nun soll ich …«

»… Massagen bekommen?«, ergänzte Tom. Er stand strahlend vor ihr. »Ich bin Tom, wir werden jetzt wohl ein paar Mal aufeinandertreffen, oder?«

Als Antwort erhielt er ihren Namen und ein bezauberndes Lächeln.

Tom war sofort verliebt. »Beginnen wir?«

Lena streifte sich das Mieder bis zur Hüfte ab. Sie hatte hohe Brüste, die wie bei einem Teenager aufrecht standen. Sie legte sich auf den Bauch und streckte ihre Beine und

Füße anmutig über die Bank. Sie streifte ihr weizenblondes, gelocktes Haar zur Seite. »Ist es so gut?«, fragte sie.

Tom legte seine rechte Hand auf den Bereich ihres Halses und der Schulterblätter. »Ja, bleiben Sie entspannt und locker. Spannen Sie Ihre Muskeln nicht an. Ich werde Ihre Halswirbel und das Gewebe rundherum jetzt vorsichtig abtasten. Es kann vielleicht eine Spur schmerzen, aber das geht vorbei.«

Sie hauchte ein »Okay« und schloss die Augen.

Tom sog ihren Körpergeruch ein und genoss dabei das angenehme Pochen zwischen seinen Beinen, das aber schnell verflog, als er sich ganz auf ihren Hals zu konzentrieren begann. Schweigend verrichtete er seine Handarbeit. Kein Laut war zu hören, wenn man davon absah, dass eine lästige Fliege mit lautem Gebrumm aber chancenlos versuchte, durch eine Scheibe nach außen zu gelangen.

»Was machen Sie beruflich?«, fragte er nach etlichen Minuten des Schweigens. Er glitt mit seinen Händen einfühlsam an ihrem Nacken entlang.

»Noch nichts. Ich bin erst vor Kurzem nach Kühlungsborn gezogen.« Sie atmete gleichmäßig und ruhig.

Toms Hände glitten weiter auf ihren Schulterblättern mehr in die Mitte ihres Rückens hinunter. »Haben Sie etwas in Aussicht?«

»Ja, im Jugendgästehaus. Kennen Sie es?«

»Ja, sicher. Es drückt das Durchschnittsalter unserer Touristen.«

»Sie werden es nicht glauben, aber wir haben auch Gäste jenseits des Jugendalters.«

»Wird an den günstigen Preisen liegen, oder?«

»Vermutlich«, murmelte sie genießerisch.

Die Hände ihres Heilpraktikers waren am Ende ihres Rückens angekommen. Toms Fingerspitzen berührten schon fast ihren Po. Sie hielt jetzt den Atem an, was ihm nicht entging. Er rückte jetzt nur noch Millimeter weiter vor. Er brannte darauf, von ihr gestoppt zu werden, ansonsten würde er sie weiter provozieren. Das Pochen seines Lustzentrums dröhnte in ihm wie die Glocke eines schönen Kirchturms. Sie zitterte so leicht wie ein Tier, das lästige Fliegen von seinem Rücken abzuschütteln versuchte. Für Tom das Zeichen, neutralere Zonen zu bearbeiten. »Wann beginnen Sie denn dort?«, fragte er und mühte sich um einen festen Klang seiner Stimme.

»Im nächsten Monat. Ich möchte mich erst in Ruhe einrichten. Später wird mein Freund nachkommen, aber bis dahin ...«

»... genießen Sie das Leben als Pseudosingle am Strand?«, fragte er in neckischem Ton.

Sie nahm den Faden auf. »Warum nicht? Schließlich leben wir alle nur einmal.«

»Da haben Sie wirklich recht.« Er knetete noch einmal ihre Schulterblätter durch, massierte die Muskelstränge entlang ihres Rückgrats und klapste ihr dann leicht auf die rechte Seite ihrer Hüfte. Sie blickte von der Liege zu ihm hoch. »Für heute sind wir fertig«, sagte er mit etwas schmierigem Lächeln. Er wusch sich die Hände.

»Sie haben es hart und weich zugleich gemacht«, flötete sie zurück. »Es tat mir gut. Ihre Hände haben ein besonderes Talent.« Sie zeigte ihm eine Reihe fabelhaft weißer Zähne.

Ihr nächster Termin war am übernächsten Tag. Noch weitere neun Termine folgten, bis Lena ihn am Ende ihrer Behandlungen fragte, ob er mit ihr essen gehen wolle. Tom hatte zugestimmt und dann war es passiert …

Tom riss sich aus seinen Erinnerungen los. Er blickte auf die Uhr und erschrak. Sein Patient wartete bereits mehr als eine halbe Stunde. Ob er schon verärgert war und fror? Tom würde heute noch weitere drei Patienten behandeln, dann hatte er bis Dienstag frei. Er drückte seine Zigarette aus, obwohl diese schon lange verglüht war, und verschwand vom Balkon ins Innere der Praxis.

Der Friedhof in Kühlungsborn, der sich am Rande des Ostteils des Ostseestädtchens befand, war ein schmucklos wirkendes Areal, das neben den üblichen Grabsteinen nur ein paar wenige alte Kreuze aus Eisen und Holz zu bieten hatte. Zur Straße hin gab es eine Wiese und eine niedrig gehaltene Hecke. Nach hinten hin, von der Straße kaum einsehbar, waren die Toten der letzten Jahre bestattet, zumeist einfach, ohne viel Schmuck um den Stein. An den Friedhof grenzte ein Feld an, das sich so weit hinzog, dass dessen Ende kaum auszumachen war. Wildes Gebüsch und dichte, hohe Bäume bildeten die natürliche Grenze zwischen Acker und Totenstätte.

Lux spazierte die Reihen ab. Er suchte nach einem Grab, das hier vor 25 Jahren ausgehoben und bepflanzt worden war. Existierte es überhaupt noch? Oder war die Ruhezeit abgelaufen und auf dem gleichen Platz ein neues Grab entstanden? Lux strich mit den Augen über die Steine wie ein Goldsucher über einen Fluss in Alaska. Doch die Gräber und Inschriften, die er sah, wollten auf eine Christine nicht passen. Er spazierte die Grabreihen von ihrem Ende in Richtung des Eingangs erneut ab. Außer Lux schien niemand sonst auf dem Gottesacker zu sein.

Während er für seine Umwelt keine Blicke, dafür aber umso mehr Augen für die Steine hatte, rollte ein Fahrrad lautlos heran, wurde von seinem Besitzer etwas abseits des Friedhofs abgestellt und an einem Zaun angeschlossen. Ein Mann, gekleidet wie ein Soldat in Camouflage, eine Kapuze auf dem Kopf und auf dem Rücken eine Art kleinen Seesack, schlich leise durch das schmiedeeiserne Tor des Friedhofs und verharrte dann einen Moment. Seine Augen strichen über das Gelände. Sie blieben bei David Lux hängen, der sich noch immer die Grabsteine besah. Vorsichtig einen Schritt vor den anderen setzend, steuerte er auf einen dichten und schon sehr hoch und ausladend gewachsenen Rhododendron zu. Er ging in die Hocke und verbarg sich hinter seinen dichten dunkel-

grünen Blättern. Die Farbe seiner Kleidung war an den Bewuchs des Friedhofs beinahe perfekt angepasst. Der Besucher bog die Äste des Buschs ein wenig auseinander. Er hatte Lux, der etwa dreißig Meter von ihm entfernt vor einem versteckt im Boden ruhenden Kreuz stand, gut im Blick. Dieser bückte sich gerade, als würde er die Inschrift genauer lesen wollen. Sein Beobachter entnahm seinem Seesack ein Gewehr, verschraubte ein Zielfernrohr darauf und hielt sich die Waffe vor die Augen. Er hatte Lux jetzt im Visier. Er sah sogar die Schweißtropfen, die dem Reporter auf der Stirn standen.

»Puch, puch«, ahmte Lux' Schatten jetzt die Geräusche einer abgefeuerten Waffe nach. Er legte das Gewehr neben sich, rutschte noch einige Zentimeter nach rechts und war jetzt kaum noch zu sehen, doch sein Blick auf Lux war noch direkter. Die Waffe ließ er liegen. Der Beobachter kramte aus seinem Rucksack ein Taschentuch hervor, hielt dabei den Blick gesenkt und tupfte sich die Nase. Es war kühl und feucht hier.

Als er aufsah, war Lux aus seinem Blickfeld verschwunden. »Verdammt!« Er war doch eben noch da gewesen?

Der Besucher verharrte hinten den schützenden Zweigen des Rhododendrons. Als er Lux wieder zu Gesicht bekam, spazierte der kaum zehn Meter von ihm entfernt auf dem alten Gräberfeld umher und kam geradewegs auf ihn zu. Ergriffen von spontaner Panik stolperte er aus der Hocke zwar leise, aber dennoch mit einigen Geräuschen seitwärts durch die Zweige des Busches hin zu einer alten, knorrigen Kiefer. Hinter ihr suchte er Schutz. »Shit!«, zischte er leise. Wo war die Waffe? Wie bei einem urplötzlichen Wutanfall schoss dem Besucher das Blut ins Gesicht. Vorsichtig lugte der Fremde seitlich am Stamm des Baumes vorbei. Lux stand jetzt, eingerahmt von Steinstelen und Steinkreuzen, nur ein paar Meter von jener Stelle entfernt, an der sein Beobachter das Gewehr hatte liegen lassen. Er sah, dass Lux die Augen zusammenkniff wie ein blinder Esel.

Der Reporter steuerte geradewegs auf die am Boden liegende Waffe zu, ging in die Hocke und polterte für den Fremden laut und vernehmlich: »Was zum Teufel hast du hier zu suchen?« Sein Gesicht wechselte zwischen Erstaunen und Aufgeregtheit.

Der versteckte Mann drückte sich so gut er konnte hinter den Kiefernstamm, neben ihm bot ein stachliger Ilex Schutz.

Lux begutachtete das Gewehr ausgiebig, ohne es vorerst zu berühren. Dann suchten seine Augen die nahe Umgebung ab. Amseln krakeelten, der Wind ging durch die Wipfel der Bäume. Menschliche Laute waren nicht zu hören. Eben passierten zwei Autos die Straße neben dem Friedhof.

Der Fremde spürte, wie ihm der Schweiß am Rücken herunterrann. Um nicht doch noch entdeckt zu werden, versuchte er sich noch kleiner, noch schmaler zu machen. Dabei kam ihm zupass, dass er moosgrüne Kleidung trug. Wenn Lux nur endlich abziehen, endlich verschwinden würde. Lux griff nach dem Gewehr, zog aber seine Hand sofort wieder zurück. Was hatte er vor? Was würde er als nächstes tun? Wollte er das Gewehr etwa mitnehmen? Der Herzschlag des Fremden erhöhte sich dramatisch.

Lux fingerte jetzt ein Taschentuch aus seiner Jackentasche und wickelte es sich um die Hand. Dann griff er zu. Seine rechte Hand glitt über den Kolben und den Schaft. Er erhob sich, das Gewehr in der Hand, und ging zu seinem Wagen, den er nur unweit von hier geparkt hatte. Vorsichtig legte er die Waffe auf dem Rücksitz ab, zog die Fahrertür hinter sich zu und brauste davon.

Der Fremde wagte sich erst aus seiner Deckung, als die Geräusche des davonfahrenden Autos verebbt waren. Er sah sehr nachdenklich aus, die Haare lagen ihm verschwitzt am Kopf und an seinen Hosen klebten in Kniehöhe Reste des Nadelbodens, der sich hier überall auf dem Friedhof fand.

»Komm, mein Lieber«, begrüßte Delgado seinen Freund Lux jovial und dirigierte ihn von der Tür aus hinein in sein Büro. In der Ecke standen zwei Sessel, die ganz und gar aus grauem Leder waren. »Heute ist der 15. Mai und du hast in neun Tagen Geburtstag.« Delgado fiel wie eine reife Pflaume in einen der Sessel, der dabei ächzende Geräusche von sich gab. Der Hüftumfang des Polizisten hatte schon enthaltsamere Zeiten erlebt. Er zeigte auf den Sessel gegenüber.

»Erinnere mich bloß nicht daran«, stöhnte Lux, nahm seinen Rucksack ab, aus dem etwas Längliches herausragte, das in weißem Plastik verpackt war, und setzte sich. Er ruckelte sich auf dem Leder neu zurecht. »66 ist wirklich kein Grund zu feiern. Auch, wenn Udo Jürgens … Ach komm schon, lass uns darüber jetzt nicht reden. Du musst mir einen Gefallen tun. Dieses Ding hier braucht einen guten Spurenleser.« Lux nestelte am Reißverschluss seines Rucksacks.

»Was ist da drin?«, beugte sich Delgado weit nach vorn. »Eine Angelrute?«

»Eine Waffe«, antwortete Lux.

Delgados Augenbrauen schnellten zur Stirn. »Eine Waffe? Wo hast du die denn her?«

»Das tut nichts zur Sache. Ich will dich in nichts hineinziehen, was dir schaden könnte. Reicht schon, dass ich die Akten von dir bekommen habe.«

»Also bist du auf etwas Interessantes gestoßen?«, fragte Delgado lauernd. Augenscheinlich schwitzte er. Sein schwarzes Haar begann feucht zu schillern.

»Vielleicht. Vielleicht auch nicht. Ich möchte sichergehen, ob die möglichen Fingerabdrücke in der Datenbank sind oder nicht.«

»Zeig her«, verlangte Delgado.

Lux reichte ihm die verpackte Waffe.

Der Hauptkommissar riss vorsichtig das Plastik am Verschluss beiseite. Sein Blick wurde zur Kennermiene. »Ein Bergstutzen. Ich schätze Kaliber 57.«

Delgado stand wortlos auf, schlenderte zu einem Aktenschrank, zog ihn auf, blätterte in einer Akte und kam mit einem blauen Hefter vom Umfang seines Oberarms wieder. Er hielt ihn Lux vor die Nase. »Hier sind alle Waffen drin, die in den letzten Jahren von den braven Bürgern dieses Landkreises als gestohlen gemeldet wurden. Vielleicht ist sie ja dabei.«

»Nach Jahren geordnet?«, fragte Lux.

»Ja«, antwortete Delgado.

Auf kleinen Reitern standen Jahreszahlen. Lux schlug die Seite des Jahres auf, das ihn interessierte.

Delgado schnüffelte indes an dem Rohr der Waffe. »Sie wurde lange nicht benutzt«, befand er.

»Ich finde sie hier drin nicht«, sagte Lux.

»Schön, dann eben nicht«, sagte Delgado, erhob sich und stapfte durch sein Büro. In den Ecken der Wände zur Decke schimmerten feine Spinnweben im Sonnenlicht. Der Polizist ließ sich auf seinen Schreibtischstuhl fallen. »Lass sie hier, du hast morgen das Ergebnis. Willst du mir nicht doch ein paar Einzelheiten nennen?«

Lux hing zusammengesunken in seinem grauen Sessel. »Besser nicht«, antwortete er. »Ich halte dich auf dem Laufenden, okay?«

»Warum so reserviert?«, fragte Delgado. »Du bist doch sonst nicht so schmallippig. Willst du einen Kaffee und dazu eine Zigarre?«

Lux regte sich jetzt interessiert, Delgado sprang auf.

»Guter Plan.« Der Reporter rieb seine Hände so freudig aneinander, als würde er daraus Feuer schlagen wollen.

»Gut, ich besorge beides«, tat der Hauptkommissar jetzt geschäftig, umrundete seinen Schreibtisch, griff sich die Plastikverpackung mit der Waffe, sandte Lux einen vielsagenden Blick, durchschritt eilig den Raum und verschwand irgendwo auf den Gängen des Kommissariats.

Lux wand sich aus dem Sessel, stellte sich an eines der Bürofenster und sah über die Dächer der gegenüberliegenden Häuser. Ihn fröstelte bei dem Gedanken, dass die Waffe für ihn bestimmt gewesen sein und sich ihr Besitzer zur selben Zeit auf dem Friedhof aufgehalten haben könnte. Seine Augen blickten düster unter der tief gekrausten Stirn hervor. Die Äderchen an seinen Schläfen stachen sichtbar aus der Haut. Über seiner Nasenwurzel hatten die beiden Falten eine tiefrote Farbe angenommen. Keine Frage: Lux war nicht nur beunruhigt, seine Gedanken verursachten auch einen gefährlich hohen Blutdruck.

Delgado war zurückgekehrt, in der einen Hand ein Tablett mit Kaffee, in der anderen zwei Zigarren mit einer hübsch goldenen Banderole. »Havanna«, schnalzte er mit der Zunge, schloss die Tür hinter sich und riss das Fenster auf. »Meine Sekretärin hat eine Nase wie ein Raubtier. Und genauso scharfe Krallen. Wir sollten sie, so lange es geht, auf Abstand halten.«

Lux grinste. »Wie lange bist du nicht mehr mit ihr zusammen?«

Delgado verteilte die Kaffeebecher, reichte Lux die Zigarre und den Knipser. »Gut ein Jahr. Läuft aber prima. Sie hat einen neuen Mann, ich eine andere Frau. Also gleicht sich alles aus. Der Schmerz wie auch die Lust.«

»Besser geht's nicht«, sagte Lux. »Wer ist sie, du oller Schürzenjäger?«

»Wieder eine Kollegin«, sagte Delgado kurz. »Wir Polizisten bedienen uns gern am Naheliegenden. Das weißt du doch. Es ist wie bei einer Ermittlung.« Delgado machte ein Gesicht wie ein Kind, das zufrieden mit seinem Schokopudding war. Lux blickte zur Seite. Beide schwiegen jetzt, entzündeten ihre Zigarren und sahen dem aufsteigenden Rauch nach. Ein kurzer Moment der Friedlichkeit in einer Welt zweier Männer, die aus Ermittlungsakten, Liebesabenteuern und der Unerträglichkeit des Ruhestands bestand.

»Und bei dir, alter Knabe?«, durchbrach Delgado die Stille. »Was macht die Liebe? Oder machst du es dir selbst?« Dabei brach er in ein albernes Gelächter aus.

Lux sah ihn ungerührt an. »Du kannst dir diese Bemerkungen sparen, Karl. Du denkst, nur weil du zehn Jahre jünger bist ...«

»Ach komm schon«, zwinkerte Karl ihm spöttisch zu.

»Nee, nee«, gab sich Lux störrisch, »ich werde irgendwann in die Kiste steigen und sagen können, dass ich nicht nur einen guten Job, sondern auch guten und ausreichend Sex hatte. Viel mehr als ich mir in meiner Jugend erhofft hatte.«

Delgado winkte ab. »Du redest, als sei alles bereits vorbei. Du bist in den besten Jahren David. Du wirst älter werden, als dir lieb ist, deshalb rate ich dir, schnellstens wieder zuzuschlagen und ein bisschen Tiger zu spielen. Was soll's? You only live once, mein Alter.«

Diese Tonlage gefiel David Lux gar nicht. Andererseits kannte er Delgado schon lange, sehr lange. Ohne ihn wäre Lux in seinem Job als Polizeireporter nicht so weit gekommen. Doch dass dieser ihm oftmals zeigte, dass er der Jüngere und damit der Agilere war, störte ihn. Lux blieb dennoch ruhig. »Du kannst es drehen, wie du willst. Wenn du aus deinem Job ausscheidest, wirst du merken, dass dir ein Teil deiner bisherigen Welt geklaut wird. Es ist ja nicht nur der Gang ins Büro, das Team oder die tägliche Arbeit. Dir fehlt auch die Kraft, die du alltäglich aufgebracht hast, aufzustehen, loszugehen, dich abzurackern, heimzukehren und ins Bett zu fallen. Und innerhalb dieser Kraft wendest du eben auch Energie für eine Frau oder deine Kinder auf. Wird die Kraft nicht mehr gebraucht, fehlt auch die Energie für das Private.« Lux hatte sich in Rage geredet und sog jetzt tief an seiner Zigarre. Der blaue Rauch verteilte sich vor seinem Mund, seinem roten Gesicht und über seinem Kopf.

Delgado sah ihn durchdringend an. »Und als Kompensation für die fehlende Energie, wie du das nennst, bohrst du jetzt in der Vergangenheit, in der Hoffnung das Brückenphantom ans Licht zu holen? Aus einem Geist einen Menschen zu machen?«

»Warum nicht«, erwiderte Lux. »Immer noch besser, als daheim Däumchen zu drehen oder mit anderen Silver Agern nach Mallorca zu bummeln und mich dort tödlich zu langweilen.«

»Hehe, Vorsicht mit dem Wort *tödlich*«, lachte Delgado. Er balancierte die Zigarre kunstvoll zwischen den Fingern, um die Asche möglichst lange zu halten, und griff nach einer Fernbedienung, die an der Kante des kleinen Couchtisches lag. Nur wenig später kam klassische Musik aus Lautsprechern, die Delgado irgendwo hinter seinen Bürovorhängen drapiert haben musste.

»Du hast es gut Karl. Du hast eine Karriere gemacht, die dich ganz nach oben gebracht hat. Verdienst ausreichend Geld. Sicher wirst du die restlichen zehn Jahre auch noch entspannt herumkriegen«, er wechselte in eine ironische Tonlage, »und dann jeden Monat eine gute Beamtenpension kassieren.«

Delgado beugte sich jetzt weit zu Lux hinüber. »Soll ich dir was sagen? Mir waren Beförderungen nie so wichtig, wie du glaubst. Ich mache diesen Job aus Leidenschaft. Ich sehe gern in die menschlichen Abgründe, weil ich sie selbst nicht habe. Es ist für mich wie Kino.«

Lux zog tief an seiner Zigarre. »Apropos Kino. Kennst du den Film ›Der Ghostwriter‹ von Roman Polanski?«

»Nein, sagt mir jetzt nichts«, antwortete Delgado. »Warum fragst du?«

»Weil eine Frau in dem Film vorgibt jemand zu sein, der sie nicht ist. Weil sie einen Reporter, der als Ghostwriter die Memoiren des britischen Premierministers aufschreiben soll, an der Nase herumführt. Sie ist dessen Ehefrau und behauptet, ihren Mann schützen zu wollen, und zündet deshalb Nebelkerzen. Doch in Wahrheit ist sie ein Spitzel und der Ghostwriter kommt dahinter.«

»Und was passiert mit ihm?«, fragte Delgado. Er sah jetzt sehr interessiert aus.

»Er stirbt«, sagte Lux kurz und knapp.

Delgado wischte mit der Hand durch die Luft, als sei da irgendetwas. »Okay, er stirbt, weil er zu viel weiß. Aber warum erzählst du mir von diesem Film?«

»Weil ich glaube, dass das Brückenphantom gar kein Phantom ist, sondern ein Mensch, der nur vorgibt, nicht mehr am Leben zu sein. Ich war im Archiv und habe die Todesanzeigen von damals durchgesehen. Eine Person von fünf anderen ist übrig geblieben. Sie hieß Christine. Ich fand ihren Namen auch auf einem Grabmal auf dem Friedhof von Kühlungsborn, an der Grenze zur Stadt. Das Datum auf dem Holzkreuz stimmt mit dem Unfall auf der Seebrücke überein.«

Delgado lehnte sich vor und stellte mit der Fernbedienung die Musik leiser. »Und woher willst du sicher sein, dass sie es ist, nach der du suchst?«

Lux zog sein iPhone aus der Hosentasche. »Ich weiß es nicht genau, aber ich habe so ein Gefühl, dass sie es ist«, sagte er, während er etwas zu suchen schien. »Ah, hier ist es. Auf dem Holzkreuz stand neben anderen Worten auch das hier: *Wir haben nicht nur das eine Leben. Wir haben viele Leben. Jeder bekommt den Abschied, den er verdient. Während ich sterbe, erstehe ich wieder auf.*«

»Klingt verdammt rätselhaft«, sagte Delgado.

»Ist es beim ersten Hinsehen ganz zweifellos. Aber wenn du es drei-, viermal liest, dann kommst du dahinter. Da hat sich jemand aus dem Leben genommen, um ein neues oder anderes Leben zu führen. Ich kenne da so einen Fall aus den USA, wo ein Geschäftsmann, weil er kurz vor der Pleite stand, einen Absturz mit seinem Privatflieger vortäuschte, um den Gläubigern zu entkommen.«

»Haben sie ihn gekriegt?«, wollte Delgado wissen.

»Zunächst wurde er für tot erklärt, aber Wochen nach dem angeblichen Absturz und seinem möglichen Tod fand die Polizei in mehreren Absteigen Fingerabdrücke von ihm. Du siehst …«

»Ich sehe was?«, fragte Delgado schnell zurück.

»… dass auf dieser Welt alles möglich ist. Christine hat einen Motorradunfall fingiert und ihre Angehörigen beerdigten quasi ein bisschen Luft.«

»Haha«, lachte Delgado, »eine echte Luftnummer, oder?«

Lux feixte, wurde aber gleich wieder ernst. »Aber vielleicht lebt sie ja immer noch als eine andere Person fröhlich unter uns? Aber warum? Deshalb brauche ich die Fingerabdrücke von der Waffe. Möglichst schnell. Vielleicht ist sie ja in irgendeiner Datei.« Lux atmete durch.

Delgado schnaufte zu ihm herüber. »Ich frage dich noch mal, David: Wie bist du an die Waffe gekommen? Du hast dich doch dabei nicht etwa strafbar gemacht?« Delgado sah ihn tadelnd an.

»Nein«, antwortete Lux ruhig, »ich fand sie auf dem Friedhof in Kühlungsborn im Gras. Sie lag da ganz friedlich. Entweder ich sollte darauf stoßen oder ich habe eine Person dabei gestört, sie zu benutzen.«

»Wer zu viel weiß, stirbt«, wiederholte sich Delgado und grinste vieldeutig.

Lux war nicht nach einem Grinsen zumute. Er warf den Stumpen seiner Zigarre in den Ascher. »Wie schnell können deine Spezialisten sein?«, fragte er.

»Für dich schnell«, antwortete Delgado und knipste das Radio aus.

»In dem Bericht steht, dass der Anruf im Präsidium nicht zurückverfolgt werden konnte, weil er aus einer Datenleitung kam.«

Delgado nickte zustimmend mit dem Kopf.

»Könnten mir Umgebungsgeräusche weiterhelfen?«, fragte Lux. Er blickte sein Gegenüber jetzt auf eine Weise an, die der Kommissar sofort verstand.

»Du willst …«

»Ja«, unterbrach Lux, »… mit einem Spezialisten in einem Tonstudio ein bisschen Zeit verbringen.«

Delgado machte ein gequältes Gesicht. »Das wird schwierig. Glaubst du nicht, dass wir schon alles versucht haben? Wir müssen jedem Anruf nachgehen bis wir uns sicher sind, dass wir selbst aus Versehen nichts vertuschen.«

»Komm schon, Karl. Der Anruf ist längst zu den Akten gelegt. Niemand schert sich mehr darum. Wenn du mich

nicht in eure Heiligtümer lassen kannst oder willst, dann mach mir wenigstens eine Kopie von der Aufzeichnung und ich bitte einen Kollegen vom Radio um einen größeren Gefallen.«

Delgado kippte den Rest seines Kaffees in die Topfpflanze auf dem Fensterbrett. »Also schön. Warte hier. Ich gebe dir den Stick gleich mit. Kann aber einige Minuten dauern. Ich muss das selbst machen, ich möchte hier kein Gequatsche.«

Delgado wuchtete sich aus dem Sessel und verschwand. Lux war bereits dabei, Geräuschkulissen, die die Aufzeichnung möglicherweise preisgeben würden, in Gedanken durchzuspielen. Er dachte an Autolärm, Zuggeräusche, Vogelgezwitscher. Er dachte aber auch an Delgado, den er sehr mochte. Und den er nun benutzte. Und zwar in voller Absicht.

Lux kannte einen Radioreporter, mit dem er sich verstand, mit dem er Storys ausgetauscht hatte und dem er vertraute. Es war also nicht schwer gewesen, den Kollegen davon zu überzeugen, dass er ihm einen Gefallen tun sollte, der sogar ein kleines Honorar brachte. Der fensterlose Raum des Radiosenders Hafen1 war mit Nussbaumholz getäfelt und ganz und gar schalldicht. Kabelverbindungen blieben unsichtbar, nur zwei Mikrofone, vier Lautsprecher und ein Zehn-Kanal-Mischpult verrieten, dass sich hier ein Studio befand, in dem ein Radiojournalist nicht nur Sprecher, sondern auch Discjockey war.

Der Techniker, ein Mann mit sandfarbenen Haaren, Brille und Vollbart, gab Lux zwei Stunden Zeit, die Tonaufnahmen unter Radio-Kopfhörern zu analysieren. Beide Männer saßen nebeneinander vor dem Mischpult und hörten sich die kurze Aufnahme wieder und wieder an. Am Ende der langwierigen und anstrengenden Soundsession besaß Lux eine Liste mit Geräuschen, die er und der Techniker glaubten herausgefiltert zu haben. Lux ordnete die Geräusche in Verkehr, menschliche Laute und Vogelstimmen auf.

In einem Tonfall, der trotz aller Nüchternheit eine gewisse Erregung nicht verbarg, erläuterte der Techniker ihre Ergebnisse: »Er könnte das Mikrofon eines Headsets benutzt haben. Es könnten die Fenster eines Internetcafés oder eines anderen öffentlichen Raumes geöffnet gewesen sein. Nur so ist es möglich, dass wir sehr deutlich seine Worte verstehen, weil er mit seinem Mund dicht am Mikrofon ist. Aber die Außengeräusche sind dadurch undeutlicher. Nehmen sie dieses hier«, der Techniker drückte einen Knopf, um die Tonspur zurückzufahren, »das hohe Fiepen, eher unrhythmisch, könnten Tauben sein. Vielleicht steht ein Baum vor dem Café oder ein Park ist in der Nachbarschaft. Oder dieses hier: eine kaum hörbare, weil offenbar weit entfernte Sirene eines Polizei- oder Rettungswagens. Aber den wohl eindeutigsten Hinweis, dass es sich um einen öffentlichen

Raum wie ein Internetcafé und keine Wohnung handeln muss, haben wir hier …« Der Techniker mit den sandfarbenen Haaren setzte die Tonspur erneut zurück. Lux sah mit Bewunderung auf sein Gegenüber. Dessen feines Gehör und Erfahrung besaß er nicht. Beide vernahmen Bruchstücke an Lauten menschlicher Stimmen. Sie klangen fremdartig und unverständlich.

»In was für einer Gegend müsste der Rechner vor einem geöffneten Fenster oder einer geöffneten Tür gestanden haben?«, fragte Lux.

Der Techniker dachte kurz scharf nach. Seine Augen schienen sich an irgendeiner Maserung der Holzvertäfelung festgekrallt zu haben. »Kann auch in einer Privatwohnung sein«, sagte er. »Es soll ja Menschen geben, die mit anderen zusammenleben.« Er feixte und sah es Lux an, dass der mit der Antwort nicht zufrieden war. »Kann überall sein. Hier in Rostock existieren noch zwei oder drei Internetcafés, die auch Skype- oder andere Sprachanschlüsse betreiben. Zumeist Türken oder Libanesen. Solche Läden sind ja eigentlich aus der Mode, nachdem jeder ein halbwegs leistungsstarkes Smartphone mit einem großen Datenvolumen besitzt. Die Betreiber haben dann auch gleich Telefone mit Anschlüssen, mit denen ihre Kunden preiswerter in ihre Heimat telefonieren können. Ich kenne einen Laden am Doberaner Platz, ein anderer ist in einer Seitenstraße nur unweit des Hauptbahnhofs. Beide kämen infrage, denn in beiden Gegenden liegen jeweils zwei Straßenbahnschienen. Vielleicht kann sich da ja jemand an einen Deutschen erinnern. Die dürften in solchen Läden eher in der Minderzahl sein.«

»Sie sind großartig«, sagte Lux zu dem Mann. »Ich bin Ihnen sehr dankbar.« Er drückte ihm fünfzig Euro in die Hand, bedankte sich nochmals überschwänglich und verließ das Studio.

»Keine Ursache«, murmelte der Techniker und wandte sich wieder seinem Mischpult zu.

Dessen Worte hatte Lux nicht mehr gehört, denn er war schon durch die Tür verschwunden.

Zeitgleich verschloss Sarah, die Verwalterin der Schätze des Stadtarchivs, ihre Türen und verließ, einen Umschlag unter dem Arm, das geschichtsträchtige Gebäude hinter dem Rostocker Rathaus. Während sie auf einer Haltestellenbank auf die nächste Straßenbahn in Richtung des Hauptbahnhofs wartete, öffnete sie den Umschlag und zog einen Stapel Fotos heraus. Sie blätterte sie eher lustlos durch, doch dann
112 hielt sie inne. In ihrer Tasche wühlte sie nach einem Textmarker und umrahmte einen bestimmten Bildausschnitt auf einem der Fotos. Dann verstaute sie alle Abzüge wieder in dem Umschlag. Am Hauptbahnhof angekommen, durchquerte sie das Untergeschoss in schnellen Schritten zum Busbahnhof, der sich rückwärtig anschloss, und stieg nur Minuten später in einen Regionalbus, der nach Kühlungsborn abfuhr.

Während der Fahrt rief sie in ihrem Smartphone die Kontakte auf, stoppte bei M und schrieb eine Nachricht: *Dein Nachbar war bei mir im Archiv. Behalte ihn im Auge. S.*

Sie bekam umgehend eine Antwort: *Ich habe schon mindestens ein Auge auf ihn geworfen.* Dahinter ein Smiley als vielsagender Lächler. Sarah war über die Antwort zufrieden. Lux würde unbeobachtet nichts tun können.

Nach einer etwa fünfzigminütigen Fahrt entstieg sie dem Bus an einer verkehrsreichen Kreuzung kurz hinter dem Ortseingangsschild von Kühlungsborn. Die Frau mit dem Leberfleck unter dem Auge überquerte schnell die Fahrbahn und bog dann in eine kleine Querstraße ein, die geradewegs auf den Strand zulief. An ihrem Ende sah sie sich kurz nach allen Seiten um und betrat dann den Vorgarten zu Haus Nummer 1. Sie schellte an der Tür, die sich nur einen Moment später mit einem hörbaren Klackern öffnete. Wie eine plötzliche Bö schlug ihr Musik der Rockband Muse entgegen. Zu sehen war niemand. Sie trat ein, ließ die Tür hinter sich ins Schloss fallen und folgte dem Klappern von Geschirr aus der Küche. »Guten Abend, mein Schatz, hast du etwa schon gegessen?«, fragte Sarah schließlich, als sie ihren Freund am Geschirrspüler entdeckte.

Statt einer Antwort nahm ihr Gegenüber sie in die Arme und hielt sie lange fest. »Nein, natürlich nicht«, flüsterte es in ihr Ohr. »Ich bereite gerade unser Essen zu. Ich hoffe, du bist hungrig.«

Sie befreite sich aus der Umarmung. »Ich mache mich im Bad schnell frisch«, und verschwand hinter einer Tür, die vom Flur abging.

Inzwischen servierte der Gastgeber eine frisch zubereitete Penne all'arrabbiata, dazu Weißwein aus dem Friaul und geeiste Früchte als Nachtisch. Als sie aus dem Bad zurückkehrte, trat er auf sie zu, nahm sie in den Arm und küsste sie zärtlich auf den Mund. »Wie hübsch du bist«, sagte er.

Sie errötete leicht und wollte ihm ein Kompliment zurückgeben. »Und du bist mein süßer Mann.«

Doch er reagierte mit leicht schiefem Mund. »Auch wenn einiges bei meinen Operationen schiefgegangen ist?«

»Natürlich!« Sarah beließ es bei diesem Wort. »Aber jetzt essen wir, ja?« Sie liebte Frauen, aber sie liebte auch Tom. Auch wenn er keine Brüste mehr hatte, einen Dreitagebart und kurze Haare, wie ein Mann sie trug. Er besaß eine weibliche Biologie und das war entscheidend. Sie schlenderte zur Musikanlage und dimmte die Lautstärke. Der Song *Hysteria* der britischen Rockband Muse versank im akustischen Niemandsland, wie jede Musik, die viel zu leise eingestellt war.

Tom reagierte irritiert, verzog den Mund. »Was tust du?

Stört dich etwa die Musik?«

»Ja«, sagte sie kurz, »ich will beim Essen entspannen.« Sie gab ihm einen Kuss auf die Stirn.

Tom beruhigte sich wieder. »Dann lass es dir schmecken. Eine kalte Soße ist nichts wert.«

»Du hast recht wie immer, mein Schatz«, säuselte sie.

Nach dem Essen, das weitestgehend schweigsam blieb, lud er sie in die Couchecke ein, deren Sessel und Sofa ganz und gar aus schwarzem Leder, verchromten Metallfüßen und einem kleinen Tischchen bestand, das an einer Ecke verschraubt war und auf das sie ihre Gläser stellten. »Sag mal, mein Schatz«, begann er mit zunächst warmem Timbre in der Stimme, »bist du dir sicher, dass du über alles, was du von mir weißt, auch dichthalten kannst?« Er sah ihr streng ins Gesicht.

Sie wich zurück. »Aber natürlich, was denkst du …«

»Ich denke, dass du viel zu viel weißt.«

»Wie kommst du jetzt auf dieses Thema?«, versuchte sie die Situation zu entschärfen. Sie wusste, dass emotionaler Stress ihr Asthma auslösen konnte.

»Ich habe nur dieses eine Leben«, sagte Tom. »Und es war schwer genug zu werden, was ich jetzt bin. Es hat Opfer gekostet. Und ich werde verdammt nicht riskieren, dass mir da jemand reinfunkt. Weder andere, noch du!« Tom war, während er das sagte, erregt aufgesprungen und rannte im Zimmer auf und ab. »Und ich kann dir sagen, dass ich kurzen Prozess machen werde, wenn ich auch nur das Fünkchen Verdacht habe, dass du mich bei den Bullen anschwärzt. Das würdest du bitter bereuen.«

Lagen diese heftigen Stimmungsschwankungen an den männlichen Hormonen, die er nahm? Waren die drei Monate schon wieder um und er hatte sie sich nicht rechtzeitig spritzen lassen? Sie war irritiert. Sie dachte an das harmonisch verlaufene Essen, den Weißwein und die geeisten Früchte. Sie wollte, dass es ein guter Abend blieb. »Tom«, flehte sie, »du kannst mir vertrauen. Ich liebe dich und ich würde niemals …«

Er fiel wieder in einen der Sessel. »Die gleiche Leier kenne ich schon von Lena. Und dann hat sie mich enttäuscht. Sie hätte mich niemals so behandeln dürfen. Niemand darf sich und wird sich über mich lustig machen, nur weil ich fühle, wie ich fühle.«

Die Archivarin spürte, dass Tom loswerden wollte, worüber er mit ihr noch nie so detailliert gesprochen hatte. Dennoch war sie auf der Hut. Die dunkle Seite Toms war eine tödliche Seite, wie er ihr bereits vor Monaten gestanden hatte. Sie fragte sich jetzt, wie sie sich überhaupt auf ihn einlassen konnte. Ja, sie war eine Lesbe und sie genoss die Nächte mit ihm. Dass Tom Bartwuchs hatte und eine tiefe Stimme, das störte sie nicht. Es gab viele Lesben, die alles dafür taten, männlicher zu wirken, als sie es in Wirklichkeit waren. Doch bei Tom kam zu einer ausgeprägten Eitelkeit abrupt ausbrechender Jähzorn hinzu. Sie fürchtete diese Charakterschwächen, die schlimmstenfalls anderen Menschen schweren Schaden zufügten. Allerdings erregte es sie in einer unerklärlichen Weise, mit diesem Menschen zusammen zu sein. Sie liebte ihn, auch wenn sie sich selbst eingestand, dass es banal klang. Der Sex mit ihm, seine Dominanz im täglichen Leben und seine dunklen Geheimnisse, die ihr, der Frau aus der Kleinstadt, nicht nur Rätsel aufgaben, sondern sie auch faszinierten, hielten Sarah bei Tom wie abgestorbene Haut einen Putzerfisch bei seinem Wirt. Tom war ein Transmann, der für sein Leben das Leben anderer nahm. Das wusste sie. Und ihr Gerechtigkeitssinn sagte ihr, dass er eigentlich vor Gericht und ins Gefängnis gehörte. Andererseits imponierte ihr, dass er nach dem Prinzip »ganz oder gar nicht« vorging, was sich leicht sagte, aber nach dem es sich nicht leicht lebte. Doch Tom zog es durch. Und dafür liebte sie ihn, war sich aber ihrer Schizophrenie bewusst, mit einem Mörder liiert zu sein. Trug ihre Unterwürfigkeit ihm gegenüber krankhafte Züge? Sie wusste es nicht, auch wenn ihr dieser Gedanke nun zum wiederholten Mal gekommen war. Sie entschied, ihn dazu aufzufordern, endlich herauszulassen, was ihn beschäftigte. »Ich kenne die Geschichte von Lena nicht«, sagte sie zaghaft. »Willst du sie mir nicht vollständig erzählen?«

Tom hatte sich wieder beruhigt und setzte sich zu ihr. Sie rückte vorsichtig ein paar Zentimeter von ihm ab. Sicher war sicher. »Es war so vor drei oder vier Jahren. Sie war als Patientin zu mir gekommen. Ein hübsches Ding, 29 Jahre alt, mit einer Wirbelverstauchung. Sie hat mir nach der ersten Behandlung unendlich viele Komplimente gemacht. Ich hätte tolle Hände, wäre einfühlsam, mal hart, mal weich, dieses Programm eben. Und ich habe mich in sie verschossen. Sie kam insgesamt zwölf Mal und bei jeder Sitzung kamen wir uns näher und näher, bis ich sie so massierte, dass sie mir die Massagebank nass machte.« Tom goss sich Wein nach, die Archivarin blieb zurückhaltender.

»Und weiter?«, fragte sie.

»Ich lud sie zum Essen ein. Sie glaubte natürlich die ganze Zeit, ich wäre ein Mann mit allem drum und dran. Wir gingen also ins Städtchen, tranken viel Wein, sie fasste öfter nach meiner Hand und fragte irgendwann, ob ich sie nach Hause bringen und bei ihr schlafen würde. Ich habe natürlich ja gesagt …«

»Wie bitte?«, fragte die Archivarin. »Obwohl du keinen Penis hast?«

Tom zuckte zusammen. »Ja, ich habe das verdrängt, so wie ich diese Tatsache oft verdränge und mich manchmal fühle, als hätte ich einen, oder als wäre wenigstens die Phalloplastik gut gegangen. Das Testosteron, das ich jeden dritten Monat gespritzt bekomme, hat ja nicht nur meine Stimme vertieft und für Bartwuchs gesorgt. Es hat ja auch meine Klitoris erheblich vergrößert …« Er nahm noch einen Schluck. »Und mir ist ja quasi ein Mini-Mini-Penis gewachsen«, kicherte er.

»Jaaa, – ich weiß«, sagte Sarah gedehnt und lächelte geniert. »Schließlich schlafen wir seit mehr als einem halben Jahr zusammen.«

Tom knallte sein Weinglas auf den Boden vor sich. »Ich muss mal ins Bad. Bin gleich wieder da.«

Seine Freundin nutzte dessen Abwesenheit für einen tiefen Schluck kaltes Wasser aus der Leitung. Der Wein hatte ihr schnell zugesetzt. Sie schrieb eine Nachricht auf ihrem Handy, stellte es auf lautlos und ließ es in ihrer Tasche verschwinden. Als Tom zurückkehrte, saß sie bereits wieder so auf der Couch, als sei sie nie aufgestanden. Mit grazil übereinandergeschlagenen Beinen. »Wo waren wir gedanklich stehen geblieben?«, fragte sie.

»Bei den Auswirkungen meiner Testosteronbehandlung.«

»Waren wir nicht schon weiter?« Sie hatte keinen weiteren Bedarf, über Klitorisvergrößerungen zu reden. Stattdessen fragte sie: »Und wie lief das bei Lena zu Hause ab? Wie kamst du aus der Bredouille?«

»Ich wollte da gar nicht raus. Wir waren beide sehr angetrunken, haben ein Paar Aquarust geworfen und sind quasi durch die Wohnungstür ins Schlafzimmer getorkelt und fielen auf dem Bett übereinander her. Irgendwann griff sie mir mit viel Hingabe und einiger Kraft zwischen die Beine.«

»Schon wieder diese verdammte Droge. Wolltest du nicht …?«

»Ach komm schon … Du fandst sie doch auch …«

»… kann sein«, schnappte Sarah kalt zurück. »Und dann?!«

»Was jeder beim Sex macht. Sie griff mir in die Hose, aber da ist ja nichts.« Tom guckte schief, beinahe amüsiert.

Seine Freundin richtete sich auf, sie klang echauffiert. »Na und? Sie hätte sich etwas einfallen lassen können. Ihr hättet euch etwas einfallen lassen können. Zunge, Finger, Vibrator, was weiß ich …«

»Sie hat sich aber nichts einfallen lassen. Sie war betrunken und brüllte mich an: *Was bist du denn für ein Freak?* Tja und ich war ziemlich sauer.«

»Das ist alles? Mehr hat sie nicht gesagt?«

»Sie konnte nicht. Ich war so gekränkt, sicher auch durch mein Betrunkensein zornig, dass ich über sie herfiel und so hart mit der Zunge ihren Mund bearbeitete, bis sie kaum noch atmen konnte. Ich war scharf auf sie, so scharf wie lange nicht auf eine Frau.«

Tom bemerkte den Stimmungsumschwung von Sarah nicht. Dafür war er jetzt schon wieder zu angetrunken. Sarah wiederum brauchte noch mehr Aufklärung. Immerhin war Lena an jenem Abend gestorben. Aber dann beging sie einen Fehler. Sie fragte: »Du hättest ihr nicht sagen können, dass du ein Transmann bist? Dass du dich nur als Mann fühlst, ansonsten aber eine Frau bist?«

»Was heißt *nur*?«, bellte Tom. »Weißt du, wie viel es mir bedeutet, als ein Mann wahrgenommen zu werden? Und dann kommt da dieses Weib und nennt mich einen Freak! Das hat mich tödlich verletzt!«

»Eher hat es sie tödlich verletzt«, sagte Sarah sarkastisch. Und wieder ruhiger: »*Freak* ist nur ein Wort, Tom. Zugegeben kein schönes Wort. Aber dafür morden?«

»Nimmst du sie etwa in Schutz?«, fuhr Tom sie an.

Sarah spürte, dass sie die explosionsartige Stimmung jetzt wieder entschärfen musste. Mit jemandem, der nicht nur einen Menschen auf dem Gewissen hatte, war nicht zu spaßen.

»Hör zu, Tom. Ich schätze dich sehr, auch wenn ich mich manchmal vor dir fürchte.« Sie sah ihm jetzt geradewegs in die Augen. Doch er ließ es nicht zu. Er senkte den Blick. Sie sprach unbeirrt weiter. »Wie kam Lena zu Tode?«, fragte sie. »Wie passierte es und vor allem, warum? Sei ehrlich!«

»Willst du das wirklich wissen?«, fragte er.

Sie nickte.

»Ich war völlig aus dem Häuschen. Sie schmeckte gut, ihre Brüste waren straff und fest. Ihr Körper, ihre Beine, ihr Geschlecht, all das erregte mich wie wahnsinnig. Doch mitten hinein in meine rasende Fummelei schlug sie mir ins Gesicht und wollte nur noch raus aus dem Bett. Ich habe sie zurückgedrückt und ihr mein Knie auf den Bauch gepresst. Sie hat geschrien und gebettelt. Irgendwann wurde es mir zu bunt. Ich habe ihr mit einem Wasserglas, das auf einem Tischchen neben dem Bett stand, eins übergebraten und dann mit meinen Fingern in ihr gespielt. Es war sehr aufregend und sehr erregend, kann ich dir sagen …«

»Erregend? Sie war ausgeknockt und du hast dich an ihr befriedigt?«

»Ja, so kann man es auch sehen.« Er goss sich ein viertes Glas randvoll. Dann schnalzte er übermütig mit der Zunge.

Die Flasche war leer, aber die Archivarin wusste, dass er noch einen weiteren Wein im Kühlschrank hatte. Sie wusste auch, dass Tom Kraft in den Armen hatte. In ihr blitzte die Erinnerung an seinen Ellenbogencheck vor zwei Tagen gegen den betrunkenen Mann in dem Café auf. Sie glaubte, noch mehr als vorhin, vor Tom auf der Hut sein zu müssen. Sie gab vor, ins Bad zu müssen, griff nach ihrer Handtasche mit dem Handy darin und Tom ließ sie, wenn auch unwillig, gehen.

Im Bad stellte sie sich vor den Spiegel und sah in ein wenig entspanntes Gesicht, aus dem schon einige Falten hervorstachen. Sie war 45 Jahre alt, so wie ihr Freund auch. »Mit Tom ist heute nicht zu spaßen«, murmelte sie zu ihrem Spiegelbild. Und dann fiel ihr ein, dass sie ihm noch gar nicht die Fotos der Kameraaufzeichnungen im Archiv gezeigt hatte. Sie durfte nichts riskieren. In der Hoffnung, ein anderes Thema gefunden zu haben, eilte sie aus dem Bad und kehrte in das Wohnzimmer zurück. Doch Tom war nirgendwo zu sehen. »Schatz?«, rief sie.

»Ich bin hier«, erhielt sie zur Antwort, »im Schlafzimmer.«

Sie schnappte sich den Umschlag und folgte ihm. Er lag auf dem Bett, angezogen, in einer Hand das Weinglas, die Augen geschlossen. Sie setzte sich zu ihm auf die Bettkante. »Ich habe die Fotos von Lux. Auf ihnen sieht man genau, dass er fündig wurde. Hier, ich habe es markiert.«

Tom blickte mit eher mäßigem Interesse darauf. Er fühlte sich schläfrig und schwer beschwipst. »Möchtest du wissen, wie es endete?«, fragte er und schob die Fotos über den Bettbezug beiseite.

»Ja«, antwortete Sarah, »zu einer Geschichte gehört auch ihr Ende.«

»Gut gesagt«, erwiderte Tom. »Das Ende ist zwar immer nur ein Rest. Aber gerade ein Rest kann das Sahnehäubchen …«

»Nun erzähl schon«, drängte sie ihn. »Ich will heute auch noch schlafen. Ich muss morgen früh raus.«

»Du kannst es nicht erwarten, Schlafes Bruder zu begegnen?«, fragte er mit schwerer Zunge.

»Wer auch immer das ist«, sagte sie, »er wird mir schon nichts tun. Und nun erzähl!«

»Sehr wohl Mylady«, lallte Tom leicht, »wenn Sie wüssten, wer Schlafes Bruder …«

»War sie immer noch bewusstlos?«, nahm die Archivarin unbeirrt den Faden von vorhin auf. Irgendwie war es ihr Job, dachte sie, nicht nur einen Teil, sondern die ganze Geschichte zu erfahren. Sie war schließlich die Hüterin der Chroniken einer großen Tageszeitung. Und einer ganzen Stadt.

»Ja, betäubt, sie bewegte sich nicht, aber hat geatmet. Ich hab sie weiter benutzt bis ich gekommen bin, hab sie aus dem Bett getragen, in die Badewanne gelegt, Wasser eingefüllt, mich zu ihr gesetzt und gewartet. Sie lag darin wie eine nackte Nymphe. Sehr hübsch. Aber auch langweilig und öde.« Tom bewegte sich, als wollte er die Stellung wechseln.

»Und weiter?«, drängte Sarah. Sie ahnte ein unschönes Ende.

»Das Wasser stieg und dann machte sie plötzlich die Augen auf und fluchte und wollte aus der Wanne. Ich hab sie schnell gepackt und ihren Kopf unter Wasser gedrückt. Ich kann Bärenkräfte haben, das weißt du. Und als sie zu sehr gegen mich ankämpfte, habe ich es zu Ende gebracht.«

»Und wie hast du sie unbemerkt von Nachbarn aus ihrer Wohnung geschafft?«, fragte die Archivarin. Ihre Augen hatten einen dunklen Ausdruck. Ihre Achseln waren schweißnass.

»Gar nicht. Habe sie in der Badewanne liegen lassen. Vollgefüllt mit Wasser. Wenn man sie da nicht weggenommen hat, dann liegt sie da als Wasserleiche immer noch. Witzig, oder?« Tom grinste jetzt so überzeugt, als glaubte er tatsächlich, dass der Mord nicht mehr als ein humorvoller Beitrag für die Menschheit war. »Ich bin dann abgehauen und habe seither nichts gehört.«

»Du hast sie vor drei Jahren umgebracht und nichts davon gehört? War die Polizei bei dir? Haben Sie dich befragt?«

»Ja. Aber ich hatte unsere Bettwäsche mitgenommen, alle Kanten, Türgriffe und Schubladen abgewischt, obwohl wir gar nichts angefasst hatten und das Schlafzimmer gesaugt, um DNA-Spuren zu vertuschen. Und den Polizisten habe ich gesagt, dass sie bei mir in Behandlung war, ich aber sonst nichts wüsste. Nur Lux, dieser Scheißreporter, hat genervt.«

»Und niemand hat dich weiter verdächtigt?«

»Scheint so, habe ja alle Spuren beseitigt.« Tom kicherte. »Es gab Zeiten, da fürchtete ich mich vor jedem Polizeiwagen, der an mir oder meiner Wohnung vorbeifuhr.« Er nahm so einen tiefen Schluck, als spüle er mit ihm die Vergangenheit einfach weg. »Zeig mal die Fotos«, verlangte er. Sie reichte ihm den schmalen Stapel. Einzeln hielt er sie sich dicht vor die Augen. Sie zeigten Lux aus der Vogelperspektive. Man sah deutlich, welche Todesanzeigen er heraus-

sortierte und welche er überging. »Er ist gut.« Tom blickte durchaus anerkennend, auch wenn er Lux hasste. »Er hat mich entdeckt und logisch gefolgert. Ich habe ihn beobachtet. Er war auf dem Friedhof in Kühlungsborn. Aber ich war unvorsichtig. Ich habe das Gewehr im Gras liegen lassen.«

Sarah schreckte aus ihrer Rolle als ruhige Zuhörerin hoch. »Du hast was?«

»Wahrscheinlich ist es jetzt bei ihm zu Hause. Ich könnte es mir holen. Ich weiß, wo er wohnt.«

»Das lass lieber bleiben. Du solltest nichts riskieren.«

»Jaja«, wischte er ihren Einwand beiseite, »ich weiß, was richtig und was falsch ist. Glaub mir. Und langsam sollten wir dafür sorgen, dass er sich zu fürchten beginnt.« Tom wartete eine Antwort nicht ab. Er drehte sich auf die Seite und schwieg. Nur wenige Sekunden später hörte die Frau nur noch ein leises Schnarchen.

Sie erhob sich leise und legte sich auf die Couch im Wohnzimmer. Ihr Gesichtsausdruck entspannte sich jetzt. Sie zog eine Decke zu sich heran und kuschelte sich ein. Ihre Gedanken wanderten zu jenem Moment, als sie und Tom sich zum ersten Mal begegnet waren. Und es amüsierte sie jetzt, dass ihr erstes Aufeinandertreffen mit Tom sich mit dem von David Lux glich. Auch ihr jetziger Liebhaber war in ihrem Archivkeller erschienen und hatte darum gebeten, Einsicht in bestimmte Artikel von vor 25 Jahren nehmen zu dürfen. Hier begegnete ihr erstmals der Name *David Lux*. »Ich bin Steve«, hatte Tom sich ihr vorgestellt, »ich bin ein ehemaliger Polizist und brauche Informationen aus den Artikeln des Polizeireporters der Ostsee-Zeitung. Sein Name ist David Lux.« Sarah kannte den Namen natürlich, Lux war eine Institution, doch persönlich kennengelernt hatte sie ihn nie. Dafür war sie erst zu kurz als Archivarin beschäftigt.

»Sie haben aber viele Artikelausdrucke von ihm mitgenommen«, hatte sie damals zu Steve bei ihrer Verabschiedung gesagt. »Stehen denn da so besondere Sachen drin?«

Steve hatte sie angelächelt und geantwortet: »Wenn Sie mit mir essen gehen, dann erzähle ich Ihnen ein paar interessante Dinge, die ich hierin gefunden habe.«

Sarah war damals unsicher gewesen, was sie darauf antworten sollte. Derart direkte Angebote hatte sie noch nie bekommen. Andererseits war Steve attraktiv, wenn er auch keine Frau war, für die sie sich sehr viel mehr interessiert hätte.

»Sagen Sie ja und ich garantiere für einen amüsanten Abend«, hatte Steve um eine zustimmende Antwort geworben und sie hatte schließlich Ja gesagt. Aus diesem Abend entwickelten sich viele weitere bis sie dann auch erfuhr, dass er eine biologische Frau war. Sie schlossen sich als Paar zusammen. Erst sehr spät beichtete er ihr, sich mit einem falschen Namen vorgestellt zu haben.

»Was alles hast du mir noch nicht erzählt?«, hatte sie ihn daraufhin gefragt.

»Nichts weiter«, hatte Tom gelogen.

Und heute? Sarah war nicht mehr sicher, ob sie Tom wirklich noch liebte. Er hatte sich ihr gegenüber verändert, seine knurrige, seine geheimnistuerische und aggressive Seite gezeigt. Und sein Geständnis, eine Frau umgebracht zu haben, hatte sie bis ins Mark erschüttert. Andererseits hatte sie bislang immer zu ihm gehalten. Ihr imponierte, wie hartnäckig und unbeirrt Tom sein Ziel verfolgte, nie wieder Christine zu sein.

Sie richtete sich aus der Couch auf, setzte sich in den Schneidersitz und schlang ihre Arme um die Beine. So blieb sie gedankenvoll mehrere Minuten sitzen und starrte ins Dunkle. Sie musste eine Entscheidung treffen. Das spürte sie. Für oder gegen Tom. Er wurde ihr fremder und fremder. Sein Hass auf jeden der ihn und seine Häutungen hinterfragte, oder auch nur den leisesten Zweifel anmeldete, ob Tom immer den richtigen Weg gegangen war, flößten ihr Angst ein. War sie vielleicht sogar die Nächste, die damit rechnen musste, von ihm erledigt zu werden? Ihr war klar, dass sie über Tom viel zu viel wusste, als dass beispielsweise eine polizeiliche Vernehmung für sie glimpflich ausgehen würde. Sie war eine klassische Mitwissern von Gewaltverbrechen gegen das menschliche Leben. Ihre Mutter

Louise sah das ähnlich. Nur, dass sie ihre Tochter bat, Tom gegenüber weiter loyal zu bleiben, um so dicht wie möglich an allen Plänen teilzuhaben, die Tom gegenüber David Lux ausbrüten könnte. Sarah spürte, dass ihre Mutter mehr als Sympathien für Lux hegte. Auch dies war ein Grund, bei Tom zu bleiben, um zu wissen, was der noch weiter plante. Sie musste Lux schützen, auch wenn ihre Furcht vor Tom begann, ihre Liebe zu ihm zu verdunkeln wie ein schnell herannahendes Unwetter einen eben noch strahlenden Tag.

Sarah gähnte. Die beinahe schwarze Leere um sie herum, der dämmrig-dunstige Lichtschein von der Straße und das hörbare Schnarchen von Tom aus dem Schlafzimmer flößten ihr mehr als Unbehagen ein. Sie zog sich die Decke über den Kopf und zählte die weißen Lämmer, die sie sah. Keines von ihnen machte in ihrer Fantasie einen Ton. Sie kam bis zur Zahl 98. Dann sah sie einen Wolf, der sich der Herde näherte. Doch die Lämmer schwiegen weiter. Dann schlief sie ein.

23

»Tut mir leid alter Knabe, aber wir haben nichts gefunden. Die Fingerabdrücke an der Waffe sind nicht aktenkundig, wie man so schön sagt. Und was nun?« Delgado schnaufte in den Hörer.

»Verdammt«, fluchte Lux, »dann komme ich demnächst mal zum Kaffee mit Zigarre vorbei und hole das Gewehr wieder ab. Ist ja keine Straftat mit dem Ding begangen worden.« Lux hielt inne. Die Anrufe seines Freundes kamen meistens überraschend. So wie dieser hier. Lux stand gerade in einem Supermarkt. Vor und hinter ihm wartende Menschen. Er hatte es fast bis zur Kasse geschafft und fragte sich jetzt, bei wem er sich in Kürze würde entschuldigen müssen: bei der Kassiererin, weil er telefonierte, oder bei Karl, weil er ihn abwürgen müsste, um zu bezahlen.

»Was ist mit der Stimmenauswertung? Sind die Radioleute weitergekommen als wir?« Karl hatte ein Drängen in der Stimme, das Lux nicht passte.

»Ich habe Datenanschlüsse in öffentlichen Räumen abgeklappert«, rasselte er in den Hörer. »Aber keiner der türkischen Betreiber kann oder will sich an jemanden im fraglichen Zeitraum erinnern, der über Skype telefoniert hat. Ehrlich gesagt, ich bin am Ende meines Lateins. Ich halte zwar noch daran fest, dass hinter dem Brückenphantom von Kühlungsborn eine Frau mit Selbstmordabsichten steckt. Doch ich kann nichts beweisen.« Lux schnaufte tief ein und wieder aus. Noch waren zwei Kunden vor ihm.

»Hör rechtzeitig auf, bevor dich diese Geschichte in den Suff oder in die Verzweiflung treibt«, warnte Karl ihn mit einem warmen Timbre in der Stimme.

»Ja, aber einer weiß mehr als wir und den werde ich finden.« Lux klang jetzt wie ein störrisches Kind.

»Na dann, Feuer frei! Und lass dich mal wieder sehen.« Delgado zeigte sein Desinteresse jetzt deutlich.

»Ja, um die Waffe abzuholen, wie gesagt«, verlangte Lux. Aus den Augenwinkeln sah er, wie ihn die Menschen hinter sich neugierig anstarrten. Er hielt die Hand schützend vor das Mikrofon seines Handys.

»Die ist in unserer Asservatenkammer«, wehrte Karl ab.

»Da hat sie nichts verloren«, sagte Lux hart. »Solange keine Straftat ...«

»Aber hattest du nicht gesagt, damit sei vielleicht auf dich angelegt worden?« Delgado klang jetzt aufrichtig empört.

»Habe ich das?«, entgegnete Lux. »Ich will sie wiederhaben. Basta! Sie gehört nicht dem Staat.« Lux stand jetzt vor der Kassiererin, das Handy am Ohr. Die sah ihn scharf an.

»Sie gehört aber auch nicht dir«, wies ihn Karl zurecht.

»Dann sieh sie – vielleicht – als Trophäe.« Lux klang jetzt geradezu unterwürfig. Die Frau an der Kasse schob die Einkäufe unerbittlich schnell über das Lesegerät. »Du weißt, meine Sammlung ...« Lux stand Scham im Gesicht. Er fragte sich, warum er aus der Reihe nicht ausgeschert war.

»Also schön. Aber ich warne dich. Für das Ding brauchst du eine Registrierung«, bellte Delgado in den Hörer.

»Es wird zu einem Ausstellungsstück«, erwiderte Lux kurz, beendete aber das Gespräch, bevor Delgado weiter den Hund gab. Er sah um Verständnis bittend auf die Frau an der Kasse. Die gab sich jetzt völlig ungerührt: »28 Euro 53. Kassenbon?« Er winkte ab.

Vor dem Supermarkt verstaute Lux seine Einkäufe im Auto, setzte sich hinter das Steuer und sah durch die Frontscheibe auf das Treiben vor dem Laden. Ihm erschien seine Situation zunehmend ausweglos. Sie erinnerte ihn an einige Momente der Vergangenheit, in denen er auf Wände des Verschweigens, Vertuschens und der Lügen traf. Er beschloss einen Drink zu nehmen. Darin hatte er Übung. Und die Absolut Bar in der Rostocker Innenstadt schien ihm dafür genau der richtige Ort zu sein. Sein Auto würde er in Rostock stehen lassen, auch wenn er diesen Umstand schon jetzt bedauerte.

Die Bar war im Grunde genommen eine Spelunke, die aber ihr heruntergekommenes Erscheinungsbild geschickt kaschierte, weil es in ihr nie hell war, geschweige denn Tageslicht eindrang. Das Mobiliar war dunkel, die Bar aus schwarzem Granit, die Polsterung der Stühle dunkelgrau und der Barmann trug zu seinem schwarzen Hemd eine schwarze Hose. Die wenigen Lampen leuchteten diffus und schummrig. Den Dreck in den Ecken sah man nicht und auf die Toiletten dieser Bar ging man aus Prinzip nicht. Lux kam seit Jahren hierher, weil die Whiskeykarte die beste der Stadt war. Heute schien der Barmann frisch, er kannte ihn jedenfalls nicht, doch er lächelte wenigstens, als sich Lux auf einen der Hocker schwang, die den Bartresen umkränzten wie Billardkugeln vor dem Anstoß die schwarze Acht.

Der Barmann hatte ein feistes Gesicht, aber ein gewinnendes Lächeln. Seine Augen waren eisgrau und seine Augenbrauen wie ein wilder Busch. Er mochte Mitte zwanzig sein, vielleicht auch etwas älter. Er polierte die Gläser, während Lux einen Blick in die Karte warf. Eigentlich ein unsinniges Unterfangen, denn Lux wusste genau, was er wollte. Doch auch ihn, wie wohl jeden anderen Gast auf der Welt, trieb die Neugier, ob die Karte sich veränderte. Sie war auf dem Stand wie immer und Lux war zufrieden.

»Einen doppelten Bushmills Black mit einem Stück Eis«, sagte er.

Der Barmann reagierte mit einem knappen »Jo.«

Lux blickte sich um. Bis auf einen Tisch waren die fünf anderen belegt. Nur wenige Meter von ihm entfernt klammerte sich ein Mann an seinen Barhocker wie ein Äffchen an einen Ast.

»Kenn Sie gar nicht.« Der Barmann warf ein Stück Eis ins Glas.

»Ich Sie auch nicht. Aber das ändern wir ja heute Abend.« Lux verfolgte mit den Augen das Treiben des Whiskeymixers.

»Bin Frank«, sagte der und zeigte Lux eine Reihe gelblicher Raucherzähne, die an ihren Rändern bräunlich schimmerten.

»Angenehm, David. Seit wann arbeiten Sie hier?« Er nahm einen Schluck. Der Whiskey wärmte.

»Probezeit. Bald vorbei. Mag den Laden. Müsste mal wieder renoviert werden. Und neue Elektrik, Sie wissen schon.«

»Schwarz ist gut, wenn man was verbergen will«, antwortete Lux.

Frank grinste. »Und was geht so bei Ihnen?«

»Was soll gehen?«, fragte Lux irritiert.

»Lust auf einen Smalltalk?«, fragte Frank. Er polierte immer noch an ein und demselben Glas.

»Kommt auf das Thema an. Heute eher nicht so. Meine Woche war nicht so erfolgreich, wie ich sie mir vorgestellt hatte.«

»Hmm«, machte Frank ein Geräusch. Er wandte sich ab und drehte am Knopf der Verstärkeranlage. Heute war auch die Musik so alt wie die Kabel des Ladens. Aus dem letzten Jahrhundert. Frank dudelte *Fox on the Run* von The Sweet aus den 70ern. »Ist Ihnen was gegen den Strich gegangen, oder einfach nur Pech?«, fragte er und balancierte dabei ein Cocktailglas zwischen seinen fleischigen Fingern, als sei es nicht aus Glas. Er knallte es auf den Bartresen und schüttete eine Menge Campari hinein, den er mit Orangensaft verdünnte, dazu vier Eiswürfel und einen Strohhalm. »Ich füll mal den Kerl dahinten weiter ab, bin gleich wieder da.« Frank grinste wie ein Verschwörer.

»Nur zu«, sagte Lux, der jetzt Appetit auf eine Zigarre hatte. Doch rauchen durfte man hier nicht, weil Rauch wahrscheinlich schädlich für die Eiswürfel in den Drinks war. Er dachte scharf nach, ob er seinem Verlangen auf der Straße vor der Bar nachgeben sollte, entschied sich aber dagegen, weil eine Zigarre einen warmen Raum geradezu implizierte.

»Nehmen Sie noch ein Glas?« Frank war zurückgekehrt und sah, dass Lux Durst gehabt hatte.

»Natürlich gern. Was für ein Laden ist nebenan? Scheint neu zu sein. Habe ich nie vorher gesehen.«

»Eine Schwulenbar«, sagte Frank eilfertig. »Gehen aber auch Weiber rein«, schob er abschätzig nach.

»Sind Sie schwul?«, fragte Lux vorsichtig.

»Was dagegen?«, entgegnete Frank, grinste aber freundlich.

»Nein. Ganz und gar nicht. Warum sollte ich? Ich möchte ja auch nicht, dass ein Homosexueller dagegen ist, dass ich Frauen in mein Bett lasse.«

»Guter Satz. Der zweite Drink geht auf meine Rechnung.«

»Sie müssen nicht …«

»Ich will aber. Aber dafür müssen Sie mir erzählen, was heute bei Ihnen schiefgelaufen ist. Ich hab eine unheilbare Krankheit und die heißt Neugier …« Franks dröhnendes Lachen hallte in der gesamten Bar wider. Die Musik war schon lange verstummt.

»Ich suche jemanden«, sagte Lux. »Eine Person wie ein Phantom. Ich weiß, dass dieser Mensch existiert, aber er will sich mir nicht offenbaren.«

»Ich versteh nur Bahnhof.« Frank stützte seine Hände auf den Tresen und spielte dabei mit dem rechten Daumen an einem Flaschenkorken. Er sah Lux direkt in die Augen. Lux glaubte darin ein merkwürdiges Funkeln zu sehen. »Geht's auch konkreter? Natürlich nur, wenn Sie wollen.«

Lux nickte mit dem Kopf, kippte den letzten Rest Whiskey hinunter und wies auf sein Glas.

»Ich mach schon.« Frank goss nach.

In Lux stieg mehr als nur eine heitere Wärme auf. »Ich suche einen Menschen, der tot sein will, aber nicht ist. Der vorgibt, sich umgebracht zu haben, aber noch lebt. Eine Frau mit Namen Christine, die aber vermutlich heute unter einem anderen Namen lebt. Von ihr gibt es kein Foto, keine DNA, nichts.«

»Und warum wollen Sie die Dame unbedingt finden?«, fragte Frank. Er zog seine Augenbrauen zusammen, die sich zu einem wilden Knäuel verbanden.

»Weil ich mindestens so neugierig bin wie Sie«, antwortete Lux und lächelte breit.

»Haha«, dröhnte Frank von seiner Seite des Tresens zu Lux hinüber. »Der war gut. Aber mal ehrlich: Was passiert, wenn Sie die Dame gefunden haben? Gehen Sie dann mit ihr schwofen oder wie?«

Lux schüttelte den Kopf. »Ich stelle Ihnen eine Frage, Frank.«

»Nur zu Mister«, brüllte Frank zurück.

Lux feierte den Mann in seinem Innern als die lustigste Entdeckung seit er eine Leiche suchte, die es wahrscheinlich gar nicht gab. »Was würden Sie denken, wenn Sie allein und ohne jeden anderen Menschen auf einem Friedhof unterwegs wären und auf dem Rückweg über ein Gewehr stolpern, das vorher dort nicht lag?«

Frank sah ihn schief an. »Moment mal! Das muss ich mir erst einmal auf der Zunge zergehen lassen …« Er hielt den

Kopf jetzt noch schiefer. »Gewehr auf einem Weg, auf einem Friedhof? Ich mein, das passt ja irgendwie. Schuss. Tot. Sarg. Frieden. Und dann kommen Sie. Unruhe. Vielleicht haben Sie ja jemanden bei irgendwas gestört oder überrascht? Und der hat es jetzt auf Sie abgesehen?« Frank rieb mit einem Poliertuch derbe an einem Glas. »Und vielleicht wollte dieser Mensch mit dieser toten Christine ganz alleine sein und nun sind Sie aufgetaucht und stören ihn dabei?«

»Kein schlechter Gedanke«, sagte Lux anerkennend. »Und vielleicht habe ich ihn aus der Deckung gelockt?«

Frank polierte ein weiteres Glas, aber zarter. »Nehmen wir an, dieser Mensch hat sich wirklich selbst umgebracht, wie sie sagen, aber lebt in Wirklichkeit noch. Das wäre doch krass psycho, oder?«

Lux sah so tief in sein Glas, als würde an seinem Grund die Wahrheit schwimmen. »Er besitzt, besser besaß, zwei Ich's. Und eins davon hat er symbolisch umgebracht. Es muss ihn verbittert haben, vielleicht enttäuscht. Ich war auf genau jenem Friedhof, wo diese Frau angeblich ihre Ruhe fand. Obwohl da ein Kreuz steht, verwette ich meine rechte Hand, dass darunter niemand liegt. Und ich wette, dass genau diese Frau mit dem Schießeisen die ist, die da liegen sollte. Aber sie ist quicklebendig.«

Frank stellte das Glas ab. Es klirrte. »Das ist mir zu hoch, aber das muss nichts heißen. Es war früher oft so, dass in der Schule alle was verstanden haben, nur ich nicht. Es war trotzdem immer richtig.«

Lux grinste. Ihm gefiel der Typ immer mehr. Er war sehr originell. »Ich glaube, da weiß jemand, dass ich ihm auf den Fersen bin«, sagte Lux und schluckte den Whiskey in einem Zug herunter.

»Sag ich doch. Noch einen?«, fragte Frank. »Kippen Sie aber nicht vom Stuhl. Ich kann kein Blut sehen.«

»Keine Sorge, wenn ich was vertrage, dann dieses Zeug hier.«

Frank brauchte für den dritten Whiskey nicht länger als für den zweiten, füllte das Glas dafür aber voller. Er stellte es vor Lux beinahe zärtlich ab. »Zufrieden?«, grinste er.

Lux nickte dankbar. Er würde für diesen Schluck länger brauchen.

»Sind Sie ein Bulle?«

Lux schüttelte den Kopf. Er erzählte ihm von seiner Polizeireporterrente und seiner Furcht, als altes Eisen auf dem Schrott zu landen.

»Ich habe da eine Idee«, sagte der Barmann und begann, Schnapsflaschen in ein verspiegeltes Regal zu sortieren.

»Ich bin ganz Ohr.« Lux spürte, dass der Whiskey seinen Kreislauf mehr als auf Trab brachte. Ihn störte es nicht, dass die Musik verstummt war. Und dass der angetrunkene Mann vom anderen Ende der Bar seine Ohren spitzte, berührte ihn auch nicht weiter.

»Besorgen Sie sich ein Foto von dieser Christine und dann fragen Sie die Barleute und Servicekräfte in dieser Stadt, ob sie die Frau schon einmal gesehen haben. Das kenne ich aus Krimis im Kino.« Frank machte ein so ernsthaftes Gesicht, dass Lux unwillkürlich lauthals lachen musste.

»Ich spendiere Ihnen einen Drink, was nehmen Sie?«

Frank überlegte nicht lange. »Sekt auf Eis. Für mich um diese Uhrzeit genau das Richtige.« Er grinste wie ein Kind vor einem Berg Schokolade.

»Und für mich noch einen vierten und letzten Bushmills.«

»Et voila«, erhielt er zur Antwort.

»Und was machen Sie am Wochenende?« Der Barmann rieb sich lustvoll die Hände.

»Schlafen«, sagte Lux und klappte seine Augenlider theatralisch in Richtung Nase.

24

Als Lux die Bar mit unsicherem Gang verließ, war es kurz nach Mitternacht. Barmann Frank hatte ihm noch einen fünften Drink ausgegeben, dann aber hatte Lux kapitulieren müssen. Er rief sich von der gegenüberliegenden Seite des Platzes ein Taxi und schlief in der Droschke augenblicklich ein. Er erwachte erst wieder, als der Fahrer ihn laut und grob weckte: »Endstation! Zahlen und raus!« Lux parierte,

schleppte sich dann durch die Haustür zum Briefkasten, fischte fahrig die Post heraus und warf sie in seiner Wohnung achtlos auf den Küchentisch. Er stolperte noch in seiner Kleidung mit schweren Schritten ins Schlafzimmer, fiel aufs Bett und schlief sofort ein. Die Geister aus dem Knast, die Wärter in ihre Gewalt nahmen und Hände abhackten, waren auch in dieser Nacht, wie auch schon in den Nächten zuvor, nicht wieder aufgetaucht.

Am darauffolgenden Tag saß er schon sehr früh in seiner Küche und versuchte, mit sich und der Welt ins Lot zu kommen. Vor ihm, ganz gegen seine Gewohnheit, ein Glas Milch. Normalerweise begann er seinen Tag mit drei, vier Espressi, die ihm nach dem morgendlichen Erwachen todsicher auf die Beine halfen. Doch heute fühlte er sich mächtig verkatert. Und schließlich machte Milch müde Männer wieder munter. Mit einer fahrigen Bewegung griff er sich die Fernbedienung von der nahen Couch und drückte einen Knopf. Led Zeppelin regnete den Blues *Since I've Been Loving You* auf ihn ab. Doch schon der nächste Song war dem verkaterten Lux viel zu dynamisch. Er schaltete seine Musikanlage wieder auf stumm.

Flüchtig sah er die beiden Briefe durch, die er gestern Nacht aus dem Briefkasten gezogen hatte. Einer war von seiner Rentenversicherung, der andere ohne Absender. Der interessierte ihn. Er riss ihn auf. Ohne Anrede, ohne Datum und ohne Absender teilte ihm ein Unbekannter zwei Sätze mit, die offenbar mit einem Computer geschrieben waren: *Manchmal liegt das Ferne ganz nah.* Und: *Wer war Lena Hummel?* Keine Unterschrift, keine weiteren Hinweise. ›Lena Hummel?‹, Lux drehte und wendete den Brief unschlüssig nach oben, nach unten, von rechts, nach links. Er hielt ihn gegen das Licht, roch an ihm. Er verzog die Nase. Der Brief roch nach Parfüm. Eine Mischung aus Zitrone und Sandelholz. Er legte ihn auf dem Tisch ab.

›Lena Hummel …‹ Er dachte nach, versuchte sich zu konzentrieren. Irgendetwas klingelte in ihm, doch der Ton erschien ihm fremd. Lux wechselte von seinem Esstisch in sein Arbeitszimmer, erweckte sein Laptop aus dem Ruhemodus, tippte in das Suchfeld seines Browsers den Namen ein, doch er wurde zunächst nicht fündig. Erst die Suchworte *Lena + Hummel + Lux* ergaben zwei Treffer zu einem Artikel, den der Polizeireporter vor circa drei Jahren über den Fall geschrieben hatte. Er war mit *Die Tote in der Wanne* übertitelt. Ein dürrer Bericht über eine Frau, die nur 29 Jahre alt geworden war, erst sehr kurz in Kühlungsborn gewohnt und kurz davor gestanden hatte, als Geschäftsführerin im Jugendgästehaus anzufangen. Es musste aber noch mehr über diesen Fall geben, dachte er. Nur wo? In seinem eigenen Archiv, in den Mitschriften, die er immer so penibel nach Jahren geordnet hatte?

Nach Minuten des Wühlens in altem Papier fand er, was er gesucht hatte. Staatsanwaltschaft und Polizei hatten die Ermittlungen nach einigen Wochen von sich aus eingestellt, weil es keine Indizien dafür gab, dass Lena Hummel gewaltsam zu Tode gekommen war. Lux erinnerte sich langsam und scheibchenweise: Er war hautnah dabei gewesen,

hatte Polizisten begleitet, hatte Karl bekniet, ihn an den Tatort zu lassen und schrieb am Ende seines unbefriedigenden Resümees, ob es glaubhaft sei, dass sich eine junge Frau von knapp dreißig, eine erfolgreiche Managerin, anscheinend völlig grundlos in einer Badewanne selbst tötete. Einen Abschiedsbrief hatte man nicht gefunden. Sie hatte sich ein Bad eingelassen und war wahrscheinlich eingeschlafen. Spuren, die auf ein Verbrechen hindeuteten, waren in der Wohnung nicht aufgetaucht. Man hatte Reste von Alkohol und des Psychedelikums 2 C-E mit Namen Aquarust in ihrem Magen gefunden. Und eine Läsion am Kopf, die kurze Zeit vorher entstanden sein musste, jedoch nicht blutverschmiert war, wie bei der späteren Obduktion festgestellt wurde. Der Fall Hummel blieb also voller Rätsel, aber auch ohne konkreten Verdacht auf einen gewaltsamen Tod. Die Ermittler schlossen aus Mangel an Hinweisen auf Selbstmord als wahrscheinlichste Todesursache. Und es sollte bis heute bei dem Ergebnis bleiben, obwohl die Medien die Polizeiarbeit in Zweifel zogen.

Doch im Gegensatz zu seinen Kollegen suchte Lux nach dem Sinn einer Selbsttötung. Aber alle Versuche, der Sache auf den Grund zu kommen, trotz aller Gespräche mit der Familie, war auch er nicht weitergekommen als zu dem Schluss, dass hier jemand aus dem Leben geschieden war, der zwar bildhübsch, aber vielleicht tatsächlich keinen Sinn mehr im eigenen Dasein gesehen hatte.

Doch nun dieser anonyme Brief. Lux erinnerte sich an den anonymen Anrufer. Sein Jagdtrieb war geweckt. Er verschwendete keinen Gedanken daran, woher der Absender seine Adresse kannte. Viel mehr interessierte ihn, wer an den Fall von Lena Hummel drei Jahre nach ihrem Tod erinnern wollte und warum. Die Rätsel der letzten Tage, die Sackgassen in seinen Nachforschungen und dieser Brief verwirrten ihn zunehmend. Er stellte sich nur sehr kurz die Frage, ob er dem Absender des Briefes vertrauen und Nachforschungen anstellen oder aber einer Toten einfach ihre Ruhe lassen sollte. Vielleicht wäre es besser, sich doch einen Flug nach Mallorca zu buchen, um dort, so wie viele andere Pensionäre, die Seele baumeln zu lassen, und für ein paar Tage bei mildem Klima einen Teil seiner Rente an das Hotelleben zu verlieren? Doch die Vorstellung, von Silberlöckchen umgeben zu sein, die von morgens bis abends übers Wetter und den Ausflug am nächsten Tag reden würden, erschreckte ihn. Lux fühlte sich noch nicht reif für die Insel, obwohl er mit seinen 65 Jahren nun auch längst kein Tadzio mehr war, der es sich leisten konnte, auf seine Altersgruppe zu blicken, als kämen sie vom Planeten Zombie.

Er wählte Delgados Nummer. »Mahlzeit Karl. Ich störe nur ungern an einem freien Tag, aber erinnerst du dich an den umstrittenen Selbstmordfall Lena Hummel? Ist drei Jahre her. Die Ermittlungen wurden damals mangels fehlender Mordindizien …« Er kam nicht weiter, weil Karl plötzlich in die Leitung hustete. Lux nahm kurz den Hörer vom Ohr. »Ich habe da vielleicht so was wie eine neue Spur«, sagte er weiter. »Dünne Lage, nichts ernst zu nehmendes. Mich würde interessieren, ob ihr später weitere Spuren gefunden habt.« Lux fixierte mit seinen Augen den Überrest einer toten Fliege an der Wand. Delgado schien erkältet zu sein. Er hustete schon wieder. Und betete dann die Liste der Verdächtigten herunter. Doch die waren Lux alle bekannt. Nervös ruckelte sich Lux auf seinem Schreibtischstuhl neu zurecht. Er malte einen Galgen auf ein weißes Blatt Papier. »Gut, gut. Wenn ihr nichts Neues habt …« Jetzt hängte er ein Strichmännchen an den Strick. »Nein, nein, ich wirble keinen alten Staub auf«, beschwichtigte er Karl. »Genieß dein Wochenende.« Er legte auf. Lux lehnte sich in seinem Stuhl zurück. Karl hatte ihm von einem Heilpraktiker aus Kühlungsborn erzählt, mit dem Lena Hummel offenbar zuletzt Kontakt hatte. Ein gewisser Paulus. Aber schon vor drei Jahren habe diese Fährte ins Nichts geführt.

Nur ein paar Mausklicks später fand er ein Physiotherapeutisches Zentrum in Kühlungsborn. Es konnte nicht schaden, nach einem Mann zu sehen, der vielleicht noch dort arbeitete, wo Lena kurz vor ihrem Tod in Behandlung war. Doch Lux entschied sich gegen eine Anmeldung per Telefon, weil er aus Erfahrung wusste, wie leicht es war, jemandem die Unwahrheit zu sagen, wenn man sich nicht persönlich gegenüberstand.

Doch zuvor musste ihm seine Hausärztin einen Gefallen tun. Beide kannten sich seit Ewigkeiten, waren beinahe befreundet. Sie waren zusammen alt geworden, mit dem Unterschied, dass Frau Dr. Lungdal in ihrer eigenen Praxis so lange praktizieren konnte, wie es ihr beliebte, während Lux seinen Job an den staatlich verordneten Ruhestand verloren hatte.

25

Dr. Lungdal empfing ihn wie immer warmherzig, aber auch mit einer spöttischen Frage: »Na, bekommt Ihnen der Ruhestand gesundheitlich gut?«

»Sie wissen, ich bin topfit, Frau Doktor.« Er stupste sie gegen ihre füllige Hüfte.

Sie quietschte wie ein junges Mädchen, strich sich eine weiße Strähne aus der Stirn, zupfte an ihrer Bluse und fragte: »Die üblichen Blutdrucksenker? Und noch Vitamine dazu?«

Lux nickte zustimmend, wollte aber noch etwas anderes. »Ich habe seit Tagen Rückenschmerzen«, flunkerte er. »Verschreiben Sie mir Wärme auf Rezept?«

»Fahren Sie doch nach Mallorca. Das macht man doch als Rentner, oder? Da gibt es Wärme umsonst.« Wieder zeigte sie ihm ein spöttisches Grinsen. Ihre Augen wirkten hellwach.

»Haha«, entgegnete er, »und da suche ich mir dann eine Braut, die sich auch schon nicht mehr traut?«

»Warum nicht?« Frau Doktor wackelte mit dem Kopf. »Sie sind noch zu frisch, um alleine zu leben. Fahren Sie doch am Donnerstag. Schenken Sie sich eine Reise zum Geburtstag. Ist nicht mehr lange hin.«

»Ach was«, winkte er ab, »wenn überhaupt will ich jemanden, der die Rucksäcke, die wir alle mit uns herumschleppen, noch nicht trägt und mich mit den Niederlagen seiner Vergangenheit verschont. Jemanden, der mich zwingt, alles was ich angeblich schon kenne, noch einmal zu erleben und zu durchleben. Verstehen Sie was ich meine?«

»Ach, ich dachte sie wollen was Junges wegen der Pfirsichhaut.« Sie schnalzte mit der Zunge und griff nach ihrem Rezeptblock. Frau Doktor schrieb noch mit der Hand, die reichlich mit Falten durchzogen war.

»Nein, was nutzt mir die Pfirsichhaut, wenn mein zweiter Frühling längst vorbei ist und der dritte auf sich warten lässt?«

»Ich empfehle Viagra«, sagte Frau Doktor erbarmungslos. »Das gibt es aber für Sie nicht auf Rezept.« Sie kurvte um ihren Behandlungstisch auf ihn zu.

»Eins zu null für Sie.« Lux hob den Daumen. »Sind Sie heute eigentlich so gut drauf«, schob er mit fröhlicher Häme nach, »weil Sie in der letzten Zeit junges, männliches Publikum hatten?« Die Allgemeinmedizinerin grinste. Er wusste, dass sie jeden Patienten annahm, der in ihre Praxis kam. Egal ob jung oder älter. Sie wollte gut leben, also arbeitete sie auch viel. Außerdem mochte sie junge Männer.

»Eins zu eins, David. Ich bin gut drauf, weil Sie so redselig sind. Das ist ja auch selten.«

Lux sah ihr in die Augen: »Wie lange kennen wir uns schon?«

»Es dürften beinahe dreißig Jahre sein. Ich bin noch vor dem Fall der Mauer nach Bad Doberan gezogen, Sie kurz danach, oder?«

Lux sann nach einem genauen Datum. Es fiel ihm aber nicht ein. »Ja, kommt hin«, brummte er.

Sie drückte ihm drei Rezepte in die Hand. Eines über fünf Fangopackungen, die beiden anderen über fünf Spritzen mit hoch dosiertem Vitamin E und D und ein blutdrucksenkendes Medikament. Sie verabschiedeten sich herzlich und mit dem Versprechen, sich bald außerhalb der Praxis auf einen Kaffee zu treffen und in der Vergangenheit zu schwelgen.

Vor dem Ausgang der Praxis stand ein heruntergekommener Mann auf der Steintreppe. Als er Lux durch den Flur kommen sah, hielt er ihm die Tür auf und streckte ihm dann eine unsaubere Hand entgegen. In der anderen hielt er einen Pappbecher fest umklammert, in dem einige Geldstücke in der Sonne glänzten. Lux kannte ihn. Er war ein stadtbekannter Bettler, der mal hier, mal dort um Geld bat. Lux fingerte seine Geldbörse heraus und warf ein Fünfzig-Cent-Stück hinein.

»Danke, der Herr.« Der Stadtstreicher schenkte ihm ein Lächeln und entblößte dabei eine Reihe gelblicher Zähne, die aber alle noch brav an ihrem Platz saßen.

»Bis zum nächsten Mal«, antwortete Lux und schlenderte zu seinem Auto. Für ihn war es fast schon zu einem Ritual geworden, auf den augenscheinlich mittellosen Mann zu treffen und ihm ein paar Klimperstücke in den Becher zu werfen. Dessen tägliche Anwesenheit in dem Städtchen beruhigte ihn. Solange der Stadtstreicher noch gut auf den Beinen war, musste man sich um ihn keine Sorgen machen.

Der Tag war bereits schon weit fortgeschritten, als Lux das Foyer der Physiotherapie betrat, der Empfangsdame sein

Rezept zeigte, seine Krankenversicherungskarte registrieren ließ und nach einem Termin fragte. »Ich möchte zu einem bestimmten Heilpraktiker. Vielleicht hat er ja noch in dieser Woche einen Termin frei? Wir kennen uns nämlich über einen Kollegen meines Bruders.«

»Sein Name?«, fragte die Frau. Sie war eine Norddeutsche wie aus dem Bilderbuch. Maulfaul und reserviert gegenüber Fremden. Sie saß in einem Rollstuhl dicht hinter dem Pult, war jung, aber in ihren Augen stand kein Feuer.

»Ist mir entfallen. Ganz sicher arbeitet hier keine Kompanie an Männern, oder?« Lux wollte scherzen. Sie blickte säuerlich.

Von ihm unbemerkt öffnete sich kaum hörbar die Tür zu einem Behandlungsraum. Der Gesichtsausschnitt eines Mannes wurde sichtbar. Er lugte durch den Türspalt in Richtung Rezeption.

»Zwei Männer arbeiten hier.« Ihre Stimme klang müde.

»Ich nehme den, der hier am längsten arbeitet.«

»Das ist Herr Paulus. Wollen Sie zu ihm?«

Lux zögerte kurz. Sie sah ihn an wie jemanden, der nicht gerne wartet.

»Jaaa«, sagte er gedehnt. »Geht es noch heute?«

»Das ist Wunschdenken«, antwortete sie rasch. »Nächste Woche Montag. 17 Uhr.«

»Nächste Woche? So spät?!«

»Ja.« Die Frau blickte so angestrengt auf ihr Terminbuch, als würde es sich sekündlich aktualisieren. Der Mann, der eben noch die Szene beobachtet hatte, schloss die Tür wieder.

»Ich nehme ihn«, sagte Lux nach einer Weile. Er schnaufte hörbar durch. Unbeeindruckt pinselte die Frau den Tag, die Uhrzeit und seinen Namen auf einen Terminzettel und schob ihn zu Lux über den Tresen. Der trollte sich wieder, missmutig und mit einem Anflug schlechter Laune.

Er ließ das Auto, wo er es geparkt hatte, und spazierte durch den Ort hinunter zum Strand. Das Rauschen der Wellen, die Frische der Luft, die blinkenden Strahlen der Sonne im Wasser und die weiten Blicke über den Kühlungsborner Ost- und Westrand versöhnten ihn mit diesem wenig ereignisreichen Tag.

Teil II

1 Kühlungsborn, vor 26 Jahren

Kühlungsborn war nach dem Abriss der Berliner Mauer und dem Abzug der rostigen Kähne der DDR-Marine ein Ort, der von einem guten Leben träumte, aber noch einige Zeit brauchte, um aus seinem Dornröschenschlaf zu erwachen. Noch waren die Strandhäuser nicht renoviert, gab es kein florierendes Hotelleben und statt der heute massenhaft die Promenade auf und ab bummelnden Touristen war die Zahl der Badegäste überschaubar.

Auch das Haus, in dem Sabine Steiner seit mehr als dreißig Jahren lebte, war ein zweistöckiges, nichtssagendes Gebäude in einem jammervollen Zustand. Es stand eingezwängt zwischen anderen Häusern, davor eine Linde, aus der im Sommer das Gebrumm der Insekten einem den Schlaf nehmen konnte. Nur getrennt von einem schmalen Weg begann hinter ihrem Haus gleich ein Wald, dessen Ausläufer sich bis an den Strand hinzogen. Sabines Tochter Christine, die sie allein erzog, weil ihr Mann kurz nach dem Untergang der DDR sein Heil im Westen gesucht hatte, war zu jener Zeit vor 26 Jahren inmitten ihrer Pubertät. Es war ein schwieriges, um nicht zu sagen beinahe unmögliches Verhältnis, das beide zueinander hatten.

»Ich glaube nicht«, hatte sie mal zu einer guten Freundin über ihre damals fünfzehn Jahre alte Tochter gesagt, »dass aus ihr eine Frau mit Format wird. Viel zu oft und viel zu lange weigert sich Christine gegen alle meine Versuche, ihr Mädchenkleidung in der entsprechenden Größe, Schminkzeug oder andere Geschenke zu kaufen, die eine junge Frau attraktiv für Männer machen.« Im Gegenteil: Ihre Tochter verwehrte sich nicht nur gegen alles Weibliche, sie wurde auch immer einsilbiger und verschlossener, bis sie irgendwann nur noch stumm die Wohnung betrat, in ihr Zimmer ging und erst am Morgen wieder herauskam. Und irgendwann, mit Ende siebzehn, kam sie aus der Schule gar nicht mehr nach Haus. Sabine Steiner meldete ihre Tochter als vermisst.

Doch so plötzlich, wie sie verschwunden war, so plötzlich tauchte sie auch wieder auf. Gebracht von einem Mann, der sich der Mutter als Dr. Tobias Rechlin aus Lübeck vorstellte. Ein Psychotherapeut, zu dem die noch minderjährige Christine in die Praxis gefahren war, weil dieser trotz einer langen Warteliste zufällig einen Gesprächstermin frei hatte. Der Therapeut hatte ihr eine wörtliche Abschrift von Christines Berichten verlesen und der Mutter vorgeschlagen, dass sie jederzeit in seiner Praxis mit ihm darüber reden könne. Doch Sabine Steiner hatte abgelehnt. Sie hatte ihm gesagt, dass sie mit dieser Angelegenheit alleine fertig werden würde, in dem sie mit ihrer Tochter ein ernsthaftes Gespräch über das Frausein und aller sich bietenden Möglichkeiten führte. Rechlin hatte ihr offen seine Skepsis gezeigt und ihr angeboten, dass Christine jederzeit wieder zu ihm kommen könne, sobald sie volljährig sei. Sabine hatte in den folgenden Wochen versucht, mit ihrer Tochter zu reden. Doch ohne Erfolg.

»Solange du mich für ein Mädchen hältst, so lange du mich nicht bei meinem Vornamen Tom rufst, so lange haben wir nichts zu besprechen«, war ihre stereotype Antwort gewesen. Und Sabine Steiner, Fließbandarbeiterin in einer Fischfabrik in Rostock, eine Frau kurz über fünfzig, aufgewachsen auf dem Land und gestrandet in Kühlungsborn, verfügte weder über die sprachlichen Mittel noch über den Empfindungshorizont, ihrer Tochter bei deren Identitätsproblemen und schon gar nicht bei deren selbst gewähltem Vornamen zu folgen.

2

Ich war 14 Jahre alt, begann die Mitschrift des Psychologen von den Bekenntnissen Christines, *als ich mich endlich vor meiner Klasse outen wollte. Aber davor hatte ich echt Schiss.* Christine wählte eine deutliche und unverstellte Sprache. *Ich habe vor der Klasse gesagt, ich möchte ab sofort mit ›Tom‹ und ›er‹ angeredet werden. Ich habe denen erklärt, dass ich unter meiner Mädchenhaut leide und ein Junge bin. Basta! Danach ging es mir wirklich besser – und alle haben mich genommen, wie ich mich selbst sah. – Meine bisher schlimmste Erfahrung war Anfang des Jahres, ebenfalls in der Schule. Ich bekam ein Extra-Klo im Mittelstufenhaus, für das nur ich den Schlüssel hatte. Da ich aber nie allein aufs Klo wollte, schon wegen möglichen Mobbings, habe ich Charlotte oft mit reingenommen. Als wir wieder einmal zusammen da rauf gingen, fingen die Kinder an, gut hörbar für den ganzen Flur, darüber zu spekulieren, ob wir zwei Lesben wären und sich auf dem Klo verbotenerweise einsperren, um zu ficken. Als wir drin waren, hämmerten und schlugen sie gegen die Tür, kreischten und plärrten wie hirnlose Affen und dichteten uns irgendeine Scheiße an. Ganz verzweifelt, weil ich dachte, wir kämen hier heil nicht wieder raus, hab ich zu Charlotte gesagt, dass sie die Tür eintreten soll. Ich war den Tränen nahe. Die Kinder hauten ab. Mein Klassenlehrer hatte für das Füreintreten gar kein Verständnis, dieser Lappen. Er sagte, Kinder könnten eben auch mal fies sein, aber sie wüssten es einfach noch nicht besser.*

Das Wortprotokoll hatte Dr. Rechlin sogar unterschrieben und darunter vermerkt, dass sich *Christine (Tom)* gerne wieder bei ihm vorstellen dürfe, wenn sie 18 Jahre alt geworden sei.

Über diesen Vermerk hatte sich Christine fürchterlich erregt und Rechlin zum Teufel gewünscht. Er hatte ihr zwar gut zugehört und auch die richtigen Fragen gestellt, aber niemals würde sie bis zu ihrer Volljährigkeit damit warten, aus sich einen Mann zu machen. Dabei waren es nur noch drei Monate bis zu ihrem 18. Geburtstag. Und es sollten noch weitere Monate vergehen, bis sie endlich bei Dr. Rechlin erneut einen Termin bekam und glaubte, eine der größten Hürden bis zu ihrem Ziel genommen zu haben.

Doch diese Monate des Wartens bedeuteten für Sabine Steiner eine Zeit der Qualen. Christine reagierte weder auf ihren Vornamen noch war sie bereit, ein Familienleben von Tochter und Mutter zu leben. Sie kehrte immer seltener pünktlich von der Schule nach Hause zurück, blieb manchmal auch nächtelang fort oder schloss sich in ihrem Zimmer ein. Hörte Christine Musik, dann wehte Schwermut, Aggression und Melancholie durch ihre gemeinsame Wohnung. Wenn sie miteinander sprachen, was selten der Fall war, redete Christine von Leid und Unfreiheit, von Norm und Unterdrückung, von Fremdbestimmung und Todessehnsucht.

Einen Tag nach ihrem 18. Geburtstag, den Christine mit ihrer damals schon besten Freundin Charlotte verbracht hatte, rollte sie mit ihrem betagten Motorrad spätnachts betrunken und mit zerrissenen Hosen auf das Grundstück vor dem Haus. Sabine Steiner, die schon zeitig zu Bett gegangen aber von dem Motorenlärm wieder geweckt worden war, wollte sie zur Rede stellen und wissen, warum Christine unter Alkohol Motorrad gefahren war und ihr diese letzten Monate so zur Hölle gemacht hatte. »Womit habe ich das verdient?«, schrie sie ihre Tochter an. »Womit habe ich *dich* verdient?! Ich bin für dich doch nur die Dumme, die dir Essen kocht und zum Dank gequält wird.«

Christine schritt kurzerhand auf ihre Mutter zu und schlug ihr ins Gesicht. »Du hast doch gar nichts verstanden«, kollerte sie. »Du bist eine dumme Fischfabrikschlampe, die nicht zur bedingungslosen Liebe zum eigenen Kind fähig ist. Du schaffst es nicht, über deinen Schatten zu springen, obwohl ich dir den Weg gezeigt habe. Ich bin Tom und nicht Christine. Ich bin dein Sohn und nicht deine Tochter. Wann wirst du das endlich akzeptieren? Mehr will ich doch gar nicht!«

»… *gar nicht*, mein Kind?«, antwortete ihre Mutter ungerührt. »Wenn du nicht mehr meine Tochter sein willst, dann hast du hier auch nichts mehr verloren. Dort ist die Tür. Und nun raus und zwar gleich.«

Christine reagierte sofort. Als sie nur wenige Minuten später gegangen war, hatte sie in ihre Koffer einen Großteil ihrer Kleidung und persönlichen Papiere verstaut.

Sabine Steiner beobachtete ihr Treiben von einer Ecke des Flures aus, still und unbeweglich. Sie würde wiederkommen, da war sie sich sicher. Und vielleicht nicht mehr als Tom, sondern als Christine.

Doch als ihre Tochter kehrte der Mensch, der jetzt mit Kopfhörern auf den Ohren ihre Wohnung verließ, nie wieder zurück.

3 Lübeck, mehr als ein Jahr später

Dr. Tobias Rechlin war ein Mann, der davon überzeugt war, als Psychotherapeut immer das Richtige für seine Patienten zu wollen. Ein Psychologe, der sich mit allen Wassern der menschlichen Seelenlagen gewaschen sah. Ein glatzköpfiger Mittfünfziger mit Backenbart und Koteletten, der Gut von Böse, Lüge von Wahrheit und Schwarz von Weiß glaubte messerscharf unterscheiden zu können. Er hatte sich auf die Beratung sexuell traumatisierter Mädchen und Frauen und gleichgeschlechtlich lebender Paare spezialisiert.

Dr. Rechlin hatte aber neben seiner beruflichen Profession noch ein anderes Hobby: Er spielte Golf. Wenn ihn jemand danach fragte, warum er diesen Sport so sehr verehrte, so antwortete er stets das Gleiche: Es beruhige ihn, Loch für Loch auf einem Golfplatz abzuarbeiten, gegebenenfalls lange Strecken zurückzulegen, um den einen oder anderen vergeigten Ball zurückzuholen und dabei Gespräche mit Kollegen auf dem Rasen zu führen. Mit *Kollegen* meinte Rechlin Menschen, die es sich ebenso wie er leisten konnten, dem Golfclub jedes Jahr ein kleines Vermögen zu überweisen, um ein ehrenwertes und anerkanntes Mitglied zu sein.

Rechlins Praxis befand sich im Erdgeschoss seines Privathauses im Lübecker Stadtteil St. Jürgen in der Hüxstertorallee, einer grünen Straße vor den Toren der Innenstadt. In der ersten Etage waren das Wohn-, Ess- und Schlafzimmer. Im Stockwerk darüber lagen drei weitere Räume; in einem hörte er Musik, im zweiten las er Bücher seiner Bibliothek und im dritten Raum, der sich am Ende eines langen Flurs über mehr als zwanzig Quadratmeter ausbreitete, stand ein Laufband, das er gelegentlich nutzte.

Sein Hund Pronto, eine deutsche Dogge, die aufgrund ihres Alters nicht nur beinahe blind, sondern fast völlig taub war, hatte seinen Korb unter der Treppe im Erdgeschoss. Kam ein Patient, wurde er zunächst beschnüffelt und besabbert, bevor er in das Sprechzimmer des Psychologen weiterziehen durfte. So auch die junge Frau, die an diesem Tag ihren letzten Termin bei Rechlin hatte, an dem er entschied, auf welchem Weg und bei welchem Arzt sie eine Hormontherapie beginnen würde.

Die junge Frau hieß Christine Steiner und sie saß wie immer auf einem harten roten Stuhl aus Kunstleder, der dem Schreibtisch von Dr. Rechlin gegenüberstand. In ihrem Rücken zog sich eine rote Kunstledercouch von einer Wand zur anderen. An den Wänden hingen Bilder, die Hirnstrukturen von Menschen und Affen zeigten. Tobias Rechlin blätterte in ihrer Akte. Sie war durch die vielen Sitzungen, die in Deutschland vor einer derartigen Behandlung vorgeschrieben sind, so angeschwollen wie die Grundsatzentscheidung eines Verfassungsgerichts. Am liebsten wäre sie gleich an ihrem 18. Geburtstag zu ihm nach Lübeck gefahren, aber Dr. Rechlin hatte sie mehrfach vertröstet. Es waren nun mehrere Monate vergangen, in denen sechs Therapiesitzungen stattgefunden hatten. Immer wieder hatten sie über Christines ersten Besuch bei ihm gesprochen, über ihre von Zweifeln durchdrungene Jugend, ihr Outing vor der Klasse. Christine drängte darauf, eine Mastektomie, also eine Brustabnahme, auf Rezept machen zu können und das männliche Hormon Testosteron einnehmen zu dürfen. Sie sehnte sich nach männlichen Merkmalen wie einer tiefen Stimme, Bartwuchs und einer Körperfettverteilung weg von Schenkeln, Po und Hüfte – und das Wichtigste: eine flache Brust.

Und heute war der Tag der Entscheidung. Heute wollte Dr. Rechlin ihr mitteilen, ob sie endlich nach dieser zermürbenden Zeit des Redens und Wartens damit beginnen konnte, auch mit Medikamenten ihre nicht vorhandene, aber von der Umwelt behauptete Identität als junge Frau abzustreifen wie einen von Motten zerfressenen Mantel. Es war ihr nicht immer leichtgefallen, sich wieder und wieder diesem Therapeuten gegenüber zu öffnen, ihre innersten, intimsten Gefühle nach außen zu kehren, um ihn von der Ernsthaftigkeit ihrer Sehnsucht nach einer Geschlechtsangleichung zu überzeugen. Christine war mit Hochgefühlen und mit einer Stimmung in die Praxis gekommen, die für sie vergleichbar waren mit den Sekunden, bevor das erste eigene Kind zur Welt kam. Ein Neugeborenes. Und das wollte sie auch werden: neu geboren in einer alten Haut, die sie sich nicht ausgesucht, aber mit sich herumzuschleppen hatte. Doch leibliche Kinder wollte sie keinesfalls. Niemals.

»Kommen Sie«, sagte Dr. Rechlin freundlich zu ihr, »Sie kennen sich ja aus. Wohnen Sie noch immer bei Ihrer Freundin?«

Christine nickte unmerklich mit dem Kopf.

»Kaffee?«, fragte Rechlin.

»Gern.« Die Stimmung des Therapeuten schien gut und positiv zu sein wie auch das Ergebnis, das sie gleich von ihm hören würde. Rechlin verließ sie in Richtung Küche, kurze Zeit später hörte sie die Espressomaschine gurgeln, hörte das Klappern von Löffeln, Tassen und Untertassen. Die junge Frau dachte daran, wie oft und ausführlich sie mit dem Arzt über ihren Traum, Polizist zu werden, geredet hatte. Knapp ein Dreivierteljahr war sie jetzt in der Ausbildung auf der Polizeifachschule. Sie nannte sich auch dort Tom Steiner und hatte sich ihren Mitschülern gegenüber erklärt. Da sie ohnehin davon ausging, bald ihre Brüste und ihre hohe Stimme zu verlieren, hatte sie auch keine Furcht davor, diese anstrengende und überwiegend von Männern gewählte Ausbildung auch als Mann in einem biologisch weiblichen Körper durchzustehen. Und dennoch war sie in der Schule ihrer ersten großen Niederlage psychisch nur knapp entgangen.

Bei einem Wettkampf gegen eine befreundete Polizeischule aus Meißen versagten ihr auf einem Hindernisparcours die Kräfte, sie gab mittendrin auf und sorgte damit unfreiwillig für eine Niederlage ihrer Mannschaft. Ein Journalist, der dem Wettstreit beigewohnt hatte, schrieb nach ihrem körperlichen Ausfall in einem Artikel von *Schmach und Schande, ausgelöst durch die Polizeifachschülerin Christine S. aus Kühlungsborn, die sich als Mann fühlt und als dieser angebliche Mann versagte.* Diese öffentliche Bloßstellung hatte ihr nicht nur zu schaffen gemacht und sie tief verletzt. Auch die Nennung ihres gehassten Vornamens in einer Zeitung mit einer halben Million Lesern in Rostock und Umgebung, hatte sie umgehauen. Die Reduzierung auf ihre Weiblichkeit schmerzte in ihr wie ein böser Tumor. Doch Dr. Rechlin hatte sie in vielen Gesprächen aufgefangen und überredet, weiterzumachen und sich durchzubeißen.

Der Therapeut ließ sich in seiner Küche sehr viel Zeit. Zum wiederholten Mal vermaß Christine mit ihren Augen voller Ungeduld den Behandlungsraum. Die schematischen Darstellungen von Hirnstrukturen von Affen und Menschen, die hier überall an den Wänden hingen, hatten ihr noch nie behagt. Im Gegenteil, sie ängstigten sie. Sie dachte jetzt an die lange Abenteuertour mit Charlotte nach Australien. In einer Woche würde sie von Berlin aus über Bangkok nach Melbourne starten. Christine erwartete deshalb auch umso sehnsüchtiger den Arztbrief ihres Therapeuten mit dem Rezept für die erste Testosteronspritze. Drei Monate hielt die Wirkung an. Das war genau die Zeit, die Christine mit Charlotte in Perth, Melbourne und Sidney verbringen wollte. Nach ihrer Rückkehr würde sie sich sofort die zweite Dosis spritzen lassen. Sie war innerlich erregt von dem Gedanken, dass ihr in Australien vielleicht die hohe weibliche Stimme brechen oder erste Barthaare wachsen würden. Und Charlotte? Sie war über Christines anstehende Häutung im Bilde, sie hatte sie noch daran erinnert, ihre Krankenkassenkarte mitzunehmen, damit Rechlin keine rechtlichen Probleme bekam. Aber erst einmal würden sie und Charlotte später zu Hause Rechlins Entscheidung feiern. Ihre älteste Freundin aus der Schulzeit wartete mit einem Sixpack Bier auf sie und ganz sicher würden sie auch wieder einen oder zwei Joints rauchen.

Als Rechlin mit einem Tablett in der Hand im Behandlungszimmer erschien, lächelte er immer noch und seine Patientin lächelte selig zurück. Beide nahmen Zucker und Milch, rührten im Kaffee. Als Christine ihren ersten Schluck getrunken hatte, gefror das Lächeln Rechlins zu einer ernsten Maske. »Ich habe leider keine guten Neuigkeiten für Sie. Ich kann Ihrem Wunsch, eine Geschlechtsangleichung zu vollziehen, leider nicht entsprechen.« Christine erblasste. Doch Rechlin redete unbeirrt weiter. »Ich habe mir diese Entscheidung nicht leicht gemacht, und mich mit meinen anderen männlichen Kollegen beraten. Aber ich glaube, besser, wir glauben, dass Sie sich in der Welt der Männer und der Männlichkeit mit all deren Ritualen, also meiner Welt, nicht zurechtfinden würden. Dafür unterscheiden sich weibliche Interessen, Handlungen und Vorstellungen viel zu sehr von uns Männern.« Rechlin suchte Christines Blick.

Doch die sah zu Boden. Tränen rannen ihr über die Wangen. In ihr zerbrach nicht eine Welt, in ihr zerbrachen viele kleine Welten, die sie sich schon längst aufgebaut hatte. Seine Worte dröhnten in ihr wie schwere Eisenkugeln, die gegen Mauerwerk schlugen und es zerstörten. Sie wollte etwas sagen, aber sie brachte keinen Ton heraus. Stattdessen wischte sie sich ihre Tränen ab.

Rechlin sprach jetzt weiter. »Transsexualismus gibt es meines Erachtens gar nicht«, versuchte er sie jetzt emotional einzufangen. »Ich sehe darin eher eine psychische Erkrankung. Gott hat jeden so erschaffen, wie er auf Erden ist. Wir sollten uns mit dem Wunder des Lebens begnügen und es nicht anzweifeln. Das könnte sonst beruflich und sozial sehr schlecht für Sie enden. Und das wollen Sie und ich doch nicht, oder Christine?«

»Unterstehen Sie sich, mich mit diesem Namen anzureden«, zischte sie böse. »Wer glauben Sie, wer Sie sind? Gott? Dass Sie mir solche ideologischen Sprüche einzureden versuchen? Schon mal von Evolution und Darwin gehört? Lassen Sie mich mit Ihrem religiösen Geschwafel in Frieden!« Christine sprang auf.

»Setzen Sie sich!«, sagte Dr. Rechlin streng. »Ich bin noch nicht fertig. Ich wolle Ihnen gerade eine Therapie gegen die Linderung ihrer psychischen Störung …«

»Halten Sie ihr dreckiges Maul!«, schrie sie ihn an. »Was haben Sie denn noch auf Lager außer verletzenden Worten? Was darf ich noch erwarten? Dass Sie mich weiter beleidigen, als dumme Pute, die nicht wissen kann, was Sie will, weil Sie eine Frau ist?« Christine trat jetzt dicht an den Schreibtisch von Rechlin heran. »Wissen Sie was ich glaube? Dass Sie in höchstem Maße frauenfeindlich sind. Sie trauen mir nämlich nicht zu, mein Leben zu leben, wie ich es für richtig, wichtig und auch okay halte. Weil Sie einer Frau auch sonst nichts weiter zutrauen, außer vielleicht, dass sie sich als Fick- und Gebärmaschine benutzen lässt! Aber ich bin keine Frau!«

Rechlin war jetzt außer sich vor Wut. Sein Gesicht lief dunkelrot an. »Jetzt machen Sie aber mal einen Punkt!« schrie er. »Ich schmeiße Sie sonst gleich raus!«

»Na los, nur zu«, rief Christine, »schmeißen Sie mich doch raus!« Ihr Blick fiel auf einen Briefbeschwerer aus Marmor in der Gestalt eines Löwen. Er war groß und schien sehr schwer zu sein. Blitzschnell griff sie danach und Rechlin konnte nicht annähernd so schnell reagieren, wie der Briefbeschwerer erst gegen seine Stirn knallte und Sekunden später, als der Mann in seinem Sitz zurückkippt war, der Löwe dreimal, viermal an seiner rechten Schläfe landete. Der Psychologe fiel seitwärts aus seinem Sitz wie ein Sack Mehl. Er schlug auf dem Boden auf und blieb bewusstlos liegen. Rechlins linker Arm zuckte. Christine sah sich um – und erspähte die Golfschläger, die nur etwa zwei Meter entfernt neben einer Art Barschrank aus vornehmen Kirschholz lehnten. Der Therapeut musste sie wahrscheinlich nach seinem letzten Ausflug auf den Golfplatz hier in der Praxis abgestellt haben. Sie griff nach einem schweren Neuner, stellte sich breitbeinig und gänzlich unweiblich vor ihn hin, hob den Schläger und schlug zweimal zu. Rechlins Kopf brach augenblicklich auseinander, Blut schoss auf den Boden, Hirnmasse trat aus.

Sie besah sich kurz ihr Werk, dann ging sie hinüber in die Küche wusch den Schläger sorgfältig unter fließendem Wasser ab, griff sich ein Handtuch, benässte es und säuberte alle Stellen in dem Besprechungszimmer, von denen sie glaubte, Fingerabdrücke hinterlassen zu haben. Sie verstaute das Terminbuch des Doktors in ihrem Rucksack und löschte alle Nummern seines Festnetztelefons aus dem Speicher. Dann riss sie die Leitung aus der Wand und trat wütend gegen den herausrieselnden Putz. Nun durchwühlte sie Rechlins Jackett, nahm dessen Geldbörse an sich und verstaute sie ebenfalls in ihrem Rucksack. Sie blickte sich um, dachte scharf darüber nach, ob sie Spuren übersehen haben könnte, die unmittelbar zu ihr führen würden. Rechlins Kopf lag in einer großen Lache Blut. Sie schrak zusammen. Ihre Augen hatten den Computer des Therapeuten entdeckt, dessen Kasten horizontal unter einem klobigen, vergilbt-weißen Bildschirm stand. Mit Sicherheit würde ihr Name darin auftauchen. Sie entschied sich, die mobile Festplatte des Rechners aus dem Gehäuse zu reißen und mitzunehmen. Den Golfschläger verstaute sie wieder in der Tasche neben dem Schrank.

Erst jetzt war sie zufrieden, öffnete vorsichtig die Praxistür, schielte nach draußen, sah aber keine Menschenseele. Mit dem Handtuch und zwei Fingern zog sie die Tür hinter sich zu, wischte mit einer schnellen Handbewegung die Klinke ab und verschloss das Haus mit den Schlüsseln des Doktors, die auf seinem Schreibtisch gelegen hatten. Vorsichtig schlich sie durch den blühenden Vorgarten auf die Straße, entriegelte ihr Hollandrad, rollte durch den Villenvorort St. Jürgen in Richtung Bahnhof und nahm den Zug nach Rostock, um von dort aus weiter nach Kühlungsborn zu gelangen.

Im Waggon für Fahrräder und sperrige Gegenstände suchte sie sich einen freien Platz, stülpte sich Kopfhörer über die Ohren und überließ sich jetzt der dröhnenden und kraftvollen Musik der Dark-Metal-Band Black Sabbath. Die blutigen Bilder der letzten Stunde verbanden sich jetzt mit den harten Gitarrenriffs, dem dröhnenden Bass und dem treibendes Rhythmus des Schlagzeugs des Songs *Shot In The Dark* zu einem bizarren Kopfkino wie aus einem Horrorfilm. Sie trampelte mit den Füßen den Rhythmus auf den Waggonboden, schnippte ausgelassen mit den Fingern und fühlte sich wie ein Held, der siegreich aus einer Schlacht hervorgegangen war. Das Hochgefühl, einem armseligen Menschen, der als Analytiker menschlicher Seelenlagen eine vollständige Niete war, final aus dem Verkehr gezogen zu haben, befriedigte sie tief. Die Lust, den Mann zu zerstören, machte sie auch jetzt noch geradezu euphorisch.

Nach einer Fahrt, die ihr unendlich lang erschien war Christine nach mehr als vier Stunden endlich am Bahnhof Kühlungsborn Ost angelangt. Sie schob ihr Hollandrad auf die Straße, setzte sich auf den Sattel und trat kräftig in die Pedale. Beinahe hätte sie das Schild übersehen, das erst seit einigen Tagen an der neu errichteten Seebrücke von Kühlungsborn stand und von ihrer bevorstehenden offiziellen Eröffnung kündete. Das Bauwerk stand in der abendlichen Maisonne unschuldig da und wirkte wie ein Fremdkörper gegen all die noch nicht hergerichteten Häuser, die links und rechts von ihr standen.

Christine stoppte ihr Rad vor dem Zugang zur Brücke, verschloss es mit einer Kette am Geländer und spazierte, zwar innerlich noch immer aufgewühlt, aber schon gefasster als noch am frühen Nachmittag, bis an das auf das Meer hinausragende Ende. Von dort aus starrte sie minutenlang ins Wasser. Wieder und wieder stiegen die Bilder ihrer Tat und der mit Blut besudelte Boden des Therapeutenzimmers in ihr hoch. Sie versuchte sie zu verdrängen, sie von sich wegzuschieben, doch es gelang ihr nicht. Schrille Ängste über ihre Enttarnung als Mörderin begannen jetzt in ihrem Kopf immer mehr Raum einzunehmen. Obwohl sie sämtliche Unterlagen von Dr. Rechlin mitgenommen hatte, war Christine nicht restlos davon überzeugt, dass man ihr nicht doch auf die Spur kommen würde. Sie musste ihren Namen jetzt sehr schnell und ganz offiziell ablegen. Sie musste mit neuem Namen als Tom auferstehen, vielleicht sogar mit einem anderen Gesicht.

Nur wie? Würde es ausreichen, in den Großstädten oder den Weiten Australiens abzutauchen? Würde man sie nicht doch irgendwann mit einem internationalen Haftbefehl aufspüren und nach Deutschland zurückbringen? Wie im Fieber durchlitt sie noch einmal ihre Tat, war plötzlich hypernervös. Auch wenn sie sich jetzt einredete, dass sie zwar im Affekt, aber richtig gehandelt und Dr. Rechlin nur seine gerechte Strafe bekommen hatte, kreisten ihre Gedanken nur um eines: ihre Flucht aus Kühlungsborn. Weit weg!

Ihre Augen verbissen sich in die Wellen, die mit gurgelnden Geräuschen gegen die Bohlen der Brücke klatschten. Sie blieb noch lange hier stehen, lieferte sich ihren Gedanken und ihren Stimmungen aus, bis die feuchte Kälte, die dem Wasser entstieg, die junge Frau nach Hause trieb, wo ihre Freundin Charlotte bereits auf sie wartete.

4

168 Obwohl es sie drängte, mit Charlotte darüber zu sprechen, auf welchem Weg sie sich selbst aus der Welt schaffen könnte, machte sie einen Umweg. Sie verband viele Erinnerungen an ihre Kindheit mit dem historischen *Haus der Kühlung*, einem Ausflugslokal aus dem letzten Jahrhundert mit einer weitläufigen Holzveranda und Kastenfenstern, wie sie heute niemand mehr verbaute. Es war noch gar nicht so lange her, als hier noch rauschende Betriebsfeste oder Weihnachtsfeiern stiegen, Familien vom Strand mit ihren Kindern zum Eisessen kamen und die alten Leute des Städtchens hier stundenlag saßen, als warteten sie darauf, jünger zu werden. Doch die Wirren der noch gar nicht so lange zurückliegenden deutschen Einheit, ungeklärte Eigentumsverhältnisse und der hohe Aufwand einer Restaurierung nach aktuellem Standard hatten dem Ausflugslokal den Knockout verpasst.

Christine lehnte ihr Hollandrad an die feuchte Häuserwand, löste das Fahrradlicht vom Lenker und schlich dann vorsichtig durch wild wucherndes Gras und über knorrige Baumwurzeln zu einer Tür, die früher der Eingang des Lokals gewesen war. Die Fensterrahmen der Veranda waren zerschlissenen, die Scheiben zerschlagen und dort, wo es noch Türen gab, hingen sie schief in ihren Angeln. Um nicht zu stolpern, schaltete sie ihr Fahrradlicht an und beschien sich den Weg hinein. Wind pfiff durch das zerbrochene Glas des Hauses, es ächzte und stöhnte in seinem Innern. Sie hörte ein anderes Geräusch, das wie ein sachtes Pfeifen klang und sie spürte, wie der Windhauch rasend schneller Fledermausflügel gegen die Stirn strich. Christine schrie kurz auf. ›Nichts wie weg hier‹, dachte sie, denn die Schauer, die sie durchliefen, waren einerseits angenehm kühl auf der Haut, andererseits aber fühlte sie sich wie beobachtet, wie verfolgt und ungeschützt. Vor dem Haus bemerkte sie ein leichtes Zittern des Bodens, so, als nähere sich dem Haus ein Panzer. Panisch griff sie nach ihrem Rad und stolperte mehr, als dass sie lief durch das hohe Gras zurück auf den befestigten Weg, der direkt hinunter zum Strand und weiter zu ihrer Wohnung führte.

Sie war kaum zur Tür hinein, als sie schon nach Charlotte rief. Ihre Freundin antwortete ihr aus dem Bad. »Komme sofort, Tomboy, ein Momentchen Geduld.«

Christine zog sich ihre Jacke und Schuhe aus, stürzte in die Küche und riss die Tür des Kühlschranks auf. Sie langte nach einem Bier, öffnete es eher ruppig und setzte die Flasche direkt an ihren Mund an. Sie trank mit großen, gierigen Schlucken. Die Frische des Getränks und der leichte Alkohol zeigten sofort Wirkung. Sie entspannte sich und atmete tief durch. Charlotte erschien in Badelatschen, Morgenmantel und verhülltem Kopf in der Küche, rubbelte ihre Haare mit dem Handtuchturban trocken und fragte: »Na, wie findest du meine neue Farbe?«

Christine musterte ihre Freundin kurz. »Blond steht dir. Dazu deine grünen Augen und die Sommersprossen … Hübsches Mädchen, meine Freundin.«

Charlotte lächelte freudig. Sie mochte solche Komplimente, sie streichelten ihre Seele. Sie setzte sich Christine gegenüber an den schmalen Küchentisch. »Wie war dein Tag? Ich habe genügend Bier im Kühlschrank. Haben wir einen Grund zu feiern?«

»Ich glaube nicht«, offenbarte sie ihr.

Ein Schatten huschte über Charlottes Gesicht. »Wie ist es in Lübeck gelaufen?«, fragte sie. »Ich will alles wissen.« Sie holte sich aus dem Kühlschrank ein Bier, nahm aber ein Glas dazu. Christine berichtete zunächst stockend, dann aber immer flüssiger über die letzte Therapiesitzung bei Dr. Rechlin in Lübeck, ihre Enttäuschung und fürchterliche Wut, die schlussendlich in einen Mord mündeten. »Wir müssen nicht nur schnellstmöglich weg von hier«, schloss sie. »Ich kann auch so nicht weiterleben wie bisher. Das verstehst du sicher.«

Zunächst hatte Charlotte noch mit ruhiger Miene zugehört, doch als ihr Christine gestand, Rechlin mit einem Golfschläger getötet zu haben, war sie bleich geworden. Und jetzt kam noch eine Hilflosigkeit hinzu. »Wie stellst du dir das vor?«, fragte sie offenbar verwirrt. »Einfach abhauen, oder wie?«

»Nein, ich habe einen Plan und du wirst mir dabei helfen, ihn auszuführen.«

»Was ist es?«, fragte Charlotte zögerlich.

»Die Seebrücke ist vor ein paar Wochen fertig geworden«, klang Christine jetzt beinahe verschwörerisch, »und sie ist perfekt für den endgültigen Abgang als Christine Steiner.«

5

Als Christine an der Seebrücke gestorben war, hatte sie sich leicht erkältet. Deshalb kam es dem nun endgültig auferstandenen Tom gelegen, dass Charlotte alle wichtigen Besorgungen übernahm, auch außerhalb der Wohnung. Seine Freundin hatte ihm Verständnis entgegengebracht, was in solch einer Situation nicht unbedingt zu erwarten gewesen war. Sicher konnte er sich des Hasses sein, den Charlotte gegenüber frauenfeindlichen und auch gewalttätigen Männern hatte. Sie war in ihrer Kindheit vom Freund ihrer Mutter missbraucht worden. Ein ekelhafter DDR-Machoanwalt hatte das junge Mädchen später mit seinen detaillierten Fragen im Gerichtssaal weiter traumatisiert, bis die Richterin eingeschritten war. Nur Christine, die sich als Teenager mit ihren eigenen Problemen auseinandersetzen musste, war seitdem für sie da, und verstand sie. Und der Mord an dem Psychotherapeuten Rechlin war eine Sache, die Charlotte an ihre eigenen Rachegelüste gegenüber des Mannes erinnerte, der sie missbraucht hatte. Auch ihn hatte sie umbringen wollen, egal wie, Hauptsache er war tot. Das und ihre problemreichen Kinder- und Jugendjahre verbanden die beiden nun schon seit sehr langer Zeit. Und mit der Zeit war aus der Kinderfreundschaft Liebe geworden.

Die verbleibenden vier Tage bis zu ihrem gemeinsamen Abflug nach Australien verließ Tom die Wohnung von Charlotte nicht einmal für einen Augenblick. Er hielt sich vom

Fenster fern, öffnete die Haustür nicht, ging weder einkaufen, noch holte er die Post aus dem Briefkasten oder entsorgte den Müll. Tom bat Charlotte um den Gefallen, eine Todesanzeige in der örtlichen Presse aufzugeben, die allerdings erst nach ihrer Ankunft in Australien erscheinen sollte. Doch was sollte in ihr stehen? Tom wollte, dass sie an Deutlichkeit nicht zu übertreffen war.

Charlotte hatte eine Idee. »Du hast gerade sowieso nichts zu tun«, neckte sie. »Die Menschen stehen doch auf mysteriöse Sprüche. Die Bibel ist voll davon. Und wenn du die Frau in dir töten willst, dann verwirre deine Nachwelt mit einem Satz über Frauen. Am besten einen, in dem Frauen sterben müssen.« Charlottes Augen funkelten wild.

»Aber wo soll ich denn anfangen zu suchen?«, fragte er. »Ich kenne mich ja nun gar nicht in der Bibel aus.«

»Ich schon«, sagte seine Freundin. »Ich besuchte drei Jahre lang die Christenlehre und habe eine Menge Geschichten gelesen, die wie gewalttätige Märchen klingen. Dazu gehört auch die Story von Moses, der das Volk der Israeliten aus Ägypten führte. Dabei hat sich der Typ mehr als die Hände blutig gemacht und von seinen Heerführern verlangt, auch alle Frauen und Kinder zu töten.«

Charlottes Bücherregal barg einen wahren Schatz aus Abenteuerliteratur aus der Kindheit, Kurzerzählungen amerikanischer Autoren für Erwachsene und Bücher der Religionen der Welt. Sie empfahl Tom das Alte Testament mit dem vierten Buch Mose. Er las und blätterte, strich an und verwarf wieder. Seine Wahl fiel schließlich auf einen Satz aus dem Kapitel 31, Abschnitt 14-15: *Und Mose wurde zornig über die Hauptleute des Heeres und sprach zu ihnen: Warum habt ihr alle Frauen leben lassen?*

Doch Tom wollte eine noch klarere Botschaft an die Welt hinterlassen. Sie sollte so klingen, dass jemand, der sich für seinen Verbleib interessierte, irgendwann begriff, dass Christine zwar tot war, Tom aber lebte. Sätze, die auf ein einfaches Holzkreuz passten. Er probierte mehrere Varianten und entschied sich dann für einen kurzen Satz: *Man muss es töten, um es loszuwerden.*

»Charlotte?«, rief er nach ihr.

»Ja?«, antwortete sie aus dem Bad.

»Wir brauchen Holz, Schrauben, Nägel, einen Hammer. Aber vor allem brauchen wir einen Brennpeter.« Tom drehte die Musik seiner Lieblingsband Black Sabbath noch ein wenig lauter. Es lief *Paranoid*.

»Einen was?«, fragte sie erstaunt. Sie stand jetzt vor ihm.

»Ich will ein Kreuz für Christine aufstellen. Ich zeichne mit einem Filzstift einen Satz vor, dann brenne ich mit einer Art Lötkolben die Buchstaben wie eine Gravur ein.«

»Wo kriegen wir das her?«, fragte sie. »Und stell die Musik leiser …«

Er parierte. »Baumarkt? Aber das musst du allein besorgen. Ich traue mich nicht vor die Tür.« Tom grinste verschlagen.

»Schon klar.« Charlotte zog eine Schnute. »Und wo willst du das Kreuz aufstellen?«

»Das darfst du entscheiden, Lotti. Wo hattest du denn deine Christenlehre?«

»In der Kirche von Kühlungsborn. Der Friedhof ist nicht sonderlich schön, dafür aber sehr verschwiegen.«

»Perfekt! Dort werden wir Christine begraben. Ich war seit Ewigkeiten nicht mehr da.« Er strahlte sie an und schniefte dabei ein bisschen.

»Gut, mein Engel«, flötete Charlotte, »aber erst einmal bauen wir das Ding.«

Tom drückte ihre Hand. »Wenn ich dich nicht gehabt hätte, all die Jahre, und du nicht so zu mir gehalten hättest …«

»Was wäre dann?«, fragte sie in leicht provokantem Ton.

»Dann wäre ich am Arsch«, sagte Tom knapp.

Der Flug von Deutschland nach Australien nur wenige Tage nach Rechlins Tod verlief für beide reibungslos. Die Lübecker Ermittler waren bei ihrer Suche auf keine verwertbaren Spuren eines Täters gestoßen. Christine alias Tom hatte ganze Arbeit geleistet. Und da es einen Abschiedsbrief eines als depressiv geltenden Kühlungsborner Mädchens gab, aber keine Leiche an der Seebrücke gefunden werden konnte, gingen die Fahnder der Mordkommission schnell von einem Suizid aus. Ein Abgleich mit den Passagierdaten deutscher Flughäfen unterblieb. Auf der Boardingcard sollte der Name Christine Steiner zum letzten Mal auftauchen.

Tom, der um keinen Preis sein Ziel eines Identitätswechsels aufgeben wollte, suchte und fand schließlich in Adelaide einen Arzt, der für Geld alles machte, was ein Patient sich von ihm erhoffte. Deshalb waren er und Charlotte nach drei Wochen des Aufenthalts in Melbourne weitergereist. Und heute war sein erster Besuch in der Praxis von Dr. Mallory, einem anerkannten Spezialisten für Hormontherapie.

Als Tom dessen Besprechungszimmer betrat, stutzte er kurz. Die Praxis war nüchtern und karg eingerichtet, ohne Pflanzen, ohne Kunst, ohne rote Couch. War Rechlins Behandlungsraum mit Bildern geschmückt, bot Mallory zwei Sessel, die sich gegenüberstanden, dazwischen ein Tischchen mit einer Porzellanschale mit Schokoladenkeksen, einer Wasserkaraffe und Gläser. Diese Art von Kaffeekränzchen hatte der deutsche Gast nicht erwartet, schielte aber nicht ohne Sympathie auf das braune, süße Gebäck.

Mallory wies Tom wortlos in einen der Sessel, ließ sich selbst leise schnaufend nieder, schlug die Beine übereinander, hielt den Reisepass seines Patienten ins Licht und begann auf Deutsch: »Sie heißen offiziell Christine Steiner? Das steht auch so in Ihren Einreisepapieren?« Tom wunderte sich, er hatte sich in den Tagen zuvor mit dem Erlernen englischer Fachbegriffe gequält. Dr. Mallory war ein beredter, mitteljunger, leicht adipöser Mann in den Dreißigern oder darüber, mit beginnender Stirnglatze, wachen hellen Augen und der Ruhe eines Bergplateaus in den Alpen. Tom Steiner war nicht sein erster Patient, der aus Mitteleuropa zu ihm in die Praxis nach Adelaide kam, um gegen Bargeld eine Behandlung mit dem männlichen Hormon Testosteron und von Chirurgen eine Brustoperation machen oder einen künstlichen Penis formen zu lassen. Wie auch in den USA machten Mallory und andere Ärzte in Australien alles, was Geld brachte. Aufwändige und langwierige Zwangsbesuche bei Psychotherapeuten,

Gutachten und Einschätzungen mit Ablehnungen oder Bewilligungen durch Krankenkassen, wie in Deutschland üblich, kannte man hier nicht. Der Patient entschied, was zu tun war, und der Arzt entschied, wie es ausgeführt wurde.

Mallory, der Toms Reaktion bemerkt hatte, klärte ihn auf: »Sie fragen sich sicherlich gerade, warum ich Deutsch spreche. Meine Hippie-Mum hat es in den Sechzigern aus West-Germany nach Australia verschlagen. Ich kam wenig später als waschechter Aussie zur Welt.« Er blätterte den Reisepass vom Anfang bis zum Ende durch. »Ah, Sie sind in Melbourne eingereist. – Ach, und Sie waren mal in Moskau? Interessant. Ich werde dort im Leben nicht hinkommen, es sei denn, ich nehme endlich mal die Einladungen meiner russischen Fachgebietskollegen an. Aber wie Sie sich denken können«, transportierte er seine Augen aus dem Reisepass zurück auf sein Gegenüber, »handhaben die Russen Transsexualität noch sehr viel restriktiver als die Deutschen.«

Tom nickte stumm. Er wusste nicht, was er dazu sagen sollte. Also berichtete er über seine schon lang zurückliegende Moskaureise, die er mit seiner Mutter unternommen hatte, um die Tretjakow-Galerie, den Roten Platz, das Lenin-Mausoleum und das Warenhaus GUM in Augenschein zu nehmen.

»Sie sind jetzt knapp zwei Monate in Australien. Wie gefiel Ihnen Melbourne? Es ist meine Heimatstadt und sicher werde ich dorthin auch wieder zurückkehren. Aber das hat noch Zeit.«

Tom sann kurz auf eine Antwort: »Ich mag dieses riesige Museum …«

»Das Melbourne Museum.« Mallory zeigte sich sichtlich erfreut.

»Ja, und den Queen-Victoria-Markt, die Kirchen, von denen es ja dort massenweise gibt. Außerdem ist das Klima nicht so scharf wie in Adelaide. Ich könnte mir fast vorstellen …«, wieder kam Tom nicht zum Ende.

»… dort zu wohnen?«, fragte der Arzt und lachte. »Ja, die Lage am Yarra River ist großartig mit der Port-Phillip-Bucht, aber eine teure Stadt, trotz der vielen Einwanderer. Sind Sie allein hierher gereist?«

»Nein, mit meiner Freundin. Aber sie will gern ins Outback, darauf stehe ich nicht so. Es ist mir zu trocken und zu heiß.« Tom schlug die Beine übereinander. Sein Sessel war sehr bequem.

»Viele Traveller gehen hier erst einmal getrennte Wege und treffen sich später in den Städten wieder. Australien ist ein Kontinent des Reisens, des Umherwanderns und des Abenteuers auch unter kargen Verhältnissen.«

Tom fühlte sich von Dr. Mallory verstanden. Er war ein gänzlich anderer Typ als dieser Rechlin, der ihm offenbar nicht vertraut und dem er nicht vertraut hatte.

Mallory wechselte jetzt seinen Gesichtsausdruck von heiter zu ernst: »Sie haben zwei Ziele. Eine Hormonbehandlung mit Testosteron und eine Mastektomie, eine Brustabnahme, richtig?«

»Nein, nicht ganz richtig«, antwortete Tom, »ich erwäge auch eine Gebärmutterentfernung.«

»Beide Operationen sind allerdings mit einigem Aufwand verbunden«, gab der Arzt zu bedenken. »Ich empfehle Ihnen, damit noch zu warten. Immer alles schön der Reihe nach. Wir beginnen zunächst mit der Testosterongabe«, klang Mallory jetzt fachmännisch, griff nach einem Keks und zerteilte ihn im Mund. Das Krachen des harten Teigs war überdeutlich zu hören. Tom verzog leicht den Mund. Mallory gab sich unbeeindruckt.

»Was genau wird sich durch das Testosteron in mir verändern?«, fragte Tom. »Also ich kann mir denken, dass sich bei mir …«

Mallory wedelte ungeduldig mit den Händen. »Ich sag's Ihnen. Abgesehen von Bartwuchs, Fettumverteilung, Muskelaufbau und Stimmbruch hat das männliche Hormon natürlich auch noch eine ganze Bandbreite an weiteren Wirkungen. Kurz gesagt, mit der ersten Spritze kommen Sie in die männliche Pubertät, egal wie alt Sie jetzt schon sind. Und wie zur Pubertät gehören dann auch zur Testosteroneinnahme gewisse Stimmungsschwankungen, Pickel, erblich bedingter Haarausfall, von Mann zu Mann unterschiedlich auch ein erhöhter Sexualtrieb, allgemein mehr Körperbehaarung. Bei jedem Patienten fallen diese ganzen Dinge aber unterschiedlich aus.« Mallory blickte Tom über seine Halbbrille hinweg an.

»Wann setzt der Bartwuchs ein?«, fragte Tom und griff nun seinerseits nach dem Gebäck.

Mallory lächelte ihm jetzt mit beinahe väterlicher Wärme an. »Das ist in jedem Fall ganz unterschiedlich. Bei manchen nach einem Jahr. Andere sehen nach drei Jahren noch aus wie Bubis mit Staub im Gesicht. Das ist auch von den Genen abhängig: Südländer haben einfach von Natur aus schon mehr Glück mit ihrem Bart, anders als nordeuropäische Männer, die lange noch glatt bleiben wie Kartoffelschalen.« Tom lachte lauthals auf. Dieser Vergleich gefiel ihm. »Und auch wann der Stimmbruch einsetzt, ist nicht pauschal zu sagen«, führte Mallory weiter aus. »Einige bekommen erste Rückmeldungen von ihrer Stimme nach einem Monat, während andere mehrere Monate sehnsüchtig und verzweifelt darauf warten, dass ihre Stimmen brechen.«

Für Tom war diese Sitzung ein Gefühl höchsten Glücks. Endlich saß er vor jemandem, der ihn ernst nahm und der dafür sorgen konnte, dass auch alles so eintrat wie hier besprochen. Außerdem schmeckten die Kekse.

»Möchten Sie Kaffee?«, fragte der Arzt.

»Ja, bitte. Cappuccino würde zu den Keksen aber auch gut passen.«

Mallory grinste, drückte auf einen Knopf seines Telefons: »Emily, if you don‘t mind, two cappuccino please. And some of your delicious chocolate cookies. Cheers, sweetheart!« Der Arzt wischte sich mit einer Hand über die Stirn und grinste plötzlich breit wie ein Kind, das Unfug im Sinn hat. »Gut, dass wir heute keine Blutabnahme bei Ihnen machen.« Er kicherte albern. »Die Laboranten würden Alarm rufen und mich fragen, ob ich auf einen Patienten mit Diabetes vorbereitet war …« Mallory lachte nun schallend.

Tom verzog den Mund. Der Humor des Arztes erschien ihm reichlich suspekt. Er hasste solcherart Ironie, brauchte keine gesundheitlichen Probleme und er wollte auch keine.

»Noch einen Keks?«, fragte Mallory, als wollte er noch einen Witz aufsatteln. Er litt zweifellos unter englischem Humor. Tom schüttelte den Kopf. Er hob die Hand. Mallory verstand. »Ich gebe Ihnen nun Informationen zur Brustabnahme. Wollen Sie?« Tom nickte freudig. Mallory zog dafür ein umfängliches, wissenschaftliches Werk aus einem Regal, blätterte darin und schob dann die aufgeschlagene Seite zu seinem Gegenüber hinüber. »Hier sehen Sie Zeichnungen, wie eine Mastektomie vorgenommen wird. Sie verlangt allerdings gewisse Voraussetzungen. Ich empfehle Ihnen dringend, ein halbes Jahr lang Testosteron zu nehmen, damit die Östrogene unterdrückt sind und sie auch keine Monatsblutungen mehr haben. Ich könnte mit Ihnen auch noch eine Chromosomenanalyse machen, damit wir eine Intersexualität ausschließen können.«

»Was bedeutet das?«, fragte Tom. Er sah neugierig auf die Abbildungen, neben denen auch Fotos von Patientinnen vor und nach der Operation zu sehen waren.

»Dass Sie kein Zwitter sind, der sowohl eine Gebärmutter und Eierstöcke als auch innen liegende Keimdrüsen, also Hoden, hat.« Tom schüttelte sich, der Arzt grinste. »Das ist aber sehr selten. Ich denke, durch diesen Test kommen Sie erfolgreich durch. Netter Nebeneffekt des Testosterons gegen Ihre Östrogene ist übrigens, dass sich Ihr normales Körperfett nicht mehr weiter zum Beispiel auf Ihre Oberschenkel und Po verteilt.«

Tom grinste und sah an sich herab. Weiblich wirkten Schenkel und Po schon, befand er.

Emily kam mit dem Cappuccino und den anderen Zutaten auf einem Tablett, stellte alles vorsichtig ab, lächelte Tom milde, aber vielsagend zu und verließ wieder still den Raum.

»She is an angel!«, sagte Mallory. »Und so treu.« Er goss sich die Tasse voll, nahm Zucker, Milch und dazu einen der Kekse. »Süße Sünden muss man sofort begehen.« Er schloss kurz genießerisch die Augen.

Tom tat es ihm nach. Er fühlte sich wohl und behütet. »Wie lange werde ich das Testosteron nehmen, bevor ich mir die Brüste abnehmen lassen kann?«, fragte Tom.

»Wie ich gerade schon erwähnt habe, sechs Monate«, sagte der Arzt. »Ihr Körper muss die Fettumverteilung neu organisiert haben. Sonst geht da kein Operateur ran.« Tom nagte an seiner Unterlippe. Mallory war zu klug, um nicht zu ahnen, was Tom gerade dachte. »Wenn Sie eine längere Aufenthaltserlaubnis brauchen, dann suchen Sie sich einen Job. Was sind Sie von Beruf?«

»Healer«, log Tom, »Natural Practitioner.«

»Als Heilpraktiker finden Sie in Adelaide sofort einen Job. Adelaide ist eine Millionenstadt mit mediterranem Klima. Wir haben heiße, trockene Sommer und kühle Winter. Im Durchschnitt liegen die Temperaturen bei uns im Dezember und Februar bei etwa 28 Grad, im Sommer klettert das Thermometer gut und gerne über 40. Winter ist bei uns im Juli und August, da bleibt es bei 5 bis 15 Grad. Wir haben also viele ältere Touristen, die sich hier entspannen. Die brauchen alle eine gute Behandlung durch Healer, wie Sie einer sind. Kennen Sie schon den gängigsten Satz über unsere Stadt?«

Tom schüttelte den Kopf.

»We are the dryest city in the dryest state of the dryest country of the dryest continent of the world.« Mallory lachte laut auf. »Und in die trockenste Stadt im trockensten Staat des trockensten Landes des trockensten Kontinents der Welt passen solche Menschen wie Sie ganz wunderbar. Adelaide ist ein Magnet für alle, die so leben wollen, wie sie es sich erträumen.«

Tom, der vor nicht ganz zwei Monaten einen Psychotherapeuten in Lübeck mit einem Golfschläger regelrecht hingerichtet hatte, war selig und glücklich, auf diesen Arzt getroffen zu sein. Er hatte aber auch nicht lange suchen müssen. Das Telefonbuch Adelaides hielt eine lange Liste an Endokrinologen bereit, von denen sich einige um solche Fälle wie den von Tom kümmerten. Er hatte Dr. Mallory, der knapp 200

Dollar für das erste Gespräch verlangte, eher zufällig ausgewählt. Für Tom nicht zu viel Geld für das, was er von seinem Gegenüber erfuhr und wonach er sich auch richten wollte.

»Mich interessiert eine Frage ganz besonders«, Mallory lehnte sich entspannt in seinem Schreibtischstuhl zurück. »Planen Sie, Ihren Namen ändern zu lassen?«

»Unbedingt«, sagte Tom, wie aus der Pistole geschossen.

»Darf ich wissen, wie Sie sich nennen wollen?«

»Tom. Tom Paulus.«

»Und was ist mit dem Personenstand? M für Male, F für Female?«

»Unbedingt M!«, rutschte es Tom lauter heraus als gewollt.

Mallory lächelte verständnisvoll. »Ich kenne da jemanden, der Ihnen nagelneue Papiere besorgen kann. Dann haben Sie die Vornamens- und Personenstandsänderung hinter sich. Kostet 3000 Australische Dollar, Sie müssen nur das Foto liefern. Am besten mit Bart.« Er lächelte, doch Tom sah nicht glücklich aus. Mallory ahnte wohl, warum. »Und für die Hormonbehandlung und die Mastektomie werden etwa 9000 Australische Dollar fällig. Und wenn Sie noch die Hysterektomie dazu rechnen, dann kommen Sie sicher auf insgesamt 15000.

»Wie groß ist der Eingriff?«, fragte Tom.

»Eine fünf Zentimeter große Narbe oberhalb Ihrer Vagina. Es ist empfehlenswert, die Gebärmutterentfernung parallel zur Mastektonomie durchzuführen, weil man Zeit und Rekonvaleszenz spart. Wie auch immer, bei diesem Eingriff werden die beiden Eierstöcke, die Gebärmutter und der

Gebärmutterhals insgesamt entfernt. Sie sehen, es würde sich lohnen, sich hier Arbeit zu suchen. – Und wissen Sie was? Sie gefallen mir. Ich finde es mutig von Ihnen, extra aus Deutschland in unser Land zu kommen, um endlich zu tun, wovon Sie sicher schon lange träumen. Ich rufe einen Kollegen an, der als Chefarzt auf einer Schönheitsfarm drüben auf den Inseln arbeitet. Er soll Sie dort erst einmal als Praktikanten unterbringen.«

Tom nickte freudig mit dem Kopf.

»Perfekt. Allerdings sollten Sie dann aber auch alle Behandlungen bei mir machen lassen. Einschließlich der Brustabnahme durch einen renommierten Kollegen aus dem Globe Medical am Hindmarsh Square. Die Klinik hat den australischen Medical Award gewonnen und hat nicht nur renommierte Ärzte, sondern auch bequeme Apartments für Ihre Heilung.«

»Das sage ich Ihnen zu«, versprach Tom.

»Dann unterschreiben Sie mir hier bitte den Behandlungsvertrag«, schob ihm Dr. Mallory ein Blatt Papier über den Tisch. »Ich nehme eine Anzahlung von 1500 Australischen Dollar, die Sie hierher bitte überweisen.« Er zeigte auf eine Bankverbindung auf dem Zettel. »Und ich schreibe Ihnen im Gegenzug einen Letter of Intent, in dem ich mich um einen Job für Sie verwende.« Mallory drehte sich auf seinem Stuhl, zog eine Tastatur, die auf einer beweglichen Konsole stand, zu sich heran und tippte schnell ein paar Zeilen. Er druckte es aus, unterschrieb dann, faltete und steckte das Papier in ein weißes Kuvert. »Bitte schön«, sagte er und lächelte breit. Tom dankte artig, erhob sich und reichte dem Arzt die Hand. Der schlug ein und geleitete ihn zur Tür. »Wir sehen uns.« Er tätschelte Tom die Schulter.

Im Fahrstuhl hinunter zur Straße empfand Tom Dankbarkeit gegenüber Mallory. Dass er neben seinem eigenen Geld weitere 2000 Deutsche Mark besaß, die in der Geldbörse von Dr. Rechlin gesteckt hatten, verstärkten seine wohligen Gefühle noch. Ein schlechtes Gewissen hatte er deshalb nicht. Rechlin hatte seine Chance gehabt, die er aber nach Toms Meinung nicht genutzt hatte. Und im Grunde, dachte er, erwies ihm dessen Geld einen großen Gefallen. Er würde es hier gut gebrauchen können, während Rechlin kein Geld mehr nötig hatte.

Bis aus Christine Steiner ein Mann mit neuem Namen, neuem Körper und verändertem Gesicht mit Vollbart und männlichen Zügen wurde, sollten drei Jahre vergehen. In dieser Zeit lebte er auch mit Charlotte zusammen, die irgendwann die Frage stellte, ob er sie ins Outback begleiten würde. Viele Gespräche später entschied er sich endgültig dagegen und blieb als Heilpraktiker in genau jener Klinik, von der ihm Dr. Mallory erzählt hatte. Die Operationen hatten viel Geld gekostet und Tom hatte Schulden zu begleichen. Ihre Wege trennten sich. Charlotte schloss sich einer Gruppe Aborigines an, ihr alter Schulfreund blieb in der Stadt. Tom suchte und fand eine Frau, mit der er mehrere Jahre liiert war, ein kleines Haus am Stadtrand von Adelaide bewohnte und fünf Hühner und einen Hahn hielt. Weil die

Handys immer moderner wurden und die australische Regierung auch im Outback für viel Geld Sendemasten errichten ließ, gelang es ihm lange Zeit, den Kontakt zu Charlotte zu halten. Doch irgendwann meldete sie sich nicht zurück, ihre Spuren verloren sich irgendwo im australischen Busch.

Tom war im Jahr 2006 erstmals wieder nach Deutschland eingereist, sein neuer Name, sein neuer Pass und sein verändertes Aussehen hatten, nachdem er in Paris gelandet und mit dem Zug weitergefahren war, für einen völlig problemlosen Grenzübertritt gesorgt. Als Tom Paulus hatte er mit seinem australischen Abschluss als Heilpraktiker in unterschiedlichen Therapieeinrichtungen praktiziert, allerdings vorsichtshalber beinahe alle zwei Jahre seinen Wohnort und seinen Arbeitgeber gewechselt.

Aber nun lebte er wieder in Kühlungsborn. Seit drei Jahren. Er war zurückgekehrt, weil er einen Plan verfolgte, den er vorher sorgfältig ausgeklügelt hatte. Dass die Sache mit Lena Hummel so aus dem Ruder gelaufen war, hatte allerdings nicht dazu gehört.

Sabine Steiner wohnte mittlerweile in einem Seniorenheim in Kühlungsborn-Ost, nahe ihres ehemaligen Hauses im Stillen Winkel. Sie hatte es ein paar Monate zuvor verkauft, weil ihr nicht nur die Hausarbeit zu mühselig geworden war, sondern auch das Treppensteigen immer schwerer fiel. Ein Makler hatte ihr auch einen unverschämt guten Preis geboten, bei dem sie, nach mehreren Wochen Bedenkzeit, nicht mehr nein sagte. Jetzt war sie um zweihunderttausend Euro reicher und leistete sich ein Apartment mit einer persönlichen Pflegerin im Kühlungsborner Bürgerweg, der nur wenige Querstraßen vom Strand entfernt lag. Einkaufsmöglichkeiten gab es zu Hauf und die Strandstraße, in der es von Geschäften und Lokalen nur so wimmelte, war gleich um die Ecke. Vor allem mochte sie das Buchgeschäft und deren Mitarbeiterinnen, von denen ihr die eine, die Geschäftsführerin, schon seit Jahren wohlbekannt war. Beide Damen tauschten sich über Neuerscheinungen aus, gingen gemeinsam zu Lesungen und amüsierten sich über den neuesten Klatsch des Städtchens.

Mehr als ihr Bett, ihre alte Kommode für Papiere, Briefe und Schmuck, einen Kleiderschrank, den mintgrünen Teppich, einen flachen Couchtisch und die zwei schweren Ohrensessel aus braunem Leder hatte Sabine nicht mitgenommen. Die Küche war bereits eingebaut gewesen, das Schlafzimmer viel zu klein für weitere Möbel als ihr Bett. Sie saß in einem ihrer gemütlichen Sessel, hatte ihre Füße auf eine Ottomane gelegt und las in der Super-Illustrierten, die vor allem in Ostdeutschland erschien. Die Rubrik *Wir Ostseekinder* interessierte sie besonders, zumal sie die meiste Zeit ihres Lebens an der See verbracht und auch beschlossen hatte, hier zu sterben. Das Angebot ihrer Schwester, nach Rostock zu ziehen, und mit ihr gemeinsam alt zu werden, hatte sie ausgeschlagen. Hier war ihre Heimat, hier wollte sie in Ruhe leben und vor allem in Ruhe gelassen werden. Außerdem hatte ihr der Hausverkauf viel Geld eingebracht, sie fühlte sich unabhängig genug für ein Leben mit ihren ohnehin geringen Ansprüchen. Sie war vor wenigen Tagen 73 Jahre alt geworden.

Um die Mittagszeit klopfte jemand an ihrer Tür. Sie hatte außer einem schmalen Frühstück noch nichts gegessen. Dementsprechend flau fühlte sich ihr Magen an, auch ihr Blutdruck war nicht gerade flott. Sie stand auf, ging durch ihren kleinen Flur und öffnete. Vor ihr stand ein Mann mit kurzen braunen Haaren, die an den Schläfen silbrig leuchteten. Er trug eine auffällig rote Jacke im Bomberstil, einen dunklen Vollbart und in der rechten Hand eine Papiertüte mit der Aufschrift *Delikatessen.*

»Wer sind Sie?«, fragte Sabine Steiner. Die Tür hatte sie nur einen Spalt breit geöffnet.

»Dein Sohn Tom.« Der Mann zeigte ihr ein gewinnendes Lächeln.

»Ich glaube es nicht«, sagte seine Mutter mit belegter Stimme und zog die Tür ganz auf. Tom kam einen Schritt auf sie zu, beugte sich etwas nach vorn und umarmte sie.

»Uuh, erdrück mich nicht«, quetschte sie heraus. »Ich bin ganz überrascht. Meine Haare sehen aus …«

»Kein Problem, Mama. Darf ich reinkommen?«

Sie gingen in die Wohnstube, Sabine Steiner wies mit der Hand auf den zweiten Ohrensessel.

»Gib mir mal die Fernbedienung«, bat sie ihn. Er reichte sie ihr. Sie drückte auf einen Knopf. Die Klaviersonaten von Beethoven verstummten.

»Ich habe uns eine leckere Kleinigkeit mitgebracht.« Tom wies auf die Papiertüte. »Kuchen, belegt mit frischen, roten Früchten.«

Sie sah ihn scheel an. In ihr kamen die Erinnerungen an den Streit hoch, den sie mit ihm gehabt und der mit einem Rauswurf aus der Wohnung geendet hatte. Das war lange her. Da hieß ihr Kind noch Christine. »Danke für deine Postkarte aus der Ferne. Liegt zwar schon Jahre zurück, aber wenigstens wusste ich, dass du doch noch lebst, obwohl du mir mit deinem getürkten Abgang einen großen Schrecken eingejagt hast. Mal abgesehen von den Schmerzen, die eine Mutter empfindet …« Sie sah an ihm vorbei aus dem Fenster. Die Wipfel weit entfernter Bäume schaukelten im Wind. Wolken schoben sich vor die Sonne, gaben sie aber gleich wieder frei. »Für die Polizei, für deine Verwandten und deine Schulfreunde bist du tot. Es sei denn, du hast da was aufgeklärt und wieder Kontakt.«

»Nein, habe ich nicht«, antwortete Tom. »Ich lebe mein Leben unter neuem Namen als Heilpraktiker, allerdings auch hier im Ort.«

»Ach was?«, fragte sie überrascht. »Seit wann?«

»Das sage ich dir besser nicht«, antwortete Tom. »Es hat lange gedauert, bis ich mich dazu entschließen konnte, dich zu besuchen. Aber als ich sah, dass du nicht mehr in unserem Haus wohnst ...«

»Ja, ich habe es verkauft.«

»Guter Preis?«, fragte Tom beiläufig.

»Bist du wegen deines Erbes hierher gekommen?«

»Nein«, Toms Antwort klang weder ehrlich noch unehrlich, »ich bin hier, weil ich dich sehen wollte. Ich verdiene mein eigenes Geld, auch wenn es nicht gerade viel ist.«

»Als was?«, fragte sie.

»Heilpraktiker.«

»Oh stimmt, sagtest du bereits. Ich bin etwas vergesslich geworden. Wolltest du nicht immer Polizistin werden?« Sie hielt kurz inne und schlug sich wie ein kleines Mädchen selbst auf den Mund. »Verzeih«, sagte sie, »Polizist.«

Tom lächelte sie verständnisvoll an. »Schon gut, Mama. Sicher hast du es nicht so gemeint.«

Über ihr Gesicht huschte ein harter Zug: »Erinnerst du dich an die Postkarte, die du mir geschrieben hast?«, fragte sie noch einmal.

Tom runzelte die Stirn. »Nein, ich ...«

»Eine Postkarte mit einem unförmigen, klobigen Bau, riesig und ausladend, irgendein Museum.«

»Ah, das Melbourne ...«

»Mag sein«, sagte sie und strich sich eine Strähne von der Stirn, »es war nur ein kurzer, nicht sehr liebevoller Gruß und las sich wie die Pflichtübung eines Menschen, der dem anderen nicht viel zu sagen hat. Ich hab's hingenommen und bin weiter meiner Arbeit in der Fischfabrik nachgegangen, bin abends gelegentlich hinunter zum Weststrand spaziert, zum Schwimmen, und hab mich mit Freundinnen getroffen und denen vorgegaukelt, dass ich gut über deinen Tod hinweg bin.« Sie atmete durch. »Willst du einen Kaffee«, sagte sie.

»Nein, nein«, wehrte er ab, »keinen Kaffee. Lass uns weiter reden und gleich den Kuchen essen. Und vielleicht nachher runter ans Meer, ich habe ein kleines Boot gekauft. Wir könnten rausfahren. So wie früher.« Er fasste nach ihrer Hand. Sie fühlte sich warm an, seine war kalt.

Sabine Steiner zuckte leicht zusammen. »Und jetzt sitzt du vor mir als Tom, ohne Brust, mit Bart und tiefer Stimme. Kannst du noch Kinder bekommen?«, fragte sie.

Jetzt war es Tom, der zusammenzuckte. Sein Gesicht erblasste. »Nee«, sagte er gedehnt, »ich will auch keine Kinder.«

»Du wolltest nie Kinder?«, fragte Sabine Steiner. »Nicht in einer Sekunde deines Lebens?«

»Nein«, sagte Tom fest, »ich wollte ein Mann sein, weil ich als Mann in einem weiblichen Körper geboren wurde. Das war alles, was ich wollte. Klar leben. Selbst über mich entscheiden.«

»Hast du es geschafft?«, fragte sie. »Hat es dir genützt, Christine umzubringen, damit du leben kannst?«

Tom sah verwundert auf seine Mutter. Solche Worte war er von ihr, der ehemaligen Fischfabrikarbeiterin, nicht gewohnt. »Du redest so anders als früher.« Tom blickte ehrlich erstaunt.

»Nicht nur du hast dich verändert«, murmelte sie. Sie bemerkte, dass er die Papiertüte mit der Aufschrift *Delikatessen* mit dem Fuß vorsichtig von sich schob. »Was ist denn nun mit dem Kuchen?«, fragte sie. »Ich habe Hunger. Ich habe seit heute Morgen noch nichts gegessen.«

Tom wehrte ab. »Ach, noch nicht. Vielleicht gleich. Kann ich rauchen?«

»Hier drin auf keinen Fall.«

»Aus dem Fenster?«, drängte Tom. »Bitte!«

»Na schön, aber wenn der Rauchmelder losgeht, sage ich, dass du es warst.« Sie lächelte. Gelöst sah sie dabei nicht aus. Auch auf Toms Gesicht lag ein Schatten. Er ging an ihr vorbei zum Fenster, warf ihr die Worte »brave Mutti« zu, und tätschelte ihr den Kopf. Sie drehte sich aus seiner Hand weg. »Ich gehe dann mal ins Bad«, sagte sie, »mich frisch machen. Und du rauch mal.« Sabine Steiner erhob sich etwas mühsam, strich über ihren Rock, zupfte an ihrer Bluse und schlurfte aus dem Raum.

Tom lehnte sich weit aus dem Fenster. Gedankenverloren blies er den Zigarettenrauch in die Luft. Seine Miene war ernst. Angst vor dem, was er plante, hatte er nicht. Doch es kamen ihm Zweifel darüber, ob all jene Menschen, von denen er annahm, dass sie ihm nicht zugestehen wollten zu leben, wie er es für richtig erachtete, auch wirklich seine Feinde waren. Ihm erschien es richtig, sie als Feinde zu betrachten, denn um Gut von Böse und Liebe von Hass unterscheiden zu können, brauchte es Klarheit. Und ein Feindbild war ein klares Bild. Doch war das Schlechte wirklich schlecht und könnte das Schlechte nicht auch genauso das Gute sein?

Tom sog an seiner Zigarette und atmete den Rauch tief ein. Er spürte, wie der giftige Dunst in ihm versank und in seinem Magen ein leises Ziehen bewirkte, das aber schnell wieder verebbte. Doch der Druck im Kopf blieb. Ein Schmerz, den die widerspenstigen Gefühle des Zweifels und der Schuld in ihm verursachten. Sie fühlten sich an wie die Plagegeister eines Katers nach einer durchzechten Nacht. Wie weit würde er noch gehen? Was würde noch kommen? War er etwa ein Psychopath? Er dachte an die roten Früchte auf dem Kuchen, dieses verführerische Leuchten auf einem gelben Teig, diese bittere Konsequenz …

Er hörte ein Rascheln.

»Sag mal Christine«, hörte er die Stimme seiner Mutter in seinem Rücken, »hast du damals, als du den Selbstmord vorgetäuscht hast, den Verstand verloren?«

Tom riss seinen Blick von den Möwen fort, die an der Strandpromenade um Futter stritten und dabei einen Höllenlärm machten. Auf seinem Gesicht stand jetzt Wut. Der glühende Zigarettenrest verbrannte ihm die Finger. »Au, verflucht!« Er sah böse auf seine Mutter. Seine Stimme war jetzt voller Hass. »Hast du noch immer nichts gelernt?«, schrie er sie an. »Nicht ich habe den Verstand verloren, sondern du hast deinen nie benutzt. Du hast mich zu diesem Schritt geradezu gezwungen.« Dass sich Tom nach dem Ableben von Dr. Rechlin selbst aus der Schussbahn genommen und gleichzeitig sein weibliches Ich erledigt hatte, erschien ihm so logisch und konsequent, dass er die Worte seiner Mutter als schwere Provokation empfand. Zumal er sie für den Beginn allen Schlamassels in seiner Kindheit verantwortlich machte.

Doch sein verbaler Ausbruch rührte Sabine nicht weiter an. »Deine Feigheit, mir einen Abschiedsbrief unter das Kopfkissen zu schieben, deine Vorwürfe, deine Worte über

Kämpfe mit dir selbst und deine Qualen, mit den Normen nicht klarzukommen, dies alles hättest du mit mir auch besprechen können.« Sie rang mit den Händen.

»Ach ja?«, zischte Tom. »Du hast damals den Eindruck einer dummen, uneinsichtigen Mutter gemacht, die an eine Tochter glaubte, aber einen Sohn hatte.«

»Die hatte ich auch«, sagte sie leise. »Hättest du selbst Kinder, wüsstest du, wovon ich rede. Weißt du, wie schwer es für eine Mutter ist, nicht zusehen zu dürfen, wie sich ihre Tochter ganz normal entwickelt, selbst Kinder bekommt, heiratet und ein Familienleben führt?« Sie steuerte auf ihren Sessel zu. Tom versperrte ihr den Weg. Sie sah ihn irritiert an. »Und du hast es genau geplant, oder?« Sie sprach mit einer Grabesstimme. »Du hast gewartet, bis ich nach Rostock zu meiner Schwester gefahren bin.«

»Das stimmt«, gab er zu.

»Ich weiß noch genau, was in dem Brief stand«, sagte sie. *»Du findest mich am Grund des Meeres, dort wo ich Ruhe vor dir und der Welt habe.* Theatralischer ging es kaum.« Sie drückte ihn zur Seite und setzte sich wieder in den Sessel. Tom ließ es geschehen. »Ach Kind«, murmelte Sabine Steiner und stöhnte leise.

»Kuchen?«, fragte er.

Sie nickte leicht.

»Danach am Wasser Gemüt abkühlen und hinten am Weststrand für eine Stunde oder so rausfahren? Dann eine Runde Kaffee und Versöhnung?« Er bückte sich und nahm sie in den Arm. Sie ließ es geschehen. Sie blickte über seine Schulter aus dem Fenster hinaus.

»Warum zum Weststrand?«, fragte sie. »Ich habe das Meer quasi vor der Tür.«

»Bewegung wird dir guttun. Ich bin Heilpraktiker. Ich weiß, wovon ich rede. Ich mobilisiere viele Menschen, die so alt sind wie du.« Dieser letzte Satz war angesichts dessen, was Tom mit ihr vorhatte, eine geradezu unmenschliche Plattitüde.

Doch Sabine Steiner vertraute ihrem Gegenüber. »Okay, so machen wir es.« Sie lächelte fein, erhob sich erneut, spazierte in die Küche und kam mit zwei Tellern und Kuchengabeln zurück. Doch da hatte Tom die Tortelettes mit den verführerisch roten Früchten schon wieder verpackt.

In seinen Augen glitzerte ein verschlagenes Funkeln. »Ach, lass sie uns doch draußen essen«, sagte er in einem Ton, der keinen Widerspruch duldete.

8

In der Parallelität der Ereignisse liegt eines der Phänomene des menschlichen Daseins. Während ein kleiner Junge von elf Jahren am Weststrand beinahe jeden Stein umzudrehen schien, um einen Hühnergott zu finden, saß ein Beamter der Kühlungsborner Polizeiwache bei einem Kreuzworträtsel und grübelte fast schon verzweifelt über einem Sportschuhfirmen-Akronym.

Als der Bub endlich den ersten Hühnergott entdeckt hatte, sah er durch das Loch im Stein auf das Meer. Dabei gerieten nicht nur die weißen Segel einer Regatta bei Rerik in sein Visier, sondern auch ein kleines Kajütboot, auf dem eine alt wirkende Frau mit einem jüngeren Mann stritt und dabei wild mit den Händen wedelte.

In dieser Zeit schrieb der Polizist das Kürzel *Adidas* in sein Rätsel und sann über das nächste Wort nach. Während der Beamte nun zum Telefon griff und mit seiner Ehefrau über geplante Einkäufe sprach, hatten sich die Augen des Jungen längst wieder im Sand vergraben. Wieder fand er einen Stein, sah durch ihn hindurch in die Sonne und bemerkte, dass die gleiche Frau von eben nun mit ihrem Begleiter noch weiter aufs Meer hinausgefahren war. Der Bub ahnte nicht, dass die Frau nur einen Moment später um ihr Leben kämpfen sollte. Er hatte nur Augen für seine Steine, der Polizist nur Ohren für seine Frau.

Sabine Steiner kämpfte derweil im Ostseewasser, in das Tom sie gestoßen hatte. Sie fühlte sich nicht nur wegen der

Kälte wie gelähmt. Die Kräfte ihres 73 Jahre alten Körpers verließen sie zusehends. Sie konnte kaum noch die Segel der anderen Boote erkennen, ihr Kopf geriet mehr und mehr unter die Wasseroberfläche, ihr Körper versagte seinen Dienst und dann war es nur noch dunkel.

Ihr Begleiter war ebenfalls ins elf Grad kalte Wasser gesprungen, tauchte jetzt unter, beobachtete völlig ungerührt den ausweglosen Kampf der Frau um Luft und kam erst wieder an die Oberfläche zurück, als sie für immer versunken und alles vorbei war. Er durchteilte mit kräftigen Stößen seiner Arme und Beine das Wasser und kam nach etwa fünfzehn Minuten leicht unterkühlt beinahe schon am Oststrand wieder ans Ufer.

Der Bub hatte inzwischen fünf Steine mit respektabel großen Durchschüssen gefunden und in seiner Hosentasche verstaut. Doch es reichte ihm nicht, er suchte weiter.

Der Polizist der Wache saß, den Kopf auf seine Arme abgelegt, auf seinem Schreibtischstuhl und machte ein Nickerchen.

Ein scheinbar friedlicher Tag in einem Seebad, das einen so fabelhaften Strand zu bieten hatte.

9 Rostocker Polizeipräsidium, etwa eine Stunde später

»Sie werden mich auch jetzt nicht aufspüren«, sagte die Stimme am Telefon. »So wie Sie das bei meinem ersten Anruf schon nicht konnten, sonst hätten Sie mich längst.«

»Wer ...?«, doch weiter kam der diensthabende Polizeibeamte nicht.

»Sie kennen mich und Sie kennen mich doch nicht. Ich bin der Unbekannte, der Ihnen Rätsel aufgibt. Der dafür sorgt, dass Sie immer nur zusehen können, während ich handeln kann. Ich bin der, der auf dem Stapel der nicht identifizierbaren Anrufer landet. Ich bin der, für den Sie einen dreckigen Schmierfinken engagiert haben, der hinter mir her ist wie eine lästige Schmeißfliege nach dem Kothaufen eines Hundes.« Der Anrufer schwieg jetzt.

»Was wollen Sie mir eigentlich sagen?«, fragte der Beamte. »Brauchen Sie Hilfe?«

»Ich brauche keine Hilfe. Ich brauche Ruhe vor Menschen wie Ihnen und anderen Schmeißfliegen.«

»Das habe ich ja nun verstanden«, sagte der Beamte in den Hörer. »Aber wenn wir Ihnen helfen können, dann tun wir es.« Der Beamte hörte ein schweres Atmen.

»Sagt Ihnen der Name Doktor Rechlin etwas? Ein Psychoheini, der geglaubt hat, er könnte mir oder anderen vorschreiben, wie man sein Leben zu leben hat. Als ich ihm das letzte Mal begegnete, sah er gar nicht gut aus.«

Bevor der Beamte entschied, ob ein Spinner oder tatsächlich ein Mörder in der Leitung war, rief er sich schnell eine

Datenbank mit in Rostock vermissten oder getöteten Personen auf und gab den Namen *Rechlin* ein. Während das Programm suchte, konzentrierte er sich wieder auf den Mann am Telefon. »Aha, Sie haben also doch was auf dem Herzen. Helfen Sie mir«, sagte der Beamte in ruhigem Ton, »was haben Sie mit ihm zu tun?«

»Ach, nichts weiter«, sagte der Anrufer. »Ich habe ihm lediglich Manieren beigebracht, die er im Himmel vielleicht gebrauchen kann.«

Das Personenregister kannte keinen Mordfall Rechlin aus Rostock. Der Beamte erweiterte die Umkreissuche auf das gesamte Bundesland. Fehlanzeige.

»Sind Sie noch dran?«, fragte der Anrufer.

»Klar, ich höre Ihnen zu«, sagte der Beamte und versuchte es mit einer Fahndungsabfrage auf der Intranetseite des Bundeskriminalamts.

»Ich gebe Ihnen ein Rätsel auf. Mögen Sie Rätsel?«

Der Beamte stockte kurz. »Aber ja«, sagte er dann, »am Anfang steht immer das Rätsel, am Ende seine Lösung, oder?«

»Sie sind ein kluger Mann«, wehte die Stimme in sein Ohr. »Beginnen wir also …«

Das Intranet des Bundeskriminalamts zeigte dem Polizisten einen Mordfall in Lübeck, der sich zu Anfang der 1990er-Jahre zugetragen hatte, aber unaufgeklärt geblieben war. Der Name passte. Der Beamte tippte flink ein paar Worte in ein kleines Fenster auf seinem Bildschirm.

»Hören Sie mir zu?«, drängte die Stimme.

»Ja«, antwortete der Polizist schnell.

»Ich war eine Raupe. Ich war schön, ich war hungrig. Und dann folgte ich meiner Bestimmung und verpuppte mich. Auferstanden bin ich als Nachtfalter, der ins Licht flog, um den Sinn seines Lebens zu finden. Ich bin der schwarze Schmetterling, vor dem man sich fürchten muss, ein Acronicta alni, der tötet. Schließt nachts eure Fenster, schließt nachts eure Türen! Denn ich komme über euch. Doch dass ich einmal eine unschuldige Raupe war, sieht man mir nicht an. Ich war erst das eine, dann das andere. Man müsste mich entblößen, um mich zu entblößen.« Die Verbindung brach ab. Der Anrufer hatte das Gespräch beendet.

Mit ungläubigem Gesicht sah der Polizist auf den Monitor vor sich. Ein kleines Programm hatte automatisch jedes Wort mitgeschnitten. Der Beamte lud die Datei auf einen Stick und eilte in die technische Analyse, um einen Sprachvergleich in Auftrag zu geben. Er war aber jetzt schon sicher, dass es sich um den gleichen Anrufer handelte, der sich heute vor genau drei Wochen das erste Mal gemeldet hatte. Der Polizist hatte aber noch ein weiteres Problem. Wen hatte der seltsame Anrufer mit *Schmierfink* gemeint? Und was verbarg sich hinter den kryptisch klingenden Worten, die der Anrufer als Rätsel bezeichnet hatte? Und was war ein Acronicta alni?

Doch das war nicht mehr seine Sache. Der Anrufer und der Inhalt des Anrufs waren eine Angelegenheit für die Mordkommission. Er war Polizist in einem einfachen Rang und nahm Anrufe von Menschen in Not entgegen. Und zweifellos war hier jemand in seelischer Not, der nun schon zum zweiten Mal loswerden musste, was ihn nach vielen Jahren peinigte. Ein Mörder, der allerdings nach einem System verfuhr. Nur nach welchem?

10

David Lux zog Unkraut aus der Erde seines Vorgartens, als sein Handy bimmelte. Delgado. »Was gibt es?«, fragte Lux. »Du erwischst mich gerade bei …«

»Er hat sich wieder gemeldet«, unterbrach ihn Delgado, »hat mit einem Rätsel geglänzt und so ganz nebenbei einen Mord zugegeben. Gott sei Dank aber nicht bei uns! Drüben in Schleswig-Holstein.«

»Kannst du auch konkret oder kannst du nur unscharf?«, fragte Lux mit einer gewissen Grimmigkeit. Er mochte es nicht, bei der Gartenarbeit gestört zu werden. Schon schlimm genug, dass es überhaupt Unkraut auf dieser Welt gab.

»Ich dudele dir mal die Sprachdatei ab«, sagte Delgado. »Ich bekomme das nicht alles zusammen, was der Kerl unserem Polizisten alles erzählt hat.«

Lux verstand kaum ein Wort von dem, was ihm Delgado über seine Handyleitung vorspielte. »Ich werde daraus noch nicht schlau«, schnappte Lux in den Hörer. »Kannst du mir die Datei auf mein iPhone senden? Ich muss mir vor allem das Rätsel mehrmals anhören. Ich melde mich dann gleich wieder.«

Delgado brummte irgendetwas zurück und legte auf. Einen Moment später öffnete sich das Fenster eines Handy-Messengers mit der Frage: *Wollen Sie diese Datei wirklich öffnen?* Lux wollte. Er suchte sich einen schattigen Platz in seinem Garten und hörte die Sprachnotiz mehrfach ab. Dann schlurfte er in seinen unförmigen Gartenschuhen in seine Wohnung, verlor ein paar Erdkrumen auf den Holzdielen, suchte das Regal mit der Philologie in seinem Arbeitszimmer nach einem etymologischen Wörterbuch und einem Band seiner Biologiesammlung ab und kehrte in den Garten zurück. Er blätterte in beiden Büchern, las hier und da ein paar Absätze und rief etwa eine halbe Stunde später zurück. »Das ist der Hammer!«, rief er in den Hörer, als er Hauptkommissar Delgado wieder in der Leitung hatte. Das Rätsel des Anrufers beschäftigte Lux, ja, er war beinahe amüsiert.

»Der Hammer? Wie meinst du das?«, fragte Delgado irritiert.

»Er will sich uns offenbaren.«

»Soweit bin ich auch schon«, knurrte Delgado in den Hörer.

»Er will Aufmerksamkeit«, antwortete Lux. »Dabei stellt er uns ein Rätsel, das möglicherweise nur er selbst lösen kann. Wie früher die Henker, die dem Verurteilten ein Rätsel aufgaben mit der Aussicht, ihn zu verschonen, wenn er es lösen würde. Doch diese Rätsel waren unlösbar.«

»Ja, und weiter?«, drängte Delgado.

»Er war eine Raupe, wurde zu einer Puppe, aus der ein schwarzer Schmetterling schlüpfte. Im griechischen heißen Schmetterlinge Psyche. Und Psyche bedeutet im Griechischen so etwas wie Hauch, Atem, Seele. Schmetterlinge wurden als Verkörperung der menschlichen Seele angesehen.«

»Du verwirrst mich«, protestierte Delgado.

»Und im Aberglauben des 16. Jahrhunderts galten Schmetterlinge in unseren Breiten als Verkörperung von Hexen, die es auf den Rahm von Milch abgesehen hatten, ihn anflogen und fraßen. Dies alles könnte bedeuten, dass der Anrufer mit seinem Rätsel eine eigene Fähigkeit zur Verwandlung meint, eine Veränderung seiner Lebenssituation, eine Art psychische oder physische Häutung, verstehst du? Er bezeichnete sich ja selbst als Hexe …« Lux schwieg jetzt. Er wartete darauf, was Delgado erwiderte. Der ließ sich Zeit. Lux blätterte mit einer Hand in einem seiner Bücher, hielt mit der anderen das Smartphone ans Ohr.

»Ja, aber was meint er mit der Entblößung? Suchen wir jetzt bei den Verrückten, bei den Schizophrenen dieser Stadt? Reißen wir denen die Klamotten runter, entblößen sie und finden so heraus, wer oder was sie sind?«, fragte Delgado.

»Karl!«, rief Lux in den Hörer.

»Was?«

»Entblößen, nackt machen … Moment – ich überlege – Frau, Mann – er spricht doch davon, dass er erst das eine, dann das andere war.«

»Eine Transe?«, unterbrach ihn Delgado und ließ ein kehliges Lachen folgen.

Lux tippte sich an die Stirn. Es blieb ein dunkler Fleck von Erde. »Karl, du bist grandios. Das ist es! Keine Transe, die verkleiden sich bloß. Er ist weiter gegangen, als sich nur zu verkleiden. Er ist ein Transsexueller. Einer, der äußerlich von einer Frau zu einem Mann oder von einem Mann zu einer Frau wurde. Die Raupe wurde zur Puppe und die Puppe zum Schmetterling. Und weil er von einer Hexe spricht, wette ich, er war mal eine Frau und hat sich sozusagen in einen Mann verzaubert.«

»Böse Hexe, die«, versuchte sich Delgado witzig, aber fügte sofort an, »mein Internet spricht bei Acronicta alni von einem schwarzen Nachtfalter.«

»… seine dunkle Seite«, ergänzte Lux.

»Eher seine tödliche Seite. Er hat auch noch einen Mord gestanden. Ein Dr. Rechlin, so ein Psychotherapeut in Lübeck hat Anfang der Neunziger dran glauben müssen. War bisher immer noch offen«, sagte Delgado.

Lux setzte sich mitten in sein Beet. Ihm war es jetzt egal, ob er dabei eine Blume zerdrückte. Er war erregt von diesem Telefonat, das zumindest einen Weg durch das Dickicht aus Vermutungen, Ahnungen und Hinweisen aufzeigte. »Auch das noch … Ist er vielleicht diese ominöse Christine Steiner, die er auf der Seebrücke sinnbildlich in den Tod schickte? Er lebt heute als ein Mann, wir wissen nur nicht, wo. Und wir wissen nicht wie er heißt. – Aber Moment. – Auf der Todesanzeige stand der Name Tom. Vielleicht wurde aus Christine jener Tom, der sich als Hinterbliebener verschleierte?«

»Klingt einleuchtend«, klang Delgado interessiert. »Und das bekommen wir heraus. Wir haben über alle seelisch Verirrten eine Datei angelegt, auch über die Transsexuellen. Das ist zwar datenschutzrechtlich bedenklich, aber wo kein Kläger, da kein Richter. Man kann nie wissen, wozu diese Chimären, diese januskopfigen, gestörten und gequälten Menschen in der Lage sind.«

»Ihr habt was?!«, fragte Lux irritiert. Doch er schaltete gedanklich schnell wieder um. Er wollte weiterkommen, egal wie. Auch wenn es ihn mehr als nur irritierte, was Delgado ihm gerade mitgeteilt hatte.

11 Etwa drei Stunden später

Karl Delgado sah gerade mit einer gewissen Gier auf seine Mitarbeiterin, eine Polizeifachangestellte, die ihm die Unterschriftenmappe gebracht hatte. Sie trug ein eng anliegendes graublaues Kostüm, das ihre Kurven besonders hervorhob. Doch bevor der Hauptkommissar zu sehr in seinen Fantasien versinken konnte, verdarb ihm sein Handy den erotischen Ausflug mit einem metallischen Fiepen.

»Ah, du bist es. Was gibt's?« Delgado war gespannt darauf, was er jetzt hören würde. Er strich sich über die Mitte seiner Hose. »Bist du dir sicher? In Kühlungsborn? Ist das ausreichend geprüft worden?« Delgado hatte seine Erregung von eben schlagartig vergessen. »Ja, die Dorfpolizei soll sich zurückhalten«, plärrte er in den Hörer. »Wir stellen hier ein Team zusammen. Übliche Stärke. Es geht in spätestens zehn Minuten los.«

Delgado sprang auf, umkurvte seinen Schreibtisch und rieb sich dabei unternehmungslustig die Hände. Sein Gesicht wirkte entspannt, seine spanischen Augen funkelten wild. Er griff nach seiner Dienstwaffe, schob sie sich wie ein Ranger in den Gürtel, schnallte sich eine kugelsichere Weste um und warf sein Jackett darüber. Er durchquerte mit schnellen Schritten sein Vorzimmer und machte vor dem Automaten mit den Schokoriegeln Halt. Er hatte Hunger und sie würden zum Tatort mindestens eine Stunde brauchen. Er fuhr vom Flur aus mit dem Fahrstuhl in die Tiefe.

Die Leiche war mindestens siebzig Jahre alt, weiblich, sie trug eine dunkelblaue Strickjacke und Badeschuhe aus hellem Plastik. Ihr Gesicht hatte eine bläuliche Farbe. Die Innenseiten ihrer Hände und die Haut an den Fingernägeln waren bereits so aufgequollen und weich wie die Schwimmhäute einer Amphibie. Der Kontaktbeamte aus Kühlungsborn, ein Mann von Mitte vierzig oder kurz darüber, mit grauen Schläfen, Vollbart und kakifarbener Dienstkleidung, hatte den toten Körper mit einer grauen Plastikplane abgedeckt, deren Enden leicht mit Steinen beschwert und bereits weiträumig Absperrbänder um den Fundort gezogen. In wenigen Minuten würde hoffentlich der Notarzt auftauchen, der nur das Offensichtliche würde feststellen können. Standardvorgehensweise. Wie in jedem Erste-Hilfe-Kurs hatte er gelernt, dass der Laie nur den Tod eines Patienten diagnostizieren durfte, wenn dieser Verwesungsanzeichen zeigte oder der Kopf vom Rumpf abgetrennt wäre. Aber auch ohne Arztausbildung wusste der Polizist, dass sie tot war; er hatte in seiner über zwanzigjährigen Dienstzeit mit einigen Leichen, meist Ertrunkenen, zu tun gehabt.

Schaulustige begannen sich zu versammeln, die er allerdings vertrieb. »Bleiben Sie auf Abstand«, mahnte er die Gaffer. »Behindern Sie nicht meine Arbeit.« Er wollte sich in keinem Falle von Neugierigen die Tour vermasseln lassen, weil sie Spuren zerstörten oder ihn ablenkten. Außerdem würden gleich die feinen Herren aus Rostock hier eintreffen, ihm Löcher in den Bauch fragen und ihm zeigen, wer hier das Sagen hatte. Häufig fühlte er sich als sogenannter Dorfsheriff zurückgesetzt, wenn die Beamten aus Rostock hier aufkreuzten. Aber noch waren sie nicht da, noch hatte er den Hut auf. Er scheuchte einen kleinen Jungen weg, der sich dem flatternden Absperrband um den Leichenfundort hinter seinem Rücken genähert hatte. »Wirst du wohl!«, herrschte ihn der Polizist an.

Der Junge zuckte zusammen, blieb aber, wo er war. »Ist da ein Toter drunter?«, fragte er. Er war vielleicht elf Jahre alt oder ein wenig älter, hatte strohblonde Haare, helle Augen und Sommersprossen im Gesicht.

»Ja«, sagte der Beamte. »Und nun verschwinde zu Mama.«

»Sie kocht zu Hause. Ich suche schon seit heute Mittag nach einem bestimmten Stein. Er muss ein Loch haben, durch das mein Tintenfüller passt. Wissen Sie, was ich meine?«

Der Polizist lächelte jetzt. »Klar weiß ich, was du meinst. Einen Hühnergott mit einem Loch vom gleichen Durchmesser.«

»Richtig«, sagte der Junge, »und mir ist schon ziemlich kalt. Aber das hat Zeit. Ich habe noch nie eine Leiche gesehen. Und Sie?«

Der Beamte war nicht sicher, ob er den Jungen vertreiben sollte oder nicht. Er schien ein pfiffiger Bursche zu sein. »Bist du oft hier?«, fragte ihn der Polizist. »Wie heißt du?«

»Jeden Tag gleich nach der Schule. Ich wohne ja dort drüben in der Ostseeallee«, der Junge zeigte mit seiner rechten Hand auf ein zweistöckiges Haus, dessen zwei Balkone direkt auf das Meer blickten. Und dann trat er dicht auf den Beamten zu, reichte ihm die rechte Hand und sagte: »Tim

Ludwig. Und wie heißen Sie?« Der Junge blickte herausfordernd an ihm hoch.

»Polizeiobermeister Kolb. Uwe.« Der Polizist drückte die ihm dargebotene Hand des Kindes nicht zu fest. Sie war verdreckt und leicht schmierig. Kein Wunder, dachte er, wenn er hier am Strand jeden Stein umdreht.

»Ich weiß«, sagte der Junge, »ich kenne Sie und Ihr Auto. Sie sind oft in der Stadt unterwegs und essen Bratwurst an dem Stand dort vorn.« Er zeigte mit einer Hand auf eine Lokalität, die Edel & Scharf hieß.

Der Polizist sah ihn verlegen an. »Und was weißt du noch über mich?«

»Dass Sie ganz viele Zigaretten rauchen.« Der Kleine zwinkerte mit den Augen. »Ich hab auch schon mal geraucht. War aber bloß ein Stummel von meinem großen Bruder.« Der Junge drückte jetzt die Brust durch, als wollte er sich größer machen.

Kurz dachte der Polizist an eine Moralpredigt über die Risiken des Rauchens, ließ es aber sein. »Sag mal, Tim, hast du heute hier Leute beobachtet, die am Strand waren? Ist dir irgendetwas Ungewöhnliches aufgefallen?«

Der blonde Junge biss sich in die rechte Hand, die er zuvor zu Faust geballt hatte und nahm sie wieder aus dem Mund. Er schurrte mit den Füßen im Sand. Der Polizist sah, dass der Kleine nachdachte, auf seine ganz eigene Art. »Ich weiß nicht genau«, sagte der Junge schließlich. »Da waren heute Mittag eine alte Frau und ein Mann in einem Boot. Die haben sich gestritten. Der Mann hat zuerst mit den Armen gefuchtelt, dann die Oma. Das war ein Theater, sag ich Ihnen.«

Der Polizist musste unwillkürlich lachen. Dabei erinnerte er sich jetzt an den letzten Streit mit seiner Frau, in dem es um die Erziehung ihrer beiden Kinder ging, die in der Pubertät waren. Da war kein Stein auf dem anderen geblieben und es hatte nicht viel gefehlt und sie hätten sich getrennt. »Hast du verstanden, was Sie gesagt haben? Irgendein Wort oder mehrere?«

Tim blinzelte in die Sonne. Ihr Licht malte kleine helle Punkte in seine Augen. Sein blondes Haar glitzerte im Farbenspiel von Wasser, Sand und den warmen Strahlen. Er schurrte erneut mit den Schuhen im Sand und zog kleine Kreise. Dann murmelte er: »Nö.«

»Weißt du noch, was die Frau anhatte?«

»Die Frau hat so was Blaues getragen, glaube ich.«

Der Polizist kniff die Augen zusammen. Die tote Frau unter der Plane trug eine blaue Strickjacke. »Du hast eine gute Beobachtungsgabe«, sagte er und strich ihm über den Kopf.

Der Junge sah zu ihm auf. »Konnte ich helfen?«, fragte er.

»Ja, sehr sogar. Wenn du mir noch sagst, wie die beiden aussahen? Haarfarbe, groß, klein, dick dünn?«

»Ui«, machte der Kleine, »das ist schwer. Die Sonne hat geblendet. Aber ich glaube, der Mann hatte dunkle Haare und die Frau lange Haare. Der Mann hatte eine rote Jacke an, das weiß ich. So mit 'ner Kapuze.«

»Eine rote Jacke?«, fragte Kolb schnell. Das war ein wichtiges Indiz. Kolb fixierte den Jungen wie einen Verdächtigen.

Doch Tim schwieg einen Moment. Er verbog die Finger seiner kleinen Hände, als wären sie aus Gummi. »Die Sonne … also … alles war hell.« Tim malte mit der rechten Fußspitze jetzt ein Auto in den Sand.

Der Polizist dachte scharf nach. »Sag mal«, fragte Kolb vorsichtig, »du bist doch schon groß und hast starke Nerven. Schon mal Riesenrad gefahren? Gespensterbahn? Oder tote Fische angefasst?«

»Klar!«, sagte der Kleine prahlerisch, »ich bin nicht so

klein, wie Sie denken.«

»Dann komm mit«, sagte der Beamte, hob das Absperrband hoch und forderte ihn mit einer Kopfbewegung auf, mitzukommen. Konnte er dem Jungen zumuten, sich die Leiche anzusehen? Er wusste, dass das mehr als unorthodox war; der Ärger war quasi vorprogrammiert. Aber vielleicht erkannte er das Opfer. Um die weiteren Schaulustigen scherte Polizeiobermeister Uwe Kolb sich in dem Moment überhaupt nicht. Und wann würden endlich die Verstärkung und der Notarzt auftauchen? »Du hilfst jetzt der Polizei und sagst mir, ob das die alte Frau ist, die du gesehen hast. Okay?«

Tim quetschte ein »gut« aus sich heraus und folgte dem Polizisten. Dann stoppte er, blickte auf den Beamten, der ihn zu sich heranzog und seinen Rücken tätschelte. »Einfach drauf zu laufen, bücken, gucken, umdrehen und zurücklaufen.« Für diesen Satz hatte Kolb viel Schmelz in seine Stimme gelegt.

Dennoch zögerte Tim, entschied sich dann aber für Gefühle wie beim Riesenradfahren, tote Fische anfassen, Gespensterbahnfahren. Er stapfte entschlossen bis zur Plane im Sand, Kolb hob sie an. Der Junge warf einen kurzen Blick drunter und machte sofort kehrt. »Könnte sein«, sagte der Kleine. »Ist bestimmt die Strickjacke.«

Der Polizist blickte ihn freundlich und dankbar an. »Ich spendiere dir nachher ein Eis«, sagte er. »Und wir finden deinen Hühnergott. Aber jetzt müssen wir beide noch ein bisschen arbeiten. Da vorn kommen nämlich Kommissare aus Rostock. Denen musst du erzählen, was du mir eben auch erzählt hast. Okay?«

»Wird gemacht.« Schnell befreite sich der Kleine aus den Händen des Polizisten, rannte ihm voraus unter dem Absperrband hindurch und ließ sich übermütig in den Sand fallen. Der Polizist wischte sich Schweiß von der Stirn. Entschlossen steuerte er auf seine Kollegen aus Rostock zu. Der Notarzt war zeitgleich eingetroffen.

Delgado führte den Trupp an. »Na, Herr Kollege, was haben wir denn hier für eine Schweinerei?«

»Eine Leiche, weiblich, um die siebzig. Und dieser kleine Junge dort«, Kolb zeigte auf Tim, »hat ein paar wertvolle Beobachtungen gemacht.«

»Sehr gut, Polizeiobermeister! Um den Jungen kümmere ich mich gleich. Ich will mir erst einmal die Leiche ansehen.« Delgado winkte seinen Begleitern zu und wedelte dann mit der linken Hand einen Mann heran, der einen weißen Overall trug. Um dessen Hals baumelte eine Kamera und in der Hand hielt er einen voluminösen Koffer. »Du untersuchst die Leiche, wenn sie der Arzt freigibt, die anderen befragen die Gaffer.« Delgado marschierte durch den Sand wie ein General vor seinem Heer. Der Spurensicherer folgte ihm mit Abstand. Polizist Kolb schloss sich ihnen an. Er fühlte sich gut, weil er auf gleicher Augenhöhe mit den Kollegen aus der großen Stadt operieren konnte. Er hatte Informationen, die sie nicht hatten. Das lief nicht immer so. Es verlangte ihn stark nach einer Zigarette, die ihm wie eine verdiente Belohnung vorkäme, würde er sie jetzt entzünden und ihren Rauch tief inhalieren. Doch er nahm an, dass Tim jeden seiner Schritte beobachtete. Mit dem Jungen im Rücken unterdrückte er seine Gier.

12

Von all dem bekam Lux nichts mit. Es war früher Abend. Er hatte keine Lust mehr auf Muttererde und Franzosenkraut, besah sich mit einem gewissen Stolz die Ergebnisse seiner Gartenwühlerei und des Einsatzes mit dem Wasserschlauch. Nachbarin Piper schaute aus einem ihrer Fenster zu ihm herunter und winkte. Er quetschte ein »Hallo!« heraus, stiefelte in seine Wohnung zurück, duschte und warf sich einen Bademantel über. Mit Blick auf seine Whiskeyflaschensammlung dachte er unvermittelt an Frank, den Barmann aus der Absolut Bar in Rostock. Hatte er nicht von einem Schwulenlokal gesprochen, das sich gleich neben seiner viel zu dunklen Whiskeykaschemme befand? Verkehrten da vielleicht auch Transsexuelle? Sollte er sich dort nicht mal umsehen?

Lux wählte ein helles Hemd, eine blaue Jeans und seine Adidas-Laufschuhe. Er dachte, dass es nicht schaden konnte, nicht zu steif angezogen daherzukommen, wenn er in ein Lokal ging, in dem seiner Meinung nach nur bunte Vögel verkehrten.

Es war schon weit nach 21 Uhr, als er vor dem Come Together stand, einem Schwulenlokal, das sich am Doberaner Platz befand. Kleine bunte Lämpchen flackerten ihm aus den breiten, zur Straße hin gerichteten Fenstern entgegen. Er hörte wummernde Bässe, die aus dem Innern des Hauses kamen. Lux blickte an sich herab. Er zweifelte kurz, ob er sich nicht wie immer hätte kleiden sollen: mit Anzug, aber ohne Krawatte und mit Schuhen, die ihren Namen auch verdienten. Er fühlte sich jetzt wie ein Geck, der für sein Alter nicht den richtigen Dresscode besaß, um nicht ausgelacht zu werden.

Der Bass des Elektropops überfiel ihn wie eine Horde Handtaschenräuber. Er wich zunächst zurück, um sich dann doch mutig an ein paar tanzenden Jungs und Männern vorbei zum Tresen zu schieben. Der Barmann war ein junger blonder Bursche mit der Frisur eines Hitlerjungen. Kurz geschorene Seiten, langes Deckhaar, im Nacken die Tätowierung eines grimmigen Adlers. Sein Gesicht war weich und zugleich hart. Lux hob die Hand. Das Jüngelchen hob träge den Kopf. Seine Augen hatten keinen Funken Empathie. »Ein Glas Sekt auf Eis.« Wortlos drehte ihm der Barkeeper den Rücken zu und hantierte mit einem Eiscrusher und einer Flasche Sekt. Die Maschine machte einen Höllenlärm. Der Barmann trug eine Jeans, die so weit unterhalb seiner Hüfte saß, dass Lux die Karos auf dessen Shorts hätte zählen können.

Doch der ehemalige Polizeireporter interessierte sich nicht für Männershorts. Lux sah sich um. Das Vorbild für die Bar musste ein Friseursalon gewesen sein. Rote Sessel waren um Tische in der Form von Kopfwaschbecken gruppiert, über denen viel zu große Spiegel an der Wand hingen und das merkwürdige Interieur in den Raum hinein vervielfachten.

›Wamm!‹, knallte der Barjunge das Glas Sekt auf Eis auf den Tresen vor die Nase von Lux. Sektspritzer flogen auf die

Hände und das Hemd des Reporters. »Hehe, mal langsam«, bellte Lux die karierte Shorts an, die aber schon längst wieder Lärm mit dem Eiscrusher machte. Der Sekt schmeckte nach saurem Wasser. Dafür stapelten sich die Eisstücke in dem Glas wie auf einer Klippe am Nordpol. »Haben Sie da überhaupt Sekt reingemacht?«, murrte Lux in Richtung Jüngelchen. Der Barmann tat so, als wäre er taub. Und zwar von Geburt an.

›Leck mich doch‹, dachte Lux, griff nach dem Glas und schlenderte vom Tresen durch den Gastraum bis zur Kneipentür. Links davon ging die Toilette ab. Er kippte den Drink in die Kloschüssel. Neben dem Spiegel des Waschbeckens klebte ein orangefarbener Zettel. *F to TM?* stand da in größeren Lettern geschrieben. Und darunter: *Sie sind eine Frau, fühlen sich aber als Mann? Wir beraten Sie gern und ausführlich. Natürlich diskret. Female to Transman – eine Initiative der Selbsthilfegruppe Transidentität Lübeck.* Lux dachte augenblicklich an den Mann mit dem weichen Gesicht, den er von Hamburg nach Rostock in seinem Auto mitgenommen hatte. Er hatte auffällig ausführlich über das Thema Transsexualität gesprochen und ihm in beinahe missionierender Weise erklärt, wie es sich mit den Transmännern und den Transfrauen verhält. ›Doch der hieß nicht Tom‹, fiel Lux augenblicklich ein. ›Er hieß Steve.‹ Er notierte sich die Nummer und die E-Mail-Adresse der auf dem Zettel empfohlenen Therapeutengemeinschaft und verließ das Lokal. Er glaubte, dass ihm weder der Typ von der Bar noch die wenigen jungen Besucher auch nur ansatzweise weiterhelfen konnten. Dieser Flyer aber vielleicht schon.

Auf seinem Rückweg nach Hause rollte er mit seinem Auto über die Dammchaussee in Bad Doberan. Die dunklen Kronen der Buchen, deren kräftige Stämme dicht an dicht standen, gaben der Nacht eine gefährlich anmutende Stimmung. In seiner Wohnung angelangt, schrieb er noch am selben Abend der Therapeutengemeinschaft eine E-Mail. Lux entschied sich darin für eine Halbwahrheit. Er stellte sich ausführlich als Journalist vor, verwies auf einen Wikipedia-Eintrag und behauptete, an einem Buch über Transsexuelle zu arbeiten. Er bat am Ende seines langen Schreibens darum, ihm eine anonymisierte therapeutische Einschätzung über einen Transgender-Patienten mit dem Willen zu einem Geschlechterwechsel zuzusenden.

»Sie hieß Sabine Steiner«, rief es aus dem Nachbarbüro zu Karl Delgado herüber, der an seinem Schreibtisch lümmelte wie ein Cowboy am Tresen eines Saloons. Er hörte heraneilende Schritte. Die junge Oberkommissarin, die erst seit ein paar Wochen in Delgados Ermittlungsteam war blinzelte vielversprechend mit den Augen. Delgado sah auf ihre rosigen Wangen, wie ein Mann, dem eine Frau fehlte. Die Hübsche hieß Sabrina. Sie trug ihre Jeans eine Nummer zu klein, ihre Bluse ein bisschen zu weit geöffnet und ihre Haare offen wie ein Model von Pull & Bear. Delgado nahm einen Duft ihres Parfüms wahr, der auf ihn wie Raketentreibstoff wirkte. Doch er riss sich zusammen, ignorierte das Ziehen in seinen Lenden und fragte: »Was haben wir denn alles über die tote Lady?«

»Sie war 73, wohnte in einem Apartment mit Altenpfleger in Kühlungsborn, war Arbeiterin in einer Fischfabrik. Und hatte noch mehr als 180 000 Euro auf dem Konto.«

Delgado pfiff durch die Zähne. »Hübsches Sümmchen für eine Fischfrau. Was noch?«

»Der Pathologe hat Spuren von irgendeinem Gebäck und Reste von Gift in ihrem Magen gefunden.«

Delgados Augen leuchteten auf. »Was denn? Hühnchen von vor zwei Wochen?«

»Nein, Tollkirsche.«

»Wie bitte?« Delgado fuhr auf seinem Schreibtischstuhl so schnell herum wie auf einem Plastikpferd eines Kirmeskarussells. Er hätte mit seinen Füßen beinahe den Computer samt Taststatur und Maus vom Schreibtisch geworfen.

Die Oberkommissarin musterte ihn streng. Sie hielt ein bedrucktes Blatt Papier vor sich. »Die tödliche Dosis für einen Erwachsenen liegt bei ca. zehn bis zwölf Beeren. Die Beere soll süßlich schmecken. Alle Teile der Pflanze sind sehr giftig, die Wurzeln am stärksten.«

»Nun rattern Sie mal Ihr Internetwissen nicht so herunter wie eine Deutschlehrerin Kommaregeln vor Klasse fünf.«

Sabrina ließ sich nicht beeindrucken. Sie las jetzt absichtlich noch ein wenig schneller: »Der Wirkstoff hemmt bestimmte Neurotransmitter im Gehirn, Körperbewegungen werden ungehemmt. Der Trip setzt sehr schnell ein, nach ungefähr fünfzehn Minuten sind die Pupillen stark erweitert, der Puls wird stark erhöht, der Mund ist trocken und Schluckbeschwerden treten auf. Das Tastgefühl wird erhöht, Halluzinationen treten auf, genauso wie ein säuerlicher Geschmack im Mund. Die Nebenwirkungen sind aber stärker als die Erregung des Rausches, die sich zu Anfang oft auch in erotischer Lust darstellt, später in Euphorie, Heiterkeit, Lachlust, starkem Bewegungsdrang, aber auch in Rededrang, Schreien und Weinkrämpfen ausartet.«

»Davon ertrinkt doch kein Mensch. Im Gegenteil. Man macht Sex im Meer.«

»Jetzt kommt es«, sagte die Oberkommissarin und stellte ein Bein durchgestreckt vor das andere. Sie stand für Delgados Geschmack ein wenig zu aufreizend vor ihm. Er pfiff seine Augen vorsichtshalber von ihrer Hüfte zurück.

»Irgendwann fällt man in eine Art Tobsucht und Raserei. Gleichzeit hat man Gleichgewichts-, Schluck-, Sprach- und Sehstörungen. Man verliert das Bewusstsein für Raum und Zeit, unter anderem wohl, weil man durch die maximal geweiteten Pupillen geblendet wird. Zum Ende hin treten Herzrhythmusstörungen und komatöse Zustände auf. Die bisher rote Gesichtsfarbe wird zu blau, die Körpertemperatur von sehr heiß zu unnormal kalt, und man fällt in einen narkoseähnlichen Schlaf, aus dem man dann entweder wieder aufwacht oder einen Tod durch Atemlähmung stirbt.«

Delgado hatte angestrengt gelauscht und sich einen Daumen in den Mund gesteckt. Sabrina sah ihn ermahnend an. Delgado nahm den Daumen aus dem Mund und wischte ihn an seiner Hose trocken. »Deshalb war ihre Haut so merkwürdig verfärbt«, sagte Delgado schließlich. »Das sind mir ja Früchtchen. In Maßen genossen aber sicher sehr lustbringend. Oder, Frau Oberkommissarin?« Er zwinkerte ihr zu.

Sie sah ihn kühl an. »Ich bin vergeben. Schon vergessen?«

»Jaja«, sagte Delgado, »aber wir sind hier nicht bei einem Kirchenorden angestellt.« Er lächelte glatt und schmierig.

»Sieht also aus wie Mord«, ließ Sabrina Delgados Einlassung an sich abtropfen.

»Und das ist gut so«, führte Delgado den Satz weiter, »sonst wäre ich bald arbeitslos. Haben wir denn auch bald den Mörder an den Hufen?«

Sabrina wippte auf ihren Schuhspitzen auf und ab. Sie sah aus, als dachte sie nach. »Wenn der Typ am Strand mit ihr zu tun hatte, dann ja. Ich meine, die Aussagen des Jungen klangen ja vielversprechend und glaubwürdig.«

»Hatte sie denn Angehörige?«, fragte Delgado. Seine Augen wippten mit.

»Eine Tochter. Christine. Allerdings …« Die Oberkommissarin mit den rosigen Wagen zögerte, bevor sie weitersprach.

»Was denn?«, fragte Delgado ungeduldig, als würde er ihr die Worte am liebsten selbst aus dem Mund fischen.

»Sie starb mit knapp zwanzig. Und wissen Sie wann? Am

30. April vor 25 Jahren. Angeblich Selbstmord, Leiche wurde nie gefunden. Man hat sie erst vierzehn Tage später für tot erklärt. Klingelt da was bei Ihnen?«

»Verdammt!«, entfuhr es Delgado eine Spur zu laut. »Das ist ja verrückt. Na dann wollen wir mal in dieses Seniorenheim nach Kühlungsborn fahren. Irgendein Muttchen wird uns dort schon weiterhelfen. Lass uns mal die Sprachdateien mitnehmen und sie den Bewohnern vorspielen. Jedenfalls denen, die noch hören können. Ich habe da so ein Gefühl …«

Sabrina verschwand aus dem Zimmer. Sie brauchten den Stick und ein Abspielgerät. Delgado drückte seine Zigarre aus, warf sich ein Jackett über und bewaffnete den Ledergürtel seiner Hose mit einer P6 Polizeipistole, die er mit acht Patronen geladen hatte. Sicher war sicher.

Delgado ließ seinen Freund Lux an den Informationen über dieses Verbrechen nicht teilhaben. Und Lux würde es auch erst einmal nicht erfahren, weil die Polizei eine Informationssperre verhängt hatte. Bei aller Sympathie für den ehemaligen Reporter, er musste nicht alles wissen und überall seine Nase hineinstecken. Vielmehr hatte Delgado jetzt freie Bahn und konnte diesen Fall ohne das Gebrumme einer mit ihm befreundeten Schmeißfliege lösen.

14

Lux hatte eine Antwort der Lübecker Therapeutengemeinschaft erhalten. Sie überraschte ihn. Zwar war der Name des Patienten geschwärzt, aber dessen Motive kamen klar und deutlich heraus. Der ihm übersandte Arztbrief war mit *Beurteilung und Indikation einer gegengeschlechtlichen Hormonbehandlung* überschrieben. Er las: *Bei dem sechzehnjährigen Patienten sind die diagnostischen Kriterien für Transsexualität klar erfüllt. Auch die Kriterien einer Geschlechtsidentitätsstörung im Kindesalter lagen bei ihm schon vor. Es besteht bereits seit Jahren sowohl der durchgehende Wunsch, im anderen (männlichen) Geschlecht zu leben, als auch eine starke Ablehnung der sekundären weiblichen Geschlechtsmerkmale. Der Patient lebt und behauptet sich seit elf Monaten erfolgreich in der männlichen Geschlechtsrolle. Der Patient lehnt alle Aspekte seiner weiblichen Geschlechtsmerkmale vehement ab! Insbesondere leidet er unter der weiblichen Brust, fehlendem Stimmbruch und Bartwuchs. Aus meiner Sicht ist eine Behandlung mit Testosteron dringend indiziert, auch um eine möglichst baldige Brustangleichung zu ermöglichen. Ein weiteres Zuwarten würde dem Patienten körperlich und seelisch nur schaden.*

War jener Tom aus der Traueranzeige einer von ihnen? Hatte er vielleicht so sehr unter fehlendem Stimmbruch und Bartwuchs und seiner weiblichen Biologie gelitten, dass er sich selbst derart bekämpfte? Und seine Identität als Christine im Meer ertränkte? Für Lux war es der erste Beweis dieser Art überhaupt, dass es in der großen weiten Welt der Sexualität und des Normverhaltens bei Frauen und Männern tatsächlich jene Schattenwelt gab, in der Menschen mit großer Leidenschaft wirklich alles daran setzten, ihre, wie er es gelesen hatte, trans-idente Veranlagung in ein positives Lebensgefühl umzuwandeln.

Er verglich deren Motive mit seinen eigenen Ansprüchen und Forderungen an sein Leben. Wie weit würde er für ein Ziel gehen, das alles bislang Dagewesene für die Umwelt auf den Kopf stellte? Er suchte nach einem Beispiel aus seiner Realität, aber ihm fiel nur ein, dass er um seinen Vater hätte kämpfen können. Als der sich von seiner Mutter trennte, war sein Sohn David drei Jahre alt gewesen. Lux verwarf den Gedanken. Aber später vielleicht, als er in der Pubertät war? Hätte er da nicht auf die Suche nach ihm gehen können? Lux kleidete sich an. Ihm war jetzt danach, sich und seine Gedanken spazieren zu führen. Mit seiner Geldbörse und einer Havanna verließ er seine Wohnung mit dem Plan, nicht länger als eine Stunde unterwegs zu sein. Es war schon Mittag und am Nachmittag würde er in der Physiotherapie in Kühlungsborn Tom Paulus einen Besuch abstatten. Er zog die Tür lediglich hinter sich zu, verriegelte sie aber nicht. Auch das Fenster seines Arbeitszimmers ließ er geöffnet.

Die Person auf der gegenüberliegenden Seite seiner Straße bemerkte er nicht. Eine Brünette mit langen Haaren, viel Makeup und einem auffälligen Ohrstecker. Sie trug einen Wollmantel, darunter Rock und Bluse, die Füße in halbhohen Absatzschuhen. Er war so sehr in Gedanken, dass er sogar in Rufweite an ihr vorbeiging, ohne dass sie ihm auffiel. Er lief die Goethestraße entlang in Richtung Markt, blickte in die Geschäfte und steuerte das nächste Café an.

Nicht weit von ihm stritten zwei Halbwüchsige. Worum es ging, konnte Lux nicht verstehen. Er erinnerte sich daran, dass er in der Pubertät selbst ein Rabauke allererster Güte gewesen war. »Du bist ein schreckliches Wesen«, hatte seine Mutter zu ihm gesagt. »Du bist jetzt ein Typ,

den ich nicht mehr eng an meiner Seite haben möchte.« Das hatte der fünfzehnjährige David auch gar nicht mehr gewollt, aber es war ihm schwer gefallen, innerlich von ihr zu lassen, weil sie für ihn da gewesen war, als ihm der Vater gefehlt hatte. Und da war dieses Kinderspiel, das ihm in Erinnerung geblieben war. Sie wollte, dass er erriet, was für eine Person sie darstellte. Mal stand sie vor ihm als Gespenst im weißen Laken, mal in groben Arbeitshosen, mit einer Kapuze auf dem Kopf und einer Axt in der Hand. Und als er nicht wusste, was sie damit ausdrücken wollte, sagte sie zu ihm: »Ich bin ein Henker, du Dummerchen.« Sie hatte ihn lachend in die Arme genommen.

Lux blinzelte in die Sonne und entzündete die Havanna. Eine ältere Kellnerin mit rot gefärbten Haaren brachte ihm einen Kaffee und einen Cognac. Lux dachte an seine Schulzeit, die in die späten Fünfzigerjahre fiel, in eine Zeit, in der die ideologischen Auseinandersetzungen zwischen Ost und West erstmals nach Kriegsende wieder eskalierten. Der Kommunismus verschanzte sich wenig später hinter Mauern, der Westen provozierte mit immer höheren Militärausgaben. Lux trug lange Haare, galt aber in der Schule dennoch als weich und unmännlich. Die Cliquen seiner Klasse grenzten ihn aus, er passte nirgendwo hin und wollte doch zu einer Gruppe gehören. Doch er wurde entweder gemobbt oder ignoriert. Sein bester Freund Jörg, der Einzige der zu ihm hielt, trug eine starke Brille, war eher untersetzt und schwächlich. Auch er war nicht besser gestellt als David, was die beiden aneinanderschweißte und dazu führte, dass beide anfingen, sich gegenseitig eigene Gedichte und Kurzgeschichten vorzulesen. Aus dem Paar in der Not wurde ein Paar, das sich gegenseitig inspirierte. David sah in Jörg sein erstes Publikum, dem er fantasievolle Geschichten über Mörder und ihre Opfer, über schießwütige Polizisten und trinkfreudige Mädchen vorlas.

Erst mit einem Schulwechsel von Berlin nach Rostock, da war David dreizehn Jahre alt, konnte er bei seinen neuen Mitschülern punkten, weil er darin geübt war, Ideen vorzutragen, Geschichten zu entwickeln und im Deutschunterricht mit gutem Lesen und logischen Analysen zu beeindrucken. Und im Schulsport, der vor allem von Fußball dominiert war, bezwang David bei flachen Vorlagen sooft den Torwart, dass er bei Turnieren zum Helden und bei seinen Mitschülern ein kleiner Star wurde.

Lux sog an den letzten Zügen seiner Zigarre. Eben verwehte der Wind die Asche der letzten Glut. Für den letzten Schluck Cognac nahm er sich noch Zeit. Seine Gedanken sprangen gerade zum Abschlusstag seiner letzten Klassenfahrt, bevor er das Abitur machte. Er und zwei andere Jungs hatten heimlich Bier besorgt, das von dem gekauft worden war, der am ältesten aussah.

Lux musste unwillkürlich lächeln. Es gab immer jemanden in einer Schulklasse, der älter aussah als alle anderen und der den Job hatte, das Unmögliche möglich zu machen: Zigaretten und Bier kaufen oder Eintrittskarten für Filme ab sechzehn besorgen. Vier Jungs und er sind, angeheitert vom Bier und getrieben von ihren Hormonen, heimlich in ein Zimmer der Mädchen eingestiegen und lümmelten sich auf deren Betten, bereit für den entscheidenden Kick. Irgendwann nachts flog die Tür auf und Lehrer stürmten das Zimmer, zogen David und die anderen Jungs an den Ohren auf den Flur und vertrieben sie aus jener Welt, die später für beinahe jeden die Norm sein sollte: Jungs erobern Mädchen.

Doch Lux hatte nie geheiratet. Er liebte Frauen, aber er liebte es auch, mit sich allein zu sein, zu schreiben und als Journalist ein unabhängiges Leben zu führen. Doch immer glücklich war er mit dieser Entscheidung nicht gewesen. Und auch heute als Rentner verbrachte er seine letzten Jahre nicht mit einer Frau und Enkeln, sondern mit seiner Unfähigkeit zur Ruhe; mit der Jagd auf einen Unbekannten, der sich ihm nicht zu erkennen geben wollte.

Lux atmete tief durch. Den letzten Schluck Cognac kippte er sich in einem Zug in den Mund, schüttelte sich kurz und bewegte sich dann gemächlichen Schrittes zurück zu seiner

Wohnung. Er sah schon von Weitem das blinkende Blaulicht eines Streifenwagens. Stand er vor seinem Haus? Es schien so. Lux beschleunigte seinen Gang, und je näher er kam, umso klarer wurde, dass der Polizeiwagen vor seiner Eingangstür zum Vorgarten geparkt war. Aber warum mit Blaulicht? Was hatte das alles zu bedeuten?

15

Ein paar Minuten später wusste Lux, was geschehen war. Seine Tür war aufgebrochen, seine Wohnung durchwühlt worden. Whiskeyflaschen, Gläser, Kleidung, Schuhe, Bücher, Keksdosen, Kissen und Unterlagen seines Archivs lagen verstreut am Boden.

»Fehlt etwas?«, fragte einer der Beamten.

Lux hasste diese Frage, weil er sie aus Filmen kannte und sich regelmäßig wunderte, wie Betroffene einerseits den Einbruch verarbeiten und andererseits sofort sagen sollten, was ihnen abhanden gekommen war. »Ich weiß es noch nicht«, herrschte er den Beamten an, »ich muss mich erst einmal sammeln.«

»Dann geben Sie mir mal in der Zwischenzeit Ihre Personaldokumente«, sagte der Polizist ungerührt.

»Jaja«, murmelte Lux abwesend. Er verdaute gerade, womit er hier konfrontiert war. Vorsichtig schritt er über sein zerschlagenes und zertretenes Hab und Gut, gelangte ins Arbeitszimmer und sah sofort, dass die Waffe fehlte, die ihm Delgado vor zwei Tagen, eingepackt in ein neutrales Papppaket, mit einem Polizeikurier in einem Streifenwagen übersandt hatte. Ein Brief hatte darin gelegen, in dem Delgado von Lux verlangte, niemandem gegenüber ein Sterbenswörtchen über *die Post* zu verlieren. *Ich muss mich da auf dich verlassen*, hatte er geschrieben.

Lux dachte jetzt, dass Delgado ihn lynchen würde, falls er erfahren sollte, dass das Gewehr gestohlen worden war. Er versuchte seine aufsteigende Panik zu unterdrücken. Nicht nur, dass Delgado böse sein würde, auch er, Lux, ahnte, dass dieser Raub möglicherweise nur der Anfang eines bevorstehenden körperlichen Angriffs auf ihn sein könnte.

»Es steht zwar nichts mehr so an seinem Platz, wie es mal stand, aber auf den ersten Blick scheint noch alles da zu sein«, rief er dem Beamten zu, der es sich inzwischen auf einem Stuhl am Küchentisch bequem gemacht hatte. Seine Stimme zitterte leicht.

»Eine Idee, was der- oder diejenige gesucht haben könnte?«, fragte der Polizist.

Lux bemerkte ein gewisses Lauern in dessen Stimme. »Nein«, log er, »keine Ahnung. Ich bin Rentner. Ich lebe so, wie alle Rentner leben. Fernsehen, spazieren gehen, Zeit totschlagen, Mallorca …«

»Soso«, sagte der Polizist. »Klaus, komm mal rüber!«, rief er seinem Kollegen zu, der auf dem Hausflur mit Nachbarin Piper redete und sie nach ihren Beobachtungen befragte. »Machen wir am besten gleich vor Ort das Protokoll? Was hat die Frau gesehen?«

Lux trat neugierig hinzu. Er war gespannt, was die Piper zu erzählen hatte. Seine Nachbarin schlich durch die Wohnungstür herein, blieb aber im Flur stehen, als sie bemerkte, dass Lux sie fixierte. Schlimm genug, dass er ab sofort damit leben musste, dass Einbrecher seine Wohnung kannten. Nun auch noch Frau Piper? Nein. Er funkelte sie böse an. Sie sah zu Boden, bewegte sich aber keinen Millimeter.

»Sie hat die Polizei gerufen«, sagte Polizist Klaus.

»Sie sind also diese Frau Piper?«, rief ihr der Beamte vom Küchentisch aus zu.

»Ja?«

»Kommen Sie zu mir und erzählen Sie von Anfang an.«

Die Piper schob sich an Lux vorbei auf den Beamten zu. Ihr Gesicht hatte den Ausdruck von Wichtigkeit, aber auch Befremden. »Herr Lux ging aus dem Haus vor circa einer Stunde. Das habe ich gesehen. Auf der anderen Straßenseite stand eine Frau, die vor ein paar Tagen schon mal unsere Häuser auf dieser Seite beobachtet hat. Das hatte ich auch schon Herrn Lux erzählt.« Sie drehte sich zu ihm um. Lux bestätigte mit einem Kopfnicken ihre Geschichte. »Sie fiel mir auf, weil sie eine Perücke trug und irgendwie nicht echt wirkte. – Wie eine vornehme Frau, die sie vorgab zu sein, erschien sie mir nicht.« Der Polizist am Küchentisch schrieb eifrig mit. Kollege Klaus spielte mit seinem Handy. Lux sah aus dem Fenster auf die Straße. Zwei kleine Mädchen spielten Fangen und kreischten dabei unverständliches Zeug.

»Und weiter?«, fragte der Polizist.

»Ich musste aber Wäsche aufhängen und hab dann einige Zeit nicht auf die Straße gesehen. Wissen Sie, ich habe nicht viel zu tun, mein Mann ist verstorben …«

»Jaja«, sagte der Polizist, »bitte, bleiben Sie beim Thema.«

»Gut, also ich war fertig mit der Wäsche, guckte wieder raus, da war sie weg. Ich bin aus meiner Wohnung auf die Straße gegangen, vielleicht war sie ja noch da, habe ich mir gedacht, aber nur aus meinem Blickfeld. Und dann sah ich, dass die Gartentür von Herrn Lux offen stand. Wenn er etwas nicht leiden kann, dann, dass seine Gartentür offen steht.« Frau Piper sah zu Lux hin. Der grinste sie jetzt betreten an.

Der Polizist protokollierte zu Ende und fragte: »Und was war dann?«

»Ich ging auf den Hof und lauschte. Dann habe ich dieses Poltern gehört, das aber nicht von Herrn Lux kommen konnte, weil der ja spazieren – oder was weiß ich – war. Ich hab dann gerufen: ›Wer da?‹ Und da war plötzlich Ruhe. Ich bin rüber in meine Wohnung, weil ich das Handy nicht dabei hatte und hab die 110 angerufen.«

»Und dann?«, fragte der Polizist.

»… bin ich wieder raus, da war das Gartentor zu. Und der Einbrecher oder die Einbrecherin war weg.« Lux horchte auf. Seine Nachbarin, die sonst so genau hinschaute, war sich offenbar nicht sicher, ob sein Besucher eine Frau oder ein Mann gewesen war. Doch woher sollte sie es auch wissen? Hatte er nicht selbst seit Tagen das Gefühl, nur noch von Chimären umgeben zu sein, die sich weder am Telefon, noch in ihren Jobs, in Bussen, Bahnen und in Supermärkten als das zu erkennen gaben, wovon man dachte, was sie waren: Männlein oder Weiblein?

»Ich habe den Täter aber auch gar nicht richtig gesehen«, sagte sie kleinlaut.

»Wir schicken noch jemanden, der eventuelle Fingerabdrücke auf der Tür und in der Wohnung untersuchen wird«, meldete sich jetzt auch Polizist Klaus zu Wort. »Ich habe da aber wenig Hoffnung.«

»Tja, Herr Lux, wir gehen jetzt. Kommen Sie doch morgen in die Dammchaussee 1 auf die Wache und unterschreiben Sie dort Ihre Anzeige. Wir müssen weiter. War mir ein Vergnügen.« Der Polizist tippte sich wie zum Gruß an seine Mütze und schob Klaus vor sich her aus der Wohnungstür.

Lux und Frau Piper blieben zurück. »Ich gehe dann auch mal«, sagte sie etwas verlegen.

Lux musterte sie kurz, dann lächelte er sie an. »Danke für Ihre Hilfe. Ich hoffe die Polizei findet die Banditen.«

»Brauchen Sie Hilfe beim Aufräumen?«, fragte seine Nachbarin schnell.

Lux wehrte ab. »Danke, aber ich schaffe das allein.«

»Ach i wo«, erwiderte sie mit energischer Stimme, »ich kümmere mich um die Scherben und Sie sich um ihr Arbeitszimmer. Ich bin übrigens die Louise, und jetzt los, Marsch!«

Er war baff. Und zu seiner eigenen Überraschung parierte er. Louise Piper legte los. Er verschwand im Arbeitszimmer. Es war ihm doch ganz recht, dass er in ihr eine Hilfe hatte. Schließlich wollte er heute noch in die Physiotherapie, wo jener Tom Paulus arbeitete, den er sich einmal genauer ansehen wollte.

Sein Handy fiepte, eine Kurznachricht: *Vermutlich heißt die Tote von der Seebrücke Christine Steiner. Totenschein später ausgestellt als Todeszeitpunkt. Karl.* Lux stürzte aus dem Arbeits- in das Nachbarzimmer. Louise blickte erschrocken auf. »Ich bin David«, sagte er mit verlegenem Gesichtsausdruck. »Und ich habe eine Bitte. Übernehmen

Sie das hier allein und ich revanchiere mich? Ich habe einen dringenden Termin und muss los. Dauert nicht lange.«

Sie lächelte ihn an. Er bemerkte hübsche Grübchen um ihren Mund, die er bislang gar nicht beachtet hatte. Wie alt sie wohl sein mochte? So alt wie er oder ein wenig jünger? Und was hatte sie gesagt? Ihr Mann war tot?

»Dann gehen Sie mal«, unterbrach sie seine Gedanken, »das Arbeitszimmer überlasse ich aber Ihnen.«

Er drückte ihr dankbar die Hand. Louise Piper machte keine Anstalten, durch die Fenster zu sehen, wohin Lux ging. Sie hörte, wie er sein Auto anließ und davonfuhr. Sie zog ein Handy aus der Hosentasche und schrieb eine Nachricht: *Jemand ist bei L. eingebrochen.*

Dann sammelte sie weiter Scherben auf.

16

»Tut mir leid«, sagte die Frau im Rollstuhl am Counter der Physiotherapie zu David Lux, »der Therapeut, bei dem Sie einen Termin hatten, hat sich krankgemeldet.«

Lux nickte zwar stumm mit dem Kopf, aber sein Blutdruck stieg. ›Warum ist der Vogel ausgeflogen?‹, fragte er sich. ›Ausgerechnet heute?‹ »Was hat er denn?« Er legte eine Menge Fürsorge in seine Stimme.

»Kopfschmerzen.« Sie vergrub ihren Kopf im Terminbuch und schenkte ihm keine weitere Beachtung mehr.

»Ich werde ihn zu Hause mal besuchen«, sagte Lux und versuchte einen Trick. »Er wohnt doch gleich um die Ecke.«

Sie blickte wieder auf. »Na sooo dicht nun auch nicht.« Sie rückte sich in ihrem Rollstuhl neu zurecht.

»Ich wäre von hier nach Ost gefahren und hätte mich dann rechts bei der Strandstraße gehalten«, spann Lux den Faden weiter.

»Umweg! Zur Dünenstraße kommen Sie schneller, wenn Sie von hier aus gleich nach links auf die Straße fahren und sich dann wieder links halten. Dann können Sie sein Haus gar nicht verfehlen.«

»Soll ich ihn grüßen?«, fragte Lux. »Ihm Blümchen auch in Ihrem Namen mitbringen?«, schob er wachsweich nach. Er mochte sich gerade selbst nicht.

»Naja, so schlimm wird's mit ihm wohl nicht sein. Aber grüßen können Sie trotzdem.« Sie schenkte ihm ein leises Lächeln.

»Nr. 10, oder?«, fragte er.

»Nein, 1 b«, sagte sie.

»Ah, ich verwechsle Hausnummern gern.«

»Kein Problem, Sie sind ja auch nicht mehr der Jüngste.«

Lux schluckte. »Da kommen Sie auch noch hin. Adieu.« Vor der Tür ballte er seine Hände zu Fäusten. Er hatte noch nie eine Frau geschlagen. Aber ihr hätte er jetzt gerne eins auf die Nase gegeben. Er brauste in seinem Cabriolet davon.

Nach nicht einmal fünf Minuten stand Lux vor dem Eingang zur Dünenstraße 1. Es war ein weiß getünchtes Haus mit zwei Etagen, vor dessen oberen Fenstern zum Hof weitläufige Balkone aus blauem Holz angeschlagen waren, die die darunterliegende Wohnung wahrscheinlich ordentlich verdunkelten. Er fixierte die Namensschilder an den Klingeln. Ein Paulus war nicht darunter. Er dachte scharf nach. Dann klingelte er bei den sechs Mietparteien und wartete.

»Ja, bitte«, fragte eine weibliche Stimme.

»Paketpost«, schnarrte Lux. Keine Sekunde später surrte der Türöffner, er trat in den Flur des Hauses und nahm die Briefkästen genauer in Augenschein. Hier fand er den Namen *Paulus*, hob die Briefkastenklappe an und schob den rechten Zeige- und Mittelfinger hinein. Er ertastete eine Zeitung und zwei Briefe. Mit einiger Anstrengung und viel Mühe zog er erst das Anzeigenblatt, dann die Briefe heraus. Dabei riss er sich die Haut seiner Fingerknochen leicht auf. Mit der Zunge säuberte er die beiden kleinen Wunden und sah dann auf die Absender. Der eine Brief schien die Rechnung eines Stromversorgers zu sein. Das andere Schreiben hatte einen langen Weg hinter sich. Durch das Adressfenster konnte er zwar nicht den vollständigen Absender erkennen, doch er las die Worte *Cochrane Collaboration, Adelaide, Australia.*

Lux überlegte nicht lange. Während er den Brief vorsichtig öffnete, lauschte er darauf, ob sich jemand im Hausflur zu schaffen machte oder gar die Treppen hinunterkam. Aber es rührte sich nichts. Er faltete den Brief auseinander, der an *Tom Paulus c/o Steiner, Dünenstraße 1, 18225 Kühlungsborn* adressiert war.

Dr. Mallory stellte sich als Mitglied der Cochrane Collaboration vor, einem Netzwerk von Wissenschaftlern und Ärzten. Er schrieb Tom Paulus, dass er gemeinsam mit anderen Medizinern aus vier Kontinenten systematische Übersichtsarbeiten zu medizinischen Therapien in der Transsexualität erstellte und ständig aktualisierte. Für diese sogenannten Reviews sei es nötig, regelmäßig Updates über den Gesundheitszustand und den Fortschritt in der Behandlung von Patienten des Klinikums Adelaide zu erhalten. Mallory beklagte, dass sich Paulus seit zwei Jahren nicht mehr gemeldet hätte und somit keine verlässlichen Daten über ihn vorlägen. Er bat darum, dass ihm Paulus baldmöglichst antwortete, wie die von ihm in Adelaide vor mehr als zwanzig Jahren vorgenommene Brustoperation und die Gebärmutterentfernung mit der gleichzeitigen Einnahme des männlichen Hormons Testosteron auf seinen Identitätswechsel wirken würden … Am Ende des

Briefes wies Mallory auf die Möglichkeit einer Spende für das Netzwerk hin und wünschte ihm eine gute Gesundheit.

Augenblicklich setzte sich in Lux ein Gedankenkraftwerk in Gang, er spürte das Adrenalin, das ihn so angenehm durchströmte wie frischer Sauerstoff. Er rang ein wenig nach Luft, spürte seinen Herzschlag. Waren Steiner und Paulus ein und dieselbe Person? Im Reporter Lux leuchteten die Namen Christine und Tom jetzt auf wie Blaulichter auf Polizeiwagen im Einsatz.

Für Lux gab es jetzt keinen Zweifel mehr, dass der Heilpraktiker Paulus aus der Praxis in Kühlungsborn nicht nur transsexuell war, sondern auch seinen Namen geändert hatte. Nur wann, wo und warum? Lux kam ein Verdacht. War der Mann jener mysteriöse Anrufer, der von sich gesagt hatte, dass er aus einer Raupe zu einem Schmetterling wurde? Hatte Steiner seinen Namen zu Paulus gewechselt, weil er Dreck am Stecken hatte?

Lux hörte über sich die Geräusche eines Schlüssels, der ein Schloss öffnete, Schritte und das Geklingel eines Schlüsselbunds. Er stopfte sich die Briefe in die Hosentasche und verdrückte sich aus dem Haus. Paulus aufzusuchen, hielt er nun für sinnlos. Er musste zunächst unbedingt mit Delgado sprechen. Und da war auch noch die Sache mit der Waffe, die ihm gestohlen worden war. Er spürte ein Gefühl von aufkeimender Furcht. Was wäre, wenn ihm Paulus alias Steiner längst auf den Fersen war und ihm irgendwo auflauerte, wie mutmaßlich vor ein paar Tagen auf dem Friedhof? Lux war zwar nicht restlos davon überzeugt, dass er zum Ziel geworden war, doch er beschloss, aufmerksamer zu sein.

17

Lux fuhr zur Physiotherapeutischen Praxis zurück. Sie war bereits geschlossen. Das Gelände ringsum war in einem scheußlichen Zustand und machte den Eindruck, als wüsste hier niemand, wie man mit einem Stück Land umging, das ein Filetstück am Meer war. Lux setzte sich auf eine Bank vor dem bungalowartigen Gebäude und sah auf die älteren Herrschaften, die aus dem Nachbargebäude trippelten und augenscheinlich sehr gebrechlich waren. Er wählte Delgados Nummer. Der war auch gleich in der Leitung und bellte irgendetwas hinein. Lux war kurz zusammengeschreckt. Dann übernahm er das Kommando. »Ich habe unser Chamäleon gefunden. Es hat seinen Bau in der Kühlungsborner Dünenstraße 1b.« Lux hielt inne und lauschte darauf, was jetzt kommen würde. Zu seiner Überraschung sagte Delgado, dass er gerade in Kühlungsborn sei. »Hast du mir etwas verschwiegen?«, fragte Lux jetzt alarmiert.

»Später, mein Freund«, rasselte es in seinen Hörer. »Treffen wir uns im Bau des Chamäleons und heben ihn aus. Es besteht dringender Handlungsbedarf. In fünf Minuten.« Delgado beendete das Gespräch.

Lux fluchte leise, ließ sein Cabrio vor der Praxis stehen und machte sich mit scharfen Schritten auf den Weg. Und dann hörte er auch schon schrille Polizeisirenen, die sich von der Hauptstraße hinein in das Stadtzentrum zu nähern schienen.

Er war jetzt nur noch wenige hundert Meter von der Dünenstraße entfernt. Die Blaulichter zweier Polizeiautos waren weithin zu sehen. Lux beschleunigte sein Tempo, rannte jetzt fast. Beinahe zeitgleich mit dem zivilen Einsatzwagen Delgados erreichte er das Haus von Tom Paulus. Delgado stürzte, eine Waffe vor sich haltend, vom Beifahrersitz, neben ihm eine Polizistin. Sie war ebenfalls bewaffnet. Aus dem zweiten Einsatzwagen, einem schwarzen VW-Kleinbus, sprangen im gleichen Moment sechs vermummte Beamte eines Mobilen Einsatzkommandos in Kampfmontur und schirmten die Kommissare ab. In wenigen Augenblicken wurde die Hauseingangstür aufgerammt, vier verschwanden im Treppenhaus, zwei weitere Polizisten sicherten mögliche Hinterausgänge. Nun eilte auch Lux hinzu.

»Bleib hinter mir ...«, rief ihm Delgado zu. Die beiden Kommissare und Lux stürmten den Spezialkräften hinterher.

»Welcher Stock?«, fragte Delgado Lux. Der zuckte mit den Schultern.

»So eine Scheiße!«, fluchte Delgado. Er rief die Beamten zu sich. »Alle Türen absuchen. Wenn Paulus dran steht, rein.«

Die Polizisten stürmten schnell durchs Haus. Sie stoppten vor einer Wohnungstür im Dachgeschoss. Sie war weiß lackiert und sah sehr unschuldig aus. Sie war außerdem die einzige Wohnung, an der kein Name am Klingelschild stand.

»Nicht klingeln, gleich rein!«, befahl Delgado.

Der mitgeführte Rammbock der Raufbolde in Kampfmontur kam ein zweites Mal zum Einsatz. Die Tür flog aus den Angeln. Dem Team und Lux kam ein süßlicher Geruch von Sandelholz entgegen.

Lux erinnerte sich sofort, woher er das Aroma kannte. Sein Cabriolet hatte noch tagelang danach gerochen. Schnell und laut schreiend enterte das MEK die Wohnung, ihre Waffen vor sich haltend. Lux hielt sich dahinter. Doch außer ihnen rührte sich niemand. Sie hörten keine Geräusche, keine Schritte, bekamen keine Gegenwehr.

»Der Bau ist leer«, bemerkte Delgado. Seine Kollegin blieb dennoch vorsichtig und hielt sich die Waffe mit ausgestreckten Armen weiter vor den Körper. Sie schlichen langsam durch den Flur in das Wohnzimmer, an der Couch vorbei in die Küche, kehrten zurück, sahen ins Bad, einer stieß mit einer Fußspitze die Schlafzimmertür auf, dann ließen sie ihre Waffen sinken.

»Er ist weg«, bestätigte die Polizistin, was alle sahen. Dann blickte sie fragend von Delgado zu Lux.

»Ist ein Kollege von uns«, wehrte Delgado ab, »anderer Fachbereich.«

»Aha«, sagte sie und sah Lux prüfend an.

»Und wer sind Sie?«, fragte er zurück. Lux versuchte ein Lächeln.

»Sie heißt Sabrina, meine Oberkommissarin«, antwortete Delgado an ihrer statt. »Was hattest du denn hier verloren?«, zischte er Lux dann an. Sabrina hatte sich abgewandt und war in der Küche verschwunden.

»Dich informieren und dann auf ihn hetzen«, zischte Lux zurück. »Der Mann, der hier wohnt, hieß früher einmal Steiner. Hat seine Identität gewechselt.«

»Auf welchen Namen?«, fragte Delgado.

»Paulus.«

»Aha«, murmelte Delgado, unhörbar für Lux.

Der suchte derweil mit den Augen einen Computer. Fehlanzeige.

»Wir machen dann hier Feierabend. Die Kollegen sind gerade angekommen«, sagte der Einsatzleiter des Spezialkommandos, während er seine schwarze Maschinenpistole sicherte.

Hauptkommissar Delgado bedankte sich mit einem kurzen Nicken. »Gute Arbeit, Jungs! Wir sehen uns beim nächsten Mal!«

Die Rambos verließen daraufhin die Wohnung und begegneten noch im Hausflur vier weiteren Beamten, die aus Bad Doberan heranbeordert worden waren. Einer dieser Männer bezog Stellung an den straßenseitigen Fenstern, der andere behielt die Wohnungseingangstür im Blick. Lux, die Oberkommissarin und Delgado standen jetzt zu dritt vor der Couch.

»Und was weißt du alles?«, fragte Delgado.

»Er hat sich offenbar vor etlichen Jahren in Australien die Brüste und die Gebärmutter entfernen lassen und spritzt sich seitdem das männliche Sexualhormon Testosteron. Ich tippe auf Selbstzahler, muss ihn eine Masse Geld gekostet haben. Unser Mann ist eine biologische Frau.«

»Ha«, lautmalte Delgado. Er setzte sich auf die Couch, schlug die Beine übereinander und spielte an seiner Waffe. »Wieso Australien?«, fragte er.

Lux setzte sich neben ihn. »Vielleicht hat man ihm eine Empfehlung an einen Hormonarzt verweigert, er hat erst seinen Arzt, dann sich selbst aus dem Weg geräumt, ist in Australien untergetaucht und hat sich dort nicht nur gegen Bargeld operieren lassen, sondern hat sich auch gleich einen neuen Pass besorgt?« Lux wusste nicht, wie dicht er an der Wahrheit war. Er sprudelte einfach heraus, was ihm gerade einfiel. Delgado blickte wie ein Schaf, das nichts versteht. Lux bemerkte das. »Keine Leiche nach dem Seebrückencrash, ein neuer Name, eine andere Identität. Insgesamt sehen wir auf einen Haufen Mist und darüber schwebt ein Name, oder?« Lux rempelte Delgado leicht in die Seite.

»Dr. Tobias Rechlin«, sagte Delgado jetzt mit leicht matter Stimme, »war Psychotherapeut, spezialisiert auf Sexualtherapie. Und mutmaßlich war der Kerl, hinter dem wir her sind, sein Patient. Doch wir können nichts beweisen, weil Rechlins Terminbuch, seine alte Computerfestplatte und die meisten Patientenakten verschwunden sind. Der Mann arbeitete sehr verschwiegen. Nicht einmal seine Kollegen kannten die Namen seiner Patienten.«

»Woher weißt du das nun schon wieder?«, fragte Lux.

»BKA«, sagte Delgado kurz.

»Gut. Dahin hast du bessere Kontakte als ich«, sagte Lux säuerlich. »Wir könnten uns besser abstimmen, wenn ich mit dir an der Front wäre.«

»Ist ja gut, mein Alter«, stupste Delgado ihn an, »die Frage ist doch, warum war Rechlin so misstrauisch und hielt seine Patienten so geheim?«

»Das hat ihn das Leben gekostet und den Täter geschützt«, ergänzte Lux.

»Vielleicht übervorsichtiger Datenschutz?«, fragte Delgado. »Oder fürchtete er, seine Patienten könnten von anderen Ärzten abgeworben werden?«

»Ich kenne mich in Lübeck nicht so gut aus«, sagte Lux,

»aber wir haben in Rostock heute nicht einen einzigen Therapeuten, der sich explizit auf Transmänner und Transfrauen spezialisiert hat. Und immerhin …«

Weiter kam Lux nicht, weil Delgado abrupt dazwischen plärrte: »Auf was, auf wen?« Delgado hatte von solchen Begriffen noch nie gehört. Sie klangen für ihn so fremd wie das Fachchinesisch aus der Astrophysik. »Redest du von Schwanzweibern und Muschimännern? Davon habe ich mal im Internet gelesen.« Er steckte sich seine Pistole zurück in den Gürtel.

»Sicher auf einer Pornoseite«, merkte Oberkommissarin Sabrina spitz an. Sie war während des Gesprächs der beiden Männer hinzugetreten, in der Hand eine knallrote Jacke. »Lag im Bad, in seinem Wäschekorb.«

»Ah, tatsächlich rot«, sagte Delgado. »Der Junge vom Strand hat eine gute Beobachtungsgabe. Gleich ins Labor damit. Und hierher ein Team mit Spurenlesern. Sollen alle Fingerabdrücke nehmen, die sie kriegen können. Und neben das Haus einen Wagen. Rund-um-die-Uhr-Beobachtung. Wenn das Es hier aufkreuzt, schlagen wir zu.« Delgado reckte das Kinn vor. Er gab vor, die Lage unter Kontrolle zu haben.

Lux stieß ihm erneut leicht in die Seite. »Hast du mir was verschwiegen?«

Delgado guckte so unschuldig wie ein Wirt bei einer Kontrolle durchs Hygieneamt.

»Die rote Jacke …«, half ihm Lux auf die Sprünge.

Delgado überlegte kurz, grinste verlegen und sagte dann mit ernster Miene: »Wir haben seine Mutter, Sabine Steiner, gefunden. Tot. Hat sie wohl am helllichten Tag wie einen alten Gaul in der Ostsee ersaufen lassen.«

Lux schluckte, seine Beine wechselten die Stellung von übereinandergeschlagen auf nebeneinandergestellt.

»Wo habt ihr sie gefunden?«, fragte er.

»Weststrand. Ist angeschwemmt worden. Die eigene Mutter. Vergiftet mit Tollkirschen und dann ins Wasser befördert. Das muss man sich mal vorstellen. Jesus.« Entgegen seiner sonstigen Großmäuligkeit schien Delgado vor Mitleid zu zerfließen.

Lux drückte seinen Arm. »Kennst du schon ein Motiv?«, fragte er.

»Wahrscheinlich Geld. Sie hatte ein paar Tausender auf dem Konto. Und wenn du sagst, dass er Barzahler für seine Brust-ab-Operation in Australien war, dann ahnen wir: Das wird eine Menge gekostet haben.«

»Könnte ein Motiv sein«, gab Lux zu bedenken. »Ich sehe aber noch andere, die sehr viel mehr mit der Person, der

Menschwerdung und dem Menschsein von Tom Steiner alias Paulus zu tun haben.«

»Was meinst du?«, fragte Delgado und klang ungeduldig. Auch er wechselte jetzt seine Beinstellung. Seine Pistole lag neben ihm auf der Couch.

Lux sammelte sich kurz. »Wir suchen nach einem Mörder, der möglicherweise eine sogenannte posttraumatische Verbitterung erlitten hat. Einer, der schon als Kind gemerkt hat, dass er in einer falschen Haut steckt, sich eher wie ein Junge als ein Mädchen gab, dafür verhöhnt und gemobbt wurde. Und da beginnt sein Trauma, das sich später in der Pubertät fortgesetzt haben wird. Ihm wuchsen Brüste, die jeder sah und die er wahrscheinlich hasste. Er bekam seinen Eisprung, blutete jeden Monat, wofür er sich abgrundtief selbst hasste. Alle Versuche, das Mädchen oder die junge Frau zu verbergen, scheiterten, weil ihn niemand dabei unterstützte, als junger Mann wahrgenommen zu werden. Das hat ihn nicht nur verbittert. Er begann sein Umfeld zu hassen. Wie früh er begann, Mordpläne zu schmieden, das muss man ihn fragen, ich ahne nur, dass es schon sehr zeitig war. Er traf also wahrscheinlich schon in sehr jungen Jahren eine Entscheidung. Entweder, man war bedingungslos für ihn, dann war man sein Freund. Wenn nicht, dann endete man schlimmstenfalls als Leiche. Vielleicht liebte seine Mutter ihre Tochter Christine, aber ihr Kind als Sohn zu mögen, diese Chance gab sie sich nicht.«

Delgado besah seine Schuhspitzen. Sie waren staubig. Er drückte erst seinen Rücken durch, dann stand er auf und wippte auf seinen Hacken zweimal auf und ab. Er fragte: »Klingt einleuchtend, aber woher willst du das wissen?« Er äugte forschend auf seinen Freund.

»Ich habe ein Arbeitszimmer, vollgestopft mit klugen Büchern, Karl. Das weißt du.«

»Und was willst du uns nun sagen? Mach es doch mal anschaulich«, verlangte Delgado. Sabrina stand schräg hinter ihm. Auch sie spitzte ihre Ohren und trat hinter ihren Chef.

»Er handelt nach Grundüberzeugungen. Das nennen Soziologen aber auch Profiler deines Fachs *Basic Belief*. Es besteht möglicherweise darin, jeden zu richten, der ihn auf seinem Lebensweg nicht als vollwertigen Mann, sondern als Frau sieht, die er ja biologisch auch bleibt. Er empfindet dies als Vergewaltigung, als eine Art Verbrechen, das an ihm begangen wird, und bestraft es mit dem Tod. Paulus musste erst die Frau in sich auf der Brücke in Kühlungsborn abschaffen, dann Lena Hummel, Tobias Rechlin und jetzt seine Mutter. Und immer mit dem gleichen Motiv. Sie starben, weil sie gegen und nicht für ihn waren. – Verstehst du?«

Bevor Lux seine Gedanken weiter ausführen konnte, schob sich Sabrina dazwischen. »Ich kann, übrigens als echte Frau«, dabei formte Oberkommissarin Sabrina mit ihren Fingern imaginäre Anführungszeichen in die Luft, »die sich in einer Männerdomäne wie der Polizei behaupten muss, so eine Ansicht durchaus nachvollziehen.« Sie wechselte die Position und stand jetzt dichter bei Lux als bei Delgado.

Dessen Augen funkelten wild. »Bin ich hier nur von Weicheiern umgeben?«, zischte er böse.

»Nun halt aber mal die Luft an, Karl. Deine intoleranten Anfälle interessieren hier keinen Menschen!« Diese Worte wollte Lux schon lange loswerden. Delgado schnaufte hörbar durch, schwieg aber.

»Du würdest in sein Opferraster passen. Er kann überhaupt nicht mit Menschen umgehen, die eine völlig andere Sprache sprechen als er. – So wie du. Er wird auf sie immer aggressiv reagieren.«

»Schwanzweiber, Muschimänner«, höhnte er wiederholt, »dieses Gesocks. Sollen sie leben, wie sie wollen, aber andere auch leben lassen, die anders denken als sie. Wie dem auch sei«, beruhigte sich Delgado wieder, »wir kriegen erst ihn und dann haben wir auch seine Motive. David, es hat mich sehr gefreut. Gute Arbeit. Wir sehen und hören uns später.«

Delgado gab seiner Kollegin ein Zeichen, dann rauschten beide aus der Wohnung. Lux und der Polizist am Fenster folgten ihnen. Ein dritter Polizist wartete bereits an der Tür. Delgado drehte sich auf dem Treppenabsatz noch einmal um und wedelte mit einer Hand in Richtung der beiden Polizisten. »Eine Streife vors Haus und die Wohnung bewachen, bis wir sie wieder verschließen und dann versiegeln können. Keinen reinlassen – auch nicht diesen Herrn dort.« Er zeigte auf Lux und grinste. Die Polizisten tippten sich an die Mützen.

»Wohin fährst du?«, fragte Lux ihn.

»Zurück nach Rostock.«

»Wenn ich du wäre, würde ich seinen Rechner beschlagnahmen. Vielleicht findest du auch ein Headset mit Mikrofon und einen Zugang zu einem Skype-Account. Wenn ich daran erinnern darf, kamen die Anrufe bei der Polizei von Datenleitungen und nicht aus dem Mobilfunknetz.« Seine Worte hallten stark im Treppenhaus.

»Wo denn? Hast du mir was verschwiegen?«, fragte Delgado rau.

»Nein, ich bin nur gründlicher als du«, antwortete Lux. »Und ich habe das, was du offensichtlich zu viel an Hormonen in deiner Hose hast, als Intelligenz in meinem Kopf.« Die Polizisten feixten. Delgados Kollegin tat so, als ginge sie das alles nichts an.

Delgados Gesichtsfarbe war von rötlich zu wutweiß gewechselt. »Ich habe dich immer geschätzt«, rasselte er in Richtung Lux, »aber jetzt gehst du zu weit.«

»Nein, ich sage dir meine Meinung. Übrigens ist die Adresse der Physiotherapie nicht weit von hier. Die haben zwar geschlossen, aber ich bin sicher, dass du dir den Weg frei schießen wirst.« Wieder blieb Lux ganz ernst. Wieder grienten die Polizisten schadenfroh.

»Sie kommen mit«, fauchte er in Richtung eines stämmigen Polizisten. Der bewegte sich an Lux vorbei die Treppe hinunter und blieb vor dem Hauptkommissar stehen. »Abmarsch«, befahl Delgado ihm. Die drei verschwanden im Treppenhaus, doch Delgado drehte sich nochmals zu Lux um. Er sagte aber nichts, sondern zeigte ihm nur eine Faust.

Lux wandte sich an den Polizisten: »Immer diese Drohgebärden. Dann wollen wir uns lieber hier umsehen.«

»Moment mal …« Der Polizist stellte sich ihm in den Weg. Er war klein gewachsen, machte einen drahtigen Eindruck und trug Koteletten bis beinahe ans Kinn. Sein Haar war nur noch dünn, seine Augen wässrig.

Lux schaltete auf Ärger: »Sie sehen doch, dass ich an dem Fall arbeite. Also geben Sie schon die Tür frei«, schnaubte er.

»Und was ist mit möglichen Spuren, Fingerabdrücken, et cetera?«

Die Menschenkenntnis des Ex-Polizeireporters sagte

ihm, dass er jemanden von der einfältigen Sorte vor sich hatte. »Hören Sie, ich bin Profi, habe jahrelang in eurem Laden gearbeitet. Ich weiß, was ich tue. Sie sollten mir helfen und mich nicht behindern. Schuhe aus und in Socken rein. Wir ersparen uns viel Zeit, wenn wir hier schon mal vorsortieren. Es wird dauern, bis die Kameraden von der Spurensicherung hier sind.«

Der Polizist kratzte sich am Kopf. »Na schön«, murmelte er. Und dann blitzten seine wässrigen Augen anerkennend auf: »Dem Delgado haben Sie es aber ganz schön gegeben.«

»Wir kennen uns schon lange«, sagte Lux. »Der Kommissar ist ein guter Mann. Hat aber spanisches Blut. Sie wissen schon. Überall ein bisschen Kugelhagel und Pulverdampf.«

Der Polizist nickte stumm. »Und wie heißen Sie?«, fragte er.

»Lux.«

»Ich wäre gerne an der Front«, sagte der Polizist versonnen. Er machte keine Anstalten auch seinen Namen zu nennen.

»Jetzt können Sie beweisen, wie gut Sie Front können, Herr Polizeiobermeister.« Lux lächelte ihn an.

Der Polizist verstand. »Ich habe Handschuhe im Auto. Für Erste Hilfe. Ich kann sie holen.«

»Her damit«, sagte Lux. »Ich bin dort drin«, wies er mit der Hand in die Wohnung.

Der Polizist nickte nur knapp mit dem Kopf.

18

Die Wohnung von Tom Paulus war aufgeräumt und übersichtlich. Im Wohnzimmer stand ein Sofa mit einer Ottomane aus einem weichen braunen Stoff, davor ein niedriges Tischchen aus hellem Holz und gegenüber an der Wand trennte ein riesiger Flachbildfernseher zwei Regale voneinander. In dem einen stapelten sich Bücher, in dem anderen DVDs. Der Bodenbelag bestand aus hellbraunem Sisal. In
254 jeder der vier Ecken standen schlanke hohe Flaschen mit einem teuer anmutenden Raumparfüm. Aus ihnen strömte der Sandelholz-Zitronen-Duft, der Lux bei seinem ersten Aufeinandertreffen mit dem Mörder aufgefallen war. Doch da hatte sich Tom Paulus als Steve ausgegeben.

Auch die Küche war nüchtern und ohne Schnickschnack eingerichtet. Schlichte weiße Einbauten mit Backofen, Mikrowelle, Ausguss und einem riesigen Kühlschrank. Auf dem Esstisch an der Wand standen eine silberne Zuckerdose, ein Salzfässchen und ein Aschenbecher, in dem ein Zigarettenstummel lag. Eine kleine Puppe aus weißem Porzellan thronte vor all dem wie eine Wächterin. Lux prüfte mit der Nase die Luft. Doch er roch keinen frischen Zigarettenrauch. Das Raumparfüm überlagerte ohnehin jeden Beweis. Mit den Handschuhen an den Händen öffnete er den Kühlschrank. Er war bis auf zwei Joghurtbecher und ein Butterfässchen leer.

»Was suchen wir überhaupt?«, fragte der Polizist und guckte neugierig.

»Fotos. Alle die wir kriegen können. Und persönliche Papiere. Um den anderen Kram sollen sich die Kollegen kümmern. Ich fange im Schlafzimmer an. Sie durchkämmen die Küchenschubladen nach brauchbaren Hinweisen.«

Der Obermeister sagte »Aye!« und machte sich ans Werk.

Lux schlenderte ins Schlafzimmer. Er verlor keinen Gedanken daran, dass Paulus hier plötzlich auftauchen könnte. Er war sicher, dass der Heilpraktiker sich abgesetzt hatte und jetzt auf der Flucht war. Er jedenfalls würde so handeln, wenn er wegen Mordes gesucht würde. Das Schlafzimmer war für Lux ein Ort, in dem seiner Meinung nach jeder Mensch ein Geheimnis verbarg. Er war überrascht. Ein kleines Weckradio dudelte fast unhörbar Musik. Lux kratzte sich am Kinn und dachte nach. War Paulus also noch gar nicht so lange von hier verschwunden? Er roch an der Bettwäsche. Sie verströmte einen gebrauchten Geruch und erschien ihm, als habe Paulus tatsächlich erst kürzlich seine Wohnung verlassen. Über dem Bett, auf dem zwei Partien hellblauer Bettwäsche lagen, hingen Miniaturen aus Öl, die verschiedene Ansichten von Venedig, Palermo und Rom zeigten. Daneben Postkarten aus Madrid, Paris, Melbourne, Adelaide und Stockholm. Lux löste sie von der Wand. Die Postkarten waren alle an Paulus selbst adressiert und sie waren alle mit Tom unterschrieben.

Hallo Tom, las er, *Adelaide ist eine wunderbare Stadt. Während Charlotte auf Shoppingtour ist, warte ich auf meine zweite Spritze. Alles fühlt sich so gut an. Bis ganz bald, dein Tom.*

Dass Tom Paulus sich selbst Post sandte, passte in das Muster, welches Lux von ihm hatte: Tom war für ihn ein Psychopath, und Lux war gespannt, was ihn noch in der Wohnung erwartete. Dessen Kleiderschrank, den er sich im Schlafzimmer in einer sehr breiten und hohen Nische eingebaut hatte, war mit einer Vielzahl an Regalen und zudem in Blickhöhe mit etlichen Kleiderstangen ausgestattet. Lux sah auf Hemden, Hosen und Jacken, aber auch auf Röcke, Mieder und Kleider. Über dem Fach der Männerklei-

dung stand auf einem Zettelchen in klarer Handschrift *Tom*, über dem Fach mit der Frauenkleidung *Christine* geschrieben. Damit waren für Lux nun endgültig alle Zweifel beseitigt. Zumindest konnte er das Brückenphantom von Kühlungsborn getrost zu den Akten legen.

»Chef«, hörte er den Polizeiobermeister rufen, »ich habe da was.«

Lux eilte aus dem Schlafzimmer. Der Polizist hielt eine Art Fotoalbum in der Hand, das er Lux stolz präsentierte. »Die eine da, die kenne ich. Habe sie aus einer Wanne gefischt. Noch gar nicht so lange her.«

Mehrere Fotos zeigten Lena Hummel im Halbprofil liegend auf einer Massagecouch. Ein anderes, wie sie den Fotografen, nur spärlich bekleidet, vielsagend anlächelt. Lux war wie elektrisiert. Tom und Lena kannten sich also besser, als der Polizeibericht, aber auch sein Zeitungsbericht, Glauben machte. Der Polizist blätterte weiter. Dann erstarrten beide: Lena unter Wasser in ihrer Wanne. Ein unscharfes Bild, aber eindeutig. Doch Tom Paulus hatte nicht nur das abgelichtet. Es gab auch Fotos, auf denen die hübsche Frau mit verzerrtem Mund, die Augen geschlossen auf dem Bett lag.

»Da war sie schon hinüber«, sagte der Polizeiobermeister. »Ich sehe so was. Er hat sie nachträglich in die Wanne gelegt. Was er vorher mit ihr gemacht hat, will ich gar nicht wissen.«

»Das Album ist seine Trophäensammlung«, murmelte Lux. Er schlug die nächste Seite auf. »Wen haben wir denn hier?«, fragte er wie zu sich selbst. »Ist das nicht der erschlagene Psychotherapeut und neben ihm Tom, als der noch Steiner hieß?« Das Foto zeigte ein junges feminines Gesicht ohne Bartwuchs, umrahmt von kurzen Haaren, mit klaren blauen Augen und langen Wimpern. Daneben das etwas kantige, schon angegraute Gesicht eines Mannes mit Halbglatze und Brille. Mit einem schwarzen Filzstift hatte jemand den Namen *Dr. Rechlin* unter das ältere Gesicht geschrieben.

»Tja, wir können es drehen und wenden, wie wir wollen: Wir stehen in der Wohnung eines Serienmörders.« Lux schaute entschlossen. »Lassen Sie uns gehen. Das Fotoalbum müssen Sie sorgsam verwahren. Darin sind unsere Beweise. Und mit ein bisschen Glück können wir die Fotos auch zeitlich ordnen und nachvollziehen, wo sich Herr Paulus die vergangenen zwei Jahrzehnte aufgehalten hat.«

»Ich muss hier leider die Stellung halten«, sagte der Polizist, »die Tür ist nicht mehr verschließbar.« Er sah nicht glücklich aus.

Lux tätschelte ihm die Schulter. »Ich werde Delgado scheuchen, damit Sie hier bald abgelöst werden. Danke für den Einsatz.«

Der Polizist hob den Daumen. Lux war schon eine Treppe tiefer, als der Polizist ihm nachrief: »Welchen Dienstgrad haben Sie eigentlich?«

»Soldat«, rief Lux, »weiter bin ich nie gekommen.« Er pfiff eine kleine Melodie und verließ das Haus. Sein Ehrgeiz war grenzenlos. Er war wie besessen davon, Tom Paulus gegen-

überzutreten und ihn auszuquetschen, bevor die Polizei zum Zuge kam. Und dann würde er einen grandiosen Artikel schreiben und seinen Kollegen damit zeigen, dass mit ihm, dem Mann, den man in Rente geschickt hatte, doch noch zu rechnen war. Doch wo fand er Tom Paulus alias Steiner? Wo sollte er beginnen, ihn zu suchen?

Lux kehrte zu seinem Wagen zurück, den er vor der Physiotherapie geparkt hatte. Delgados Auto konnte er nirgends entdecken. Der Eingang zur Praxis verriet ihm nicht, ob Delgado und seine Leute hier gewesen waren. Dass der Kriminalhauptkommissar erst auf einen richterlichen Durchsuchungsbefehl gewartet hatte, konnte sich Lux nicht vorstellen. Ausnahmen gab es immer, vor allem dann, wenn Gefahr im Verzug war und für Delgado, so schätzte Lux ihn ein, war solch eine Ausnahmesituation gegeben. Und sollte er so entschieden haben, dachte Lux bei sich, dann lag er wohl nicht falsch damit. Tom Paulus war eine tickende Zeitbombe, die jederzeit erneut explodieren und Menschen in den Tod reißen konnte.

19

Lux trödelte mit seinem Auto nach Bad Doberan zurück, parallel zur Ostsee über Heiligendamm, vorbei an Feldern mit Raps, der zwar noch nicht blühte, aber schon kräftige Dolden hatte. Er sah erste Mohnblüten, deren leuchtendes Rot zu dem noch grünen Raps einen hübschen Kontrast bildeten. Obwohl er die Natur, hier in der unmittelbaren Nähe zur See, so sehr liebte, oft anhielt, sich an den Feldrain setzte und die klare, kühle Luft genoss, so hatte er heute kaum einen Blick dafür. Stattdessen versuchte er sich vorzustellen, wohin man fliehen würde, wenn einem klar war, dass man durchschaut worden war. Und dass Tom alias Steve alias Christine alias Steiner alias Paulus davon ausging, dass er sich nun im Fokus der Polizei befand, davon war Lux fest überzeugt. Die Kopfschmerzen, von denen die Empfangsdame in der Physiotherapie gesprochen hatte, waren nur sein Vorwand dafür gewesen, sich aus dem Staub zu machen. Doch da waren auch der Einbruch in seine Wohnung und der Diebstahl des Gewehrs. Die Ereignisse in Kühlungsborn hatten es erfolgreich geschafft, das Problem zu vernebeln und Lux somit die Sicht darauf genommen.

Zu Hause angelangt fand er seine Wohnungstür geschlossen vor, Louise Piper war fort. Küche, Wohnzimmer und Schlafzimmer seiner Wohnung erstrahlten in einem Glanz, den nur engagierte Menschen mit dem Hang zur Pedanterie hinbekamen. Lux schnalzte anerkennend mit der Zunge. Er nahm sich vor, demnächst für seine Nachbarin zu kochen, ein Fläschchen zu öffnen und ihr so seine Dankbarkeit zu zeigen. Nur in seinem Arbeitszimmer herrschte noch das Chaos, das der Einbrecher beim Durchwühlen seiner Wohnung hinterlassen hatte.

Er schaltete das Radio ein. Ein Bericht über die im August stattfindende HanseSail, gefolgt von einem Werbeblock. Den anschließenden Nachrichten hörte Lux anfangs nur mit einem Ohr zu. Seine Gedanken kreisten um das Fotoalbum,

um Christine alias Paulus. Als die Radiomoderatorin eindringlich darauf verwies, dass ein Großaufgebot der Polizei einen Mann mit dem Namen Tom P. suchen würde, schreckte er auf: *… wird wegen mehrfachen Mordes, unter anderem am Weststrand Kühlungsborn, gesucht. Der Mann ist gefährlich! Hinweise, die zur Ergreifung des Tatverdächtigen führen, werden mit 5 000 Euro belohnt. Bitte wenden Sie sich an Ihre nächste Polizeidienststelle.*

Lux pfiff durch die Zähne. Mit diesem Kopfgeld, dachte er, würde er vielleicht doch noch eine Reise machen und bei der Gelegenheit seinen 66. Geburtstag feiern wie ein Partylöwe auf Sylt. Doch zunächst wollte er den morgigen Tag in Würde überstehen.

Seit sechs Jahren lud er sich keine Besucher mehr nach Hause ein. Schuld daran war die Trennung von seiner Lebensgefährtin Mathilda, die ausgerechnet an seinem 60. Geburtstag von Bord gegangen war und ihn, ihren *Kapitän,* allein auf dem Schiff ihrer Beziehung zurückgelassen hatte. Es überraschte ihn heute nicht, dass er ohne den guten Geist

Mathildas gekentert war, er sich die Abende in Bars und Kneipen um die Ohren schlug und seit Mathildas Abgang eine stattliche Sammlung halbvoller und ungeöffneter Whiskeyflaschen in seiner Küche stehen hatte. Ein schlechtes Gewissen, ein Säufer zu sein, hatte er zwar nicht, weil er sich als ein solcher auch nicht sah. Aber stolz war er darauf auch nicht, nach einem vormaligen Leben zu zweit, beinahe jeden Morgen mit einer Whiskeyfahne zu erwachen. Mehr als zwölf Jahre hatten Mathilda und er es miteinander ausgehalten, aber ausgerechnet an seinem Geburtstag, in einem Restaurant in Warnemünde, hatte sie, die Fischgabel noch im Mund, offenbart: »Ich bin jetzt 55, habe vielleicht noch zwanzig Jahre und möchte diese Zeit nicht in diesem Kaff Bad Doberan verbringen.« Sie hatte das Besteck abgelegt, den Teller beiseite geschoben, sich mit der Serviette die Lippen abgetupft und gesagt: »David, mein Kapitän, ich will reisen, neue Menschen kennenlernen, mir eine Staffelei kaufen und malen. Vielleicht nehme ich auch Gesangsunterricht, gründe eine Band oder gehe nach Kalifornien zum Surfen oder nach New York zum Tanzen. Kommst du mit oder bleibst du in deiner Redaktion, die von dir tagein, tagaus öde Geschichten über die Spiele zwischen Räuber und Gendarmen lesen will? David, kannst du mich verstehen?«

Lux war unfähig gewesen, ihr darauf eine Antwort zu geben, die sie nicht verletzen würde. Sie war für ihn offensichtlich in einer Art Midlife-Crisis. Er hatte nur gesagt: »Reisende kann niemand aufhalten. Hast du denn dein Ticket schon gekauft?«

»Ja, in Gedanken schon. Und weißt du was?«, ernst war ihr Blick. »Du wirst in deinem Job versauern, bis du in Rente gehst. Und danach wirst du nicht wissen, was du mit dir anfangen sollst. Du wirst nicht loslassen können, weil du dich bis heute nicht darum geschert hast, wie ein Leben nach deiner Arbeit aussehen könnte. Du hast weder Hobbys noch Freunde, noch steckst du deine Nase in neue Welten, um mal neue Düfte zu riechen. – David«, hatte sie ihr fabelhaftes Geburtstagsständchen für ihn abgeschlossen, »du bist

mir schlicht zu langweilig geworden.«

Lux war auch darauf keine Erwiderung eingefallen. Wahrscheinlich hatte sie sogar recht gehabt, mit dem was sie sagte, aber er fühlte sich so, wie sie lebten, wohl in seiner Haut. Mathilda und er schliefen nicht oft, dafür aber intensiv miteinander, sie machten lange Spaziergänge am Meer, lebten ihre gemeinsamen Theater- und Kinointeressen aus oder fuhren aufgetakelt wie zwei in die Jahre gekommene Fregatten nach Berlin in die Oper. Für ihn neue Welten genug, die er auf diese Weise erspürte und in sich aufsog. Wenn sie nicht mehr wollte, was blieb dann zu sagen? Er hatte sich für eine Unverschämtheit entschieden, schlicht gesagt: »Du zahlst deins, ich zahle meins. Adieu schöne Frau, es war mir ein Vergnügen.« Dann war er aufgestanden, zum Kellner gegangen, hatte seine Rechnung bezahlt und ohne ein weiteres Wort oder einen weiteren Blick auf Mathilda das Lokal verlassen. In seinem Auto hatte er ihr eine Nachricht geschrieben, dass sie ihre persönliche Habe morgen tagsüber abholen könne, wenn er, wie er es ausgedrückt hatte, *öde Artikel über das Verbrechen* schreiben würde. Und tatsächlich war sie nach den wenigen Stunden ihrer Trennung nicht wieder eingeknickt wie andere trennungsbereite Partner und hatte am Tag darauf Kleidung, Schmuck, Parfüms, Taschen und ihr weiteres Eigentum, das sich bei ihm befand, zurück in ihre eigene Wohnung geräumt. Lux hatte sie nie wiedergesehen.

Sechs Jahre waren seitdem vergangen. Und so würde er seinen 66. Geburtstag morgen mal wieder in Whiskey ertränken, dazu ein paar Häppchen essen, Bob Dylan hören und dann mutmaßlich volltrunken und allein ins neue Lebensjahr hineinsegeln.

Lux atmete laut ein und wieder aus. Es klang wie ein Stöhnen, das aus Selbstmitleid erwuchs. Er kannte das, mochte es aber nicht. Es ergriff ihn plötzlich und ohne Vorwarnung wie eine kurze Verstimmung, die für einen Moment den Tag dunkelgrau einfärbte. Dazu gesellte sich ein schweres Druckgefühl im Magen, das begleitet war von blitzlichthellen Gedanken über das mögliche eigene Versagen. Lux kniff sich in die Hand; eine alte Angewohnheit, die ihn seit seiner Schulzeit begleitete. Der Schmerz war stechend und lenkte ihn ab von dieser Untiefe seiner Psyche. Er musterte sein Arbeitszimmer, die wilde Unordnung, die Papiere auf dem Boden und die aus den Regalen herausgerissenen Akten. Also begann er, aus dem Chaos wieder eine Ordnung zu machen. Es war einige Minuten nach 22 Uhr.

20

Kurz nach Mitternacht klopfte es an seiner Wohnungstür. Ihn beschlich ein Gefühl der nervösen Spannung. Er öffnete die Tür und gab sich überrascht wie ein Kind vor dem eine Fee aus dem Märchen steht.

Louise Piper drückte dem sprachlosen Lux einen Strauß Pfingstrosen und eine Flasche kalten Sekt in die Hand und flötete aus tiefstem Herzen fröhlich: »Alles Gute für Sie zum

Geburtstag, lieber David.«

Lux war der Mund wie zugeklebt. Ab jetzt tickte eigentlich die Uhr jenes Tages, den er gewohnt war, mit sich, seinen Erinnerungen und seinem geliebten Whiskey zu verbringen. Doch Louise Piper machte nicht den Eindruck, als wollte sie nur schnell ihre Geschenke loswerden und sofort wieder gehen. Und Lux wollte nicht unhöflich sein. Er bat sie herein und sog dabei laut hörbar die Luft ein, die sie umwehte. Sie roch nach einem guten Parfüm, er tippte auf Chanel.

»Paco Rabanne«, sagte sie und lächelte. Sie trug ein schwarzes Hauskleid, das mit feinen weißen Fäden durchwirkt war. Ihre Füße steckten in flachen, schwarzen Schuhen, um den Hals trug sie eine Kette aus schwarzen Muscheln. Ihr Haar hatte sie zurückgebunden und Rouge aufgetragen.

Lux war irritiert.

»Na«, tätschelte sie ihm die Schulter, »Sie haben ja eine tolle Musik laufen. Bob Dylan?«

Lux nickte stumm.

»Dann wollen wir mal anstoßen, was?« Louise war in einer blendenden Laune. Lux' muffliges Gesicht schien sie zu übersehen. »Sie öffnen die Flasche, ich gebe den Blumen Wasser. Ich weiß ja jetzt, wo alles steht.« Sie zwinkerte ihm schon fast verschwörerisch zu, legte ihr Handy, das sie in einer kleinen Tasche aus Leder bei sich trug, beiseite, ging zielstrebig in seine Küche und schnitt beherzt die Blumen an, stellte sie in eine hohe Glasvase und drapierte das Ganze auf dem Küchentisch. »Sieht schön aus, oder?«

Lux hatte bis eben noch seine Papiere geordnet und das Arbeitszimmer zu dem gemacht, was es vorher war. Er war aus dieser Welt noch nicht in der Geburtstagswelt und schon gar nicht in die heitere, laute Welt seiner Nachbarin gewechselt. Wie mechanisch öffnete er den Sekt, goss zwei Gläser voll und hielt ihr eines davon hin. Bob Dylan sang von *Blowin' in the Wind.*

»Sie müssen jetzt ein paar Worte sagen«, bat sie ihn.

»Übernehmen Sie das«, brummte er zurück.

»Wie Sie wollen«, sagte sie jetzt leichthin, »dann sei Ihnen gesagt, dass Sie ein ziemlich wundervoller Mensch sind, der das Herz am richtigen Fleck hat. Auch wenn Sie manchmal schlecht gelaunt sind, so denke ich mir, dass Sie es nicht so meinen und einfach nur ein bisschen Aufmerksamkeit und vielleicht …«, und jetzt suchte sie wieder seinen Blick, »Zuneigung brauchen?«

Lux trat jetzt einen Schritt zurück, trug Verlegenheit in den Augen und kämpfte ein bisschen mit Nervosität. Gleichzeitig atmete er ihr Parfüm ein. Er taute auf. »War eine schöne Rede, Frau Nachbarin, aber jetzt reicht es mit dem süßen Honig, lassen Sie uns trinken, denn so jung kommen wir nie mehr zusammen.«

»So gefällt mir das«, sagte sie forsch, erhob ihr Glas, trat auf Lux zu und stieß ihr Glas gegen das seine. Beide schlossen die Augen, als sie tranken. »Erzählen Sie mir doch mal, was Sie den ganzen Tag so treiben«, fragte sie, während sie sich setzte. »Sie scheinen ja nur auf Achse zu sein. Sind Sie nicht seit ein paar Wochen schon auf einem Urlaub, der nie vergeht?«

»Originell ausgedrückt«, sagte er. »Wie wär es mit Musik?« Er wollte jetzt nicht darüber reden, was ihn umtrieb.

»Ich mag Swing Jazz. Haben Sie die Richtung?«

»Nein, aber Youtube.« Er stöpselte im Arbeitszimmer das Lautsprecherkabel an seinen Laptop, rief die Webseite auf und fragte nach einem kurzen Moment: »Glenn Miller?« Dass seine Nachbarin, die Friseuse, einen aus seiner Sicht so guten Musikgeschmack besaß, überraschte Lux.

»Oder Count Basie? Aber den können wir später auch hören. Miller ist gut. Let's do some swingin'!« Der Song *A String of Pearls* wehte durch die Wohnung, Louise schloss die Augen und summte leise mit.

Lux wusste nicht so recht, wohin mit sich, kippte das Küchenfenster an, rückte die Küchenstühle neu zurecht, setzte sich dann und beobachtete seine Nachbarin, die versonnen auf den Strauß Pfingstrosen blickte.

»Mein Mann und ich gingen viel tanzen. Er war darin ein Meister. Vor allem Tango, aber eben auch Swing. Tanzen Sie?«

»Nein«, wehrte Lux ab, »nie. Es gibt mir nichts. Aber ich höre alle möglichen Richtungen an Musik. Dann tanze ich in Gedanken mit.«

Sie lächelte ihn an und zeigte ihre Grübchen an den Wangen. Es gefiel ihm, doch er war noch nicht richtig in einem Geburtstagsgefühl angekommen. Möglicherweise spürte sie das.

»Nehmen wir noch einen Schluck. Das taut uns weiter auf.« Beide tranken.

Sie fragte: »Falls ich zu hartnäckig sein sollte, sagen Sie es bitte ehrlich, aber ich probiere es nochmal mit der Frage, wie Sie Ihre Tage gerade so verbringen. Sie scheinen ja sehr viel unterwegs zu sein.«

Lux spürte, dass er die Distanz zu ihr verringern musste, damit dieser Abend, den er sich so nicht gewünscht hatte, der aber nun einmal über ihn gekommen war, nicht in Ödnis endete. »Vielleicht hole ich weiter aus«, sagte er mit nervösem Unterton. »Ich lebe seit sechs Jahren allein. Und weil meine Arbeit auch mein Leben ist, habe ich mir kaum Freizeit gegönnt. Als ich dann ausschied, war ich für einen Ruhestand nicht bereit.« Lux nahm einen Schluck. »Also bin ich weiterhin im Dienst und kümmere mich um Fälle, die weder ich zu meinen aktiven Zeiten in der Redaktion noch die Polizei lösen konnten. Ich denke, das könnte für die nächsten Jahre ein prima Hobby sein, denn im Rostocker Polizeipräsidium und der Kriminalinspektion sind mehr als zehn Fälle ungeklärt. Dahinter verbergen sich Schicksale, denen ich auch auf den Grund kommen möchte. – Tja, und aktuell bin ich hinter so einem Fall her …«

Louise Piper hatte aufmerksam zugehört. Bewunderung für Lux stand nicht in ihren Augen, eher Sorge. Es fiel ihm auf. »Was ist los?«, fragte er. »Habe ich Ihnen Angst gemacht?«

»Ihr Job ist nicht ungefährlich. Und wer weiß, wozu die Person fähig ist, hinter der sie gerade her sind.«

Lux wunderte sich. Woher wusste sie, dass es sich um eine Person handelte und nicht um mehrere? Vorsichtig fragte er: »Und vielleicht ist es sogar nicht nur eine Person?« Sein

Blick hatte jetzt etwas Lauerndes. Er nahm einen Schluck.

»Vielleicht, vielleicht aber auch nicht«, antwortete sie. »Ich glaube, Sie leben gefährlicher, als Sie denken. Wer weiß, was gerade geschieht, wovon Sie nichts ahnen. Wie dicht sind Sie denn an der Klärung Ihres Falls?«

»Sehr dicht.«

Sie überlegte kurz, nippte an ihrem Glas und suchte dann seine Augen: »Und Sie fürchten sich nicht davor, dass der oder die Verdächtige alles daran setzt, nicht entdeckt zu werden?«

Lux hielt den Kopf schief. Seine Nachbarin machte sich für seinen Geschmack jetzt zu viele Gedanken. Sie argumentierte ihm zu spekulativ. »Ich bin oft dort, wo andere nicht sind. Woher sollte die betreffende Person wissen, wo ich mich gerade aufhalte, was ich mache und wie es mir dabei geht?«

»Ist bei Ihnen heute eingebrochen worden, oder nicht?«, fragte sie. Ihre Stimme klang metallen. »Vermissen Sie etwas oder vermissen Sie nichts?« Ihre Augen verbohrten sich in sein Gesicht.

Lux zögerte mit einer Antwort. Sollte er ihr sagen, dass eine Waffe gestohlen worden war, mit der man nicht nur Wildschweine erschießen konnte? Er entschied sich dagegen. Er wollte ihr keine Angst einjagen. »Es fehlt nichts«, log er. »Ich weiß auch nicht, wonach der Einbrecher gesucht haben könnte. Hier steht nichts von Belang.«

Louise Piper erhob ihr Glas. Sie prostete ihm zu: »Auf ein langes Leben, David!« Er lächelte dankbar. Sie tranken. »Sie können mir nichts vormachen«, sagte sie einen Moment später, »zuerst leuchtet jemand nachts mit einer Taschenlampe an Ihrer Terrasse und Ihrem Schlafzimmer hoch. Dann beobachtet eine Frau ihre Wohnung am Tag. Und heute der Einbruch. Da ist jemand hinter Ihnen her und Sie wollen es nicht wahrhaben!«

»Moment«, schnappte Lux sie an, »was für eine Nacht, was für eine Taschenlampe?«

»Es war vor etwa drei Wochen. Ich konnte nicht schlafen, sah auf die Straße, aber auch zu Ihrem Grundstück hinüber. Da war jemand in Ihrem Garten. Ich habe einen flackernden Lichtschein gesehen.«

Jetzt erinnerte sich Lux. Es musste die Nacht gewesen sein, als er nach dem Albtraum über eine Häftlingsrevolte in einem Gefängnis aufgewacht war und lange nicht mehr einschlafen konnte. Irgendetwas Lautes war gegen seine Scheibe gekracht, er hatte das Geräusch noch immer in seinen Ohren, als hätte er es gerade erst gehört. »Stimmt, ich erinnere mich, einen Lichtschein gesehen zu haben. Aber ich maß ihm keine Bedeutung zu.«

»Das hätten Sie aber tun sollen.«

»Vielleicht.« Er schaute auf seine Uhr, die 0:29 Uhr anzeigte, griff nach seinem Glas und trank es in einem Zug leer. »Ah, es passt, Louise!« Sie schaute verwirrt. Er stand auf, stellte im Arbeitszimmer die Musik an seinem Laptop leise, kehrte zurück und schaltete das Radio ein. Die Nachrichten liefen. »Achtung, gleich kommt es …«

Gemeinsam hörten sie, wie auf Antenne MV die Bürger im Landkreis inzwischen dazu aufgerufen wurden, aufmerksam und vorsichtig zu sein, und der Polizei Hinweise auf einen frei laufenden Gewaltverbrecher zu geben. Es folgte eine ausführliche Täterbeschreibung mit Alter und Wohnort.

Lux schaltete das Radio aus und setzte sich zu Louise an den Tisch. »Am 30. April habe ich den gesuchten Mann von Hamburg nach Rostock in meinem Auto mitgenommen«, seine Stimme begann leicht zu beben. »Mit diesem Typen und genau diesem Fall beschäftige ich mich gerade. Und ich bin dem Täter schon ziemlich dicht auf den Fersen.«

Ihm entging der Gesichtsausdruck seiner Nachbarin Louise, eine Mischung aus Wissen und Sorge. »Dann war es sicher kein Zufall, dass er in Ihrem Auto saß. Vielleicht wollte er wissen, mit wem er es zu tun hat?«, fragte sie.

»Da war ich mit dem Fall noch gar nicht beschäftigt«, klärte Lux sie auf.

»Oder kennen Sie sich von früher irgendwoher?«, fragte Louise.

Lux wühlte in seinem Kopf. Er fragte sich, warum Louise sich so brennend dafür interessierte. »Nicht, dass ich wüsste.«

»Sie sollten in Ihrem Archiv nachforschen«, sagte sie. »Aber nicht jetzt. Der Abend gehört Ihnen und nun auch ein bisschen mir.«

Lux atmete tief durch. Hier saß jemand vor ihm, die weder seinem Wunsch nach einer sehr viel jüngeren Frau entsprach, noch eine Person war, in deren Leben es noch keine Schrammen gegeben hatte. Doch Louise Piper war zweifellos ein sympathisches Exemplar. Er beschloss, ihr und sich eine Chance zu geben. »Sie haben es sich verdient«, sagte er freundlich lächelnd. »Meine Wohnung sieht wieder aus wie am ersten Tag, frisch und sauber. Dank Ihnen.«

»Darauf trinken wir«, sagte sie. Die Flasche Sekt war beinahe leer. Sie zeigte einen fragenden Blick, Lux sah betreten zur Seite.

»Nur Whiskey«, beantwortete er die Frage, die sie nicht gestellt hatte.

»Koste ich«, gluckste sie. Ihre Haut war jetzt gut durchblutet, ihr Teint wirkte frisch. Lux stand auf, öffnete den Hängeschrank über seiner Spüle und holte eine halbvolle Flasche japanischen Yamazaki heraus, einen recht milden aber aromatischen Whiskey, den er vor einem Jahr von Karl Delgado überreicht bekommen hatte. Ein teures Geschenk.

Vorsichtig nippte sie. »Vielleicht eine Prise zu scharf, aber durchaus trinkbar«, sagte Louise anerkennend.

Lux freute sich. Auf Dauer war er für Sekt nicht zu haben. Und dass eine Frau mit ihm gemeinsam in seiner Wohnung diesen Whiskey trinken würde, stand in dieser Reihenfolge auch nicht auf seiner Agenda. Er genoss es, denn Louise war eine angenehme Person, die für seinen Geschmack vielleicht zu viel fragte, aber rechtzeitig den Mund hielt und es mit ihrer Neugier nicht übertrieb.

»Und Sie können wirklich nicht tanzen?«, fragte sie.

»Nein, immer noch nicht.« Er feixte.

Sie ging in sein Arbeitszimmer, drehte die Musik lauter, kehrte zurück und packte ihn am Arm. »Ich zeige Ihnen jetzt zwei kleine Schritte. Sie müssen aber schön locker bleiben und dürfen nicht Ihre Muskeln verkrampfen …« Lux sträubte sich natürlich. Für seine Verhältnisse war er dieser Frau schon sehr nahe gekommen. Und nun wollte sie auch noch mit ihm tanzen. Er fühlte sich etwas überfordert. »Kommen Sie schon. Sie werden davon nicht sterben«, deutete sie seine Blicke richtig und zog ihn vom Stuhl. Sie nahm ihn in die Arme, schmiegte ihren Kopf sachte an seine Schulter und dirigierte ihn mit sanftem Druck, wohin sie ihn wollte. »Ich würde Sie gerne duzen«, wisperte sie nach einer kurzen Weile in sein Ohr. »Machst du mit?«

»Ich kann's dir sowieso nicht ausreden«, flüsterte er in ihr Ohr zurück.

»Damit hast du verdammt recht«, kicherte sie albern und drehte ihn nach rechts in Richtung der Whiskeyflasche, die sie sich schnappte und zwischen sich und ihn drückte. »Komm, wir trinken aus der Flasche weiter«, raunte sie.

Lux grinste breit und glücklich. Es tat ihm gut, nach einer langen Zeit eigener und einsamer Entscheidungen, von einer Frau gelenkt und dabei auch noch so gut unterhalten zu werden. »Trinken wir den ersten Schluck aus der Flasche auf all diejenigen, die einmal sehr viel mit uns zu tun hatten, aber heute und niemals mehr bei uns sein werden und können.«

Louise überlegte kurz und tanzte mit ihm weiter. »Gute Idee. Auf meinen Mann, der es sich im Himmel sicher gut gehen lässt.«

»Und ich auf meine Exfrau, die in Kalifornien meinetwegen mit einem Weißen Hai glücklich werden soll.« Louise kicherte, drückte seinen Arm, er den ihren. »War es wenigstens ein friedvoller Tod?«, fragte er sie.

Sie stockte kurz. »Krebs, Endstadium. Morphium, dann Maschinen aus. Ich habe es so entschieden. Ist aber schon zehn Jahre her. Ich bin darüber hinweg, war nicht leicht. Und bei dir?«

»Auch drüber weg«, sagte er. »Ist so plötzlich von mir gegangen wie ein Preisboxer, der von einem Moment auf den anderen k. o. geht und nicht wieder aufsteht. War nicht leicht für mich am Anfang, das zu akzeptieren, aber auch das ist sechs Jahre her.«

»Gut. Sie ist sicher wieder aufgestanden, mein Mann eher nicht. Irgendwo wird seine Seele herumfliegen, in meiner Wohnung ist sie jedenfalls nicht. Und damit sollten wir das Thema unserer Ex-Begleiter auch vorerst beenden. Gedenken wir der Vergangenheit, aber genießen wir die Gegenwart und die Zukunft.« Sie suchte mit ihren Lippen seinen Mund. Er sträubte sich nicht. Ihre Lippen waren weich, sie schmeckte nach Himbeer-Lippenstift und Yamazaki. Seine Sinne reagierten auf ihre unmittelbare Nähe mit geballter Macht. Er tanzte sie sachte an den Küchentisch, stellte die Flasche ab und schob sie, weiter den Mund auf ihre Lippen gedrückt, in sein Schlafzimmer. Wie in Zeitlupe sanken sie zusammen auf das Bett und benahmen sich wie Teenager, die ihre Ungeschicklichkeit bei der Berührung des anderen kichernd und flüsternd kommentierten.

Etwa eine Stunde später, es war kurz nach zwei Uhr, lagen David und Louise schwitzend und vor Glückseligkeit lächelnd nicht mehr auf-, sondern nebeneinander im Bett. Er strich ihr über das Haar und fragte: »Schläfst du hier oder bei dir?«

Sie kuschelte sich noch näher an ihn heran und flüsterte: »Was willst du?«

Er genoss es, mit seiner Zunge an ihrem Halsrücken entlang zu streichen. »Schlaf hier und wir frühstücken morgen zusammen und dann wäre ich gern allein. Aus Tradition.«

»Abgemacht.« Sie drehte sich um, beugte sich über ihn und küsste seine Stirn, Wangen und Mund. »Dann verschwinde ich kurz im Bad, ja?«

»Bis gleich«, brummte er freundlich und zog sich die Bettdecke bis an sein Kinn.

Auf dem Weg ins Bad griff Louise nach ihrem Handy, verschloss die Badezimmertür hinter sich und verharrte einen

Moment lang vor dem Spiegel am Waschtisch. Sie tupfte sich das Makeup und Rouge mit einem Blatt Toilettenpapier ab, wusch ihr Gesicht und setzte sich dann auf den Badewannenrand. Sie sann kurz darüber nach, welche Worte für das, was sie mitteilen wollte, passten. Sie brauchte mehrere Anläufe, bis sie mit dem kurzen Text zufrieden war, versendete die Nachricht, schaltete das Telefon auf lautlos und drückte auf den Knopf der Toilettenspülung. Auf dem Weg zurück löschte sie die Lichter in der Küche und im Wohnzimmer und kuschelte sich im Schlafzimmer eng an David heran.

»Willst du die Tür nicht schließen?«, fragte er sie.

»Ach nein«, sagte sie heftiger, als ihr lieb war, »besser nicht. Ich fühle mich sonst eingesperrt.«

Lux spürte, wie seine Frage sie leicht verspannt hatte. »Wie du meinst.« Er legte ihr seine Hände zärtlich auf Brüste und Bauch und drückte sich fest an sie heran. Was weiter geschah ging über die Spiele von unerfahrenen Teenagern weit hinaus.

Als sie endlich eingeschlafen waren, hatte die aufgehende Sonne den Frühhimmel bereits in ein sanftes Blau gehüllt. Sie erwachten erst, als die Sonne schon hoch am Himmel stand und es für Frühaufsteher an der Zeit war, an das Mittagessen zu denken.

Nachdem sie ausführlich gefrühstückt und noch eine Weile über das Leben in der Straße, ihre Stadt und Tage am Meer geredet hatten, war Louise gegangen. Dabei sparten sie natürlich die Touristen nicht aus, die zwar ihr Geld hier ließen, aber mittlerweile beinahe jeden noch so verschwiegenen Winkel am Strand erobert hatten.

Lux war bereits beim zweiten Glas Irish Whiskey, aber
276 noch bei der ersten Compact Disc von Bob Dylan mit dem Namen *Slow Train Coming*, als es an seiner Tür schellte. Lux verzog das Gesicht. Mit eher grimmigem Ausdruck fragte er über sein Türtelefon nach, wer ihn störte.

»Paketpost«, sagte eine männliche Stimme.

Lux hatte weder im Internet eingekauft, noch konnte er sich vorstellen, wer wohl extra für ihn zur Post gegangen war, um ihm ein Geburtstagspäckchen zu senden. Dass hier jemand den gleichen Trick wie er anwandte, als er in das Haus von Tom Paulus gelangen wollte, kam ihm nicht in den Sinn. Von seiner Neugier überwältigt, drückte er auf den Summer. Er ließ die Tür offen stehen, griff nach Hemd und Jeans aus seinem Ankleideschrank im Schlafzimmer, streifte sich beides über und schaltete die Musik ab. Als er zurück in sein Wohnzimmer trat, stand ihm eine reife Frau gegenüber, die sich mächtig herausgeputzt hatte. Sie trug ein weit geschnittenes, blaues Wollkleid, dazu rote Absatzschuhe, eine auffällig lange schwarze Sporttasche und an ihren Händen steckten Ringe, die im hereinfallenden Sonnenlicht golden glänzten.

Mit ihrer Wimperntusche, dem Rouge auf den Wangen und einem knallrot lackierten Mund hätte sie in jede bessere Bar in New York gepasst. Die dunklen Haare fielen ihr anmutig über die Schulter und bildeten an ihren Enden hübsche Locken. Doch obwohl diese Frau nicht die Spur einer Gefahr ausstrahlte, durchzog Lux für einen Moment ein kalter Schauer. Ihm wurde sogar leicht übel. Er stützte sich auf einer Stuhllehne ab.

»Ich bin Tom Paulus«, sagte die Frau mit sonorer Stimme. »Und ich bin gekommen, um Sie zu töten.« Er sah ihn freundlich lächelnd an.

»Ach«, rang Lux um Fassung, »und dafür haben Sie sich extra so herausgeputzt?«

»Es ist am unauffälligsten. Man sucht mich überall, das wird Ihnen nicht entgangen sein. Und ich wollte auf meinem Weg zu Ihnen ungestört sein. Es hat funktioniert.« Paulus gab sich markig und kalt.

»Ihre Camouflage ist perfekt«, sagte Lux. Seine Stimme zitterte leicht. »Dass ich Sie am allerwenigsten erwartet habe, dürfte Sie nicht überraschen. Vor allem heute. An einem Tag wie diesem habe ich gern meine Ruhe. Ich denke, ich rufe jetzt die Polizei, damit sie mich von Ihnen schnellstens befreit.«

»Ich denke, das sollten Sie nicht tun.« Tom Paulus zog aus seiner länglichen Sporttasche blitzschnell ein Gewehr, das Lux nur zu gut kannte. Dessen stählerner Lauf zeigte jetzt auf seinen Bauch. Es war ein Schalldämpfer darauf verschraubt.

»Wollen Sie mich erschießen?«, fragte Lux. Sein Mund war so trocken wie nach einer Wanderung durch die Wüste. »Ich bin eben erst 66 geworden.« Er biss sich auf die Zunge, weil ihm klar war, dass dieser Satz wie ein Betteln geklungen haben musste.

»Nicht sofort, aber sicher später«, schnarrte Paulus. »Mir egal, wie alt oder jung Sie sind. Ich habe jedenfalls nicht vor, Sie noch länger auf dieser Welt zu dulden. Schließlich haben Sie schon genügend Unheil angerichtet. Heute heißt es

Abschied nehmen.«

»Wollen wir uns nicht setzen?«, fragte Lux.

»Aber natürlich. So treffe ich Ihren Kopf noch viel besser.« Paulus setzte sich ausgerechnet auf die Couch; sein linkes Knie berührte jetzt das Kissen, unter dem Lux' Smartphone lag. Er schlug graziös die Beine übereinander. Das Gewehr ruhte auf seinen Oberschenkeln und es war immer noch gefährlich auf Lux gerichtet. Paulus hatte seinen Finger am Abzug.

Lux saß ihm direkt gegenüber in einem der Sessel. Er versuchte so entspannt zu wirken, als wohne er nur einer harmlosen Diskussion bei. Doch der Schein trog. Seine Gedanken wirbelten wild durcheinander. Dass es Paulus ernst meinte, daran hatte er keinen Zweifel. Lux fühlte sich in großer Gefahr und ihm wollte partout nicht einfallen, wie er diesen Mann, der ihm als nahezu perfekte Frau gegenübersaß, mit dem er sich in letzter Zeit beinahe Tag und Nacht beschäftigt hatte, wieder loswurde. Er musste Zeit gewinnen und irgendwie an sein Telefon kommen. Ihm kam eine Idee, um die Lage zu entspannen. »Was halten Sie von einem Drink?«, fragte er. »Schließlich habe ich heute Geburtstag. Sie können ja das Schießeisen solange zur Seite legen.« Lux grinste und versuchte so, Herr der Lage zu werden und auch zu bleiben.

Sein Gegenüber durchschaute den Trick. »Nein, das Ding hier bleibt schön auf meinem Schoß. Nachher machen Sie noch Unsinn, den ich nicht gebrauchen kann.«

Lux war nicht entgangen, dass Paulus den Hahn gespannt hatte und das Gewehr somit schussbereit war. Er goss sich einen Daumenhoch Whiskey ein. Den Vorschlag, etwas zu trinken, hatte er nicht ganz uneigennützig gemacht. Der Schreck saß tief bei ihm, vielleicht würde ihn der Alkohol etwas entspannen. »Wollen Sie?«, fragte er.

»Haben Sie kein Bier?«

»Nein. Ich trinke kein Bier.«

»Nichts Leichteres als dieses Zeug da?« Paulus zeigte auf den Bushmills.

»Bedauere. Ich mache Ihnen einen Berg Eiswürfel rein, das verwässert ihn zwar, aber ...«

»... gut, gut, aber machen Sie keine Dummheiten. Immer schön sachte mit den Händen bleiben.«

»Okay«, sagte Lux. Er wurde das Gefühl nicht los, dass Paulus eine Show abzog, die er sich bei etlichen Krimis im Fernsehen abgeschaut hatte. Lux stellte sein Glas vorsichtig auf das Tischchen, das neben seinem Sessel stand. Den Whiskey für Paulus vor dessen Füße. Er machte dabei sehr langsame Bewegungen. Er wollte nichts riskieren, denn sein ungebetener Gast fixierte ihn wie ein Adler seine Beute. »Prost!« Lux erhob sein Glas. Er tat dabei so, als berührte ihn der Mann in Gestalt einer Frau nicht die Bohne. Doch das war nur Fassade. Der Reporter suchte permanent nach Alternativen, diesem Wahnsinn zu entkommen. Kurz überlegte er, seinem Angreifer den Whiskey aus dem Glas gezielt in die Augen zu spritzen. Der scharfe Alkohol würde brennen wie Feuer, er wäre kurzzeitig außer Gefecht und Lux könnte ihn überwältigen. Andererseits war Lux scharf darauf, herauszufinden, was Paulus hierher trieb. Seine Neugier siegte, auch wenn es ein Hasardspiel war, das er verlieren könnte. Außerdem war ihm der Whiskey zu gut, um ihn für einen Verbrecher zu opfern. Er ließ sich den Getreidebrand schmecken, auch wenn der in seinem Mund in diesem Moment zu einem gallebitteren Getränk gerann.

Paulus hingegen rührte verspielt mit seiner Zunge in dem Berg aus Eiswürfeln, den ihm Lux auf den Whiskey gebaut hatte.

»Es ist schon merkwürdig, Sie hier sitzen zu sehen«, sagte Lux nach einer Weile der angespannten Stille. »Ich glaubte, Sie seien über alle Berge. Ich jedenfalls hätte mich dünne gemacht. Die Polizei sucht Sie überall und es wird nicht lange dauern, bis sie auch hier aufkreuzt. Ich bin schützenswert, Sie nicht. Sie sind nur eine arme Wurst, die bald im Knast verschimmeln wird.« Paulus' Beine zuckten. Lux versuchte sich in der Kunst der Provokation und hatte einen Treffer gelandet. Menschen, die sich provoziert fühlen, machen Fehler. Er musste allerdings aufpassen, keine

Grenze zu überschreiten. Sonst riskierte er einen Schuss, und der könnte für ihn tödlich sein. Aber Paulus aus der Reserve zu locken, erschien Lux jetzt als lohnenswerte Alternative.

»Sie reden zu viel, Lux. Ich wette, Sie haben die Hosen gestrichen voll. Ich jedenfalls würde, wenn man mir eine Knarre vor den Bauch hält, eher höflich bleiben.«

»Nennen Sie das höflich, einen alten Mann zu überrumpeln, um ihn zu bedrohen?«, fragte Lux. »Oder finden Sie es besonders stilvoll, drei Menschen umzubringen?«

»Sie haben es verdient. Ich bin ihnen nur zuvorgekommen bei ihrem Versuch, mich in eine Rolle zurückzuzwingen, die ich schon seit meiner Kindheit nicht mehr spiele. – Und Sie«, beugte er sich mit dem Gewehr in der Hand zu Lux herüber, »haben es ebenfalls versucht.«

»Ich – verstehe – nicht …«, stotterte Lux.

»Ich helfe Ihnen auf die Sprünge. Ich war knapp neunzehn Jahre alt und hatte auch später noch Gelegenheiten, es Ihnen heimzuzahlen.«

Lux zuckte mit den Schultern. Worüber redete dieser Tom Paulus?

»Aber ich ließ Sie leben, denn ich arbeite planvoll. Auch wenn ich auf dem Friedhof auf mein Gewehr besser hätte aufpassen können. Die Zeit für Ihren Tod war eben noch nicht reif.«

»Wieso nicht?«, fragte Lux.

»Weil ich Sie brauchte. Ich machte die Polizei mit meinen Anrufen verrückt und Sie waren derjenige, der für mich die

Drecksarbeit erledigte. Sie waren die Schmeißfliege, die sich auf all die Toten stürzen sollte, die ich hinterlassen habe. Sie sind mein Erbverwalter, Lux. Durch Sie lebe ich jetzt freier, denn endlich kommt ans Licht, was ich getan habe und ich kann mit der Vergangenheit abschließen.«

»Entschuldigung, aber da komme ich nicht mit«, sagte Lux ehrlich.

»Ich hatte Sie bei Ihrem Wühlen in meinem Mist immer im Visier. Ich wusste immer, wo Sie waren, was Sie taten, mit wem Sie redeten. Das geht bei der Polizei nicht so einfach. Polizisten sind scheue Menschen, sie lieben bei Ihren Ermittlungen das Dunkle, so wie ein Mörder auch. Aber Sie haben ja nicht einmal bemerkt, als ich unter Ihrem Fenster auf dem Hof oder an der Straßenecke stand und Ihnen folgte. Ja, Sie haben mich sogar freiwillig von Hamburg nach Rostock gebracht und saßen völlig ahnungslos auf Ihrem Fahrersitz. Vielleicht denken Sie immer noch, dass es Zufall war, dass ich bei Ihnen eine Fahrt gebucht habe? Irrtum!«

Lux stellte sich jetzt die kostümierte Person, die vor ihm saß, als jenen Steve vor, der ihm beinahe die gesamte Fahrt über einen Vortrag über Transsexualität und Transidentität gehalten hatte. »Nein«, gab er jetzt zu, »ich erkenne Sie in diesem Aufzug nicht wieder.«

Während eine Hand am Abzug des Gewehrs blieb, zog sich Paulus mit der anderen Hand die Haare vom Kopf. Vor Lux saß jetzt Steve alias Christine Steiner alias Tom Paulus, zwar geschminkt, aber eindeutig für Lux identifizierbar.

»Sie sind ja gestört«, entfuhr es Lux, der sogleich diesen Satz bereute.

Paulus gab sich unbeeindruckt. »Ja, ich bin eine Störung der Natur, die andere mit ihrer Störung stört. Aber darauf gebe ich nichts. Es ist mein Leben. Und wer sich gegen mich stellt und mich an meinem Leben als Mann hindern will ...«

»… der stirbt?!«, unterbrach ihn Lux harsch.

»Der stirbt«, wiederholte Paulus glatt und bedächtig. Er griff nach dem Whiskey und trank ihn in einem Zug aus.
Dann schüttelte er das Glas, in dem die Eiswürfel klapperten. »Ich nehme noch so einen Drink. Und dann erzähle ich an der Stelle weiter, an der Sie mich unterbrachen.«

Lux parierte und füllte beide Gläser nach. »Musik?«, fragte er.

»Haben Sie nicht am gleichen Tag wie Bob Dylan Geburtstag? Sie sehen, ich habe Sie gründlich studiert. Legen Sie von ihm Musik ein. *Just Like A Woman* habe ich lange nicht gehört.« Paulus rückte sich auf der Couch neu zurecht und positionierte die Waffe immer genau in die Richtung, in die Lux ging.

22

Als die Musik lief, sagte Paulus: »Und jetzt setzen Sie sich mir wieder gegenüber.«

Lux tat, was von ihm verlangt wurde. »Was wollen Sie mir erzählen?«, fragte er.

»Mein Traum war es, Polizist zu werden. Man wird entweder Polizist oder Verbrecher. Man steht entweder auf der Seite der Guten oder auf der Seite der Bösen. Das habe ich mal in einem Film gehört. Und ich wollte unter den Guten sein. Damals war ich noch der Meinung, die Welt um mich dort draußen würde mich so akzeptieren, wie ich bin. Ich hatte meine Identitätsfindung abgeschlossen, dennoch spürte ich, dass es ein Kampf werden würde, den Wechsel von Frau zu Mann störungsfrei zu leben. Deshalb glaubte ich, dass ich als Polizist auf der Seite der Guten und des Menschenrechts stehen würde und so unangreifbar wäre für all jene, die mich als abnormal betrachten und verhöhnen.« Paulus brauchte eine Pause, die er mit einem Schluck aus seinem Glas füllte. Lux seinerseits hörte aufmerksam zu. Paulus offenbarte sich ihm und vielleicht fand er, Lux, eine Lücke, in die er hineinstoßen und Paulus von dem Plan, ihn umzubringen, abhalten könnte. »Ich bewarb mich offiziell natürlich als Frau, da ich mein Geschlecht im Ausweis aufgrund der damaligen Rechtsprechung nicht einfach schnell ändern lassen konnte; der Antrag braucht seine Zeit. Ich schaffte die Aufnahmeprüfungen, so wie alle weiblichen Bewerber ebenfalls, und begann an der Polizeifachschule eine Ausbildung. Und dann, es waren etwa fünf Monate vergangen, veranstaltete unsere Schule einen Wettkampf mit den Polizeianwärtern aus Meißen: Schießen, Hindernislauf, Festnahmen und Aufspüren von Tätern innerhalb eines Übungshauses, das sich auf dem Gelände der Polizeischule befand. Dazu waren Journalisten eingeladen. – Sie waren auch darunter.« Hier stoppte Paulus und sah Lux durchdringend an. »Und«, fragte er, »klingelt es bei Ihnen?«

Lux dachte scharf nach. Da war eine Erinnerung, aber sie war verschüttet durch die vielen Jahre, die danach ins Land gegangen waren, in denen er sich mit einer beinahe unüberschaubaren Zahl an Kriminalfällen beschäftigt hatte und in unzählige Artikel hatte münden lassen.

»Dann helfe ich Ihnen mal auf die Sprünge«, sagte Paulus mit Erregung in der Stimme. »Journalisten wie Sie taten sich während des Wettkampfs auf dem Gelände um, interviewten leitende Beamte und Ausbilder. Während sich die meisten mit diesen Informationen begnügten und vielleicht ein paar Eindrücke vom Kräftemessen zwischen uns und den Meißnern aufpinselten, wollten Sie mehr: Sie quetschten einen Ausbilder über die Stärken und Schwächen der Rostocker Polizeischüler aus. Und dieser Mann, den ich heute leider nicht mehr finde, sonst wäre er tot, sagte zu Ihnen, dass es mit mir Probleme gäbe. Ich sei zu langsam, zu wenig belastbar und würde nicht gut schießen. Und das besonders perfide an Ihrem Schmierenstück war, dass Sie Ihre Informationen nicht nur eins zu eins in die Welt hinausposaunt haben und dabei meinen weiblichen Vornamen und meinen

Nachnamen nannten, nein: Sie schrieben auch wörtlich, das sich Christine Steiner als Mann fühlt und als dieser angebliche Mann versagte.« Paulus Gesicht war jetzt rot angelaufen, er stand scheinbar unter der beinahe gleichen Wutemotion wie damals als neunzehn Jahre alter Polizeischüler. »Sie stellten meine Schwächen in einen Zusammenhang mit meiner persönlichen Situation. Und damit haben Sie mich nicht nur lächerlich gemacht, Sie haben mich auch bis in den kleinsten Nerv meines Körpers beleidigt. Tödlich beleidigt.« Paulus fummelte jetzt gefährlich aufgeregt an dem Bergstutzen herum, richtete den Lauf mal auf Lux' Bauch, mal auf dessen Beine, mal auf die Brust.

»Bleiben Sie friedlich«, knurrte Lux. »Mag sein, dass ich einen Fehler begangen habe. Es ist ja mehr als zwanzig Jahre her, wenn ich Sie richtig verstanden habe. Da war ich jünger und vielleicht war ich auf Anerkennung über einen mit Details gespickten Beitrag genauso so scharf wie Sie auf Ihre wahre Identität.«

»Sie haben mich vor aller Welt bloßgestellt«, schnaubte Paulus. »Und vor allem haben Sie dafür gesorgt, dass jeder, der wusste, mit welcher Identität ich wirklich lebe, nun sagen konnte: Siehst du Christine, als Mann würdest du nicht viel taugen, du wärst viel zu schwach!«

Soeben wehte Dylans Version von *It's All Over Now, Baby Blue* aus dem Arbeitszimmer zu ihnen herüber. Es entstand eine merkwürdige Atmosphäre, zumal für Lux die Symbolik der Textzeile eine unangenehme und gefährliche Bedeutung erlangte. Tom Paulus hielt seine Augen auf David Lux geheftet. Die Gläser waren leer. Lux spürte die Wirkung des Alkohols, die sich statt als Trunkenheit, als ein tiefes, schmerzvolles Dröhnen in seinem Kopf bemerkbar machte. Paulus schien den Alkohol durch seine Konzentration auf die Vorwürfe an Lux schnell verarbeitet und verbrannt zu haben. »Geben Sie mir noch einen«, verlangte er.

Lux spurte.

»Schon damals habe ich mir geschworen, Sie irgendwann für diesen Drecksartikel zur Rechenschaft zu ziehen«, nahm Paulus den Faden wieder auf. »Er hatte ja nicht nur die Nachwirkung, dass mich Freunde darauf ansprachen. Auch meine Mutter – die nun endlich bekommen hat, was sie verdient – triumphierte und meinte, dass ich nun umso mehr ihre Tochter sei und ich solle mir das mit dem Manngefühl schnell wieder abschminken. – Und wissen Sie was?«, fragte Paulus und rückte Lux mit seiner vorgehaltenen Waffe jetzt gefährlich dicht auf den Pelz. »Die Polizeischule legte mir nahe, in die Rechtspflege oder die öffentliche Verwaltung zu wechseln. Das wäre ein passenderer Job für mich als schwache Frau unter den starken Männern der Schule. Ihr Artikel, Lux, hat meinen Ruf ruiniert, hat mich bis ins Mark getroffen und meine Privat- und Intimsphäre schwer verletzt. Ihre journalistische Rotze sorgte für das Ende meiner Karriere, bevor sie überhaupt beginnen konnte. Sie, Lux, haben mich meiner Würde, Ehre und meiner persönlichen Bedeutung beraubt. Ihr Artikel war ein Volltreffer! Boot versenkt!«

»Aber Sie sind doch dennoch ein Mann geblieben«, versuchte sich Lux in einer Erklärung. »Sie haben es trotz aller Widrigkeiten durchgezogen. Warum also nach so vielen Jahren noch so eine Wut?«

»Weil ich mich ausgegrenzt gefühlt habe und immer noch fühle. Weil ich noch längst nicht die Anerkennung als Mann habe, die ich mir wünsche. Und das erzeugt in mir Hass auf mich selbst, und den gebe ich nach außen weiter. Glauben Sie mir, meine Entscheidung, Heilpraktiker zu werden, hatte auch damit zu tun, mich selbst besser zu erkennen und mir selbst besser zuzuhören. Ich will kein Loser sein, der sich sein ganzes Leben mit einer falschen Identität herumschlagen muss. Ich will ein Held sein, der sich selbst liebt und dadurch in der Lage ist, auch andere zu lieben.«

Lux fragte sich jetzt, ob Paulus krank oder böse, ein armes Schwein oder ein richtiges war – oder doch nur eine getriebene unglückliche Seele? »Der Heldenbegriff ist für mich ganz und gar unpersönlich«, erwiderte er. »Ich handele lieber als Mensch und nicht als Held. Wenn Sie Menschen töten, dann schreien Sie im Grunde nach Anerkennung. Und wenn ich der bin, der für Sie alles aufdecken sollte und an die Öffentlichkeit trägt, dann haben Sie Ihr Ziel erreicht. – Aber macht es Sie glücklicher? Sind Sie durch ihre grausamen Taten gefühlvoller geworden, haben Sie dadurch neue Beziehungen zu anderen Menschen gewonnen? Sicher nicht. Jeder Mord an einem Menschen ist ein Gewaltakt gegen die gesamte Menschheit. Und deshalb handeln Sie verantwortungs- und würdelos. Und statt darüber befriedigt zu sein, entwürdigen Sie sich selbst. Damit will ich nicht meinen Artikel von damals verharmlosen. Im Gegenteil«, er unterbrach kurz, »auch ich habe mich schuldig gemacht, weil ich in Ihr Leben eingegriffen habe. Aber ich habe niemanden getötet.« Lux spürte den nassen Schweiß auf seiner Stirn.

»Sülzen Sie jetzt nicht herum«, knurrte Paulus. »Vielleicht verjährt Mord nie, aber seelische Grausamkeit verjährt genauso wenig. Ich habe Ihnen jedenfalls weder verziehen noch habe ich Ihr Geschmier je vergessen.« Paulus zog das Gewehr an sich heran, das ihm eben ein paar Zentimeter weggerutscht war.

Lux fühlte sich jetzt fiebrig und unerhört schwach. Ihm fehlte gerade jede noch so kleine Idee, wie er aus der Sache heil herauskommen könnte

»Sehen Sie den Schalldämpfer auf dem Gewehr?«, fragte Paulus. »Ein Stocker 250. Ohne dieses Ding hier feuert die Mündung. Ein Jäger wäre nachts geblendet und würde nicht sehen, ob er getroffen hat. Auf Entfernungen von unter hundert Metern und mit meiner Sieben-Millimeter-Munition schießt die Waffe leise und fast rückstoßfrei. Niemand wird mitbekommen, wenn ich mit Ihnen kurzen Prozess mache.«

»Wieso heißt das Ding Stocker?«, fragte Lux. Er wollte mit seinem gefährlichen Gegner im Gespräch bleiben. Ihn beunruhigte, dass der Schalldämpfer ein Krachen des Gewehrs verhindern und wahrscheinlich nicht einmal die aufmerksame Louise Piper etwas hören würde.

»Weil der Schalldämpfer aus vielen einzelnen Teilen, nämlich Bremse, Fänger, Dämmer, Back und dem Abschluss aufgestockt wird. Wie ein Bauwerk mit mehreren Etagen. Und die Zahl steht für sein Länge.«

»Da ist noch einiges übrig geblieben von Ihrer damaligen Ausbildung«, merkte Lux an.

»War das ironisch gemeint?«, bellte Paulus zurück.

»Ganz und gar nicht. Eher anerkennend.«

»Das reicht mir aber nicht«, sagte Paulus. »Ihre Anerkennung ist mir egal.« Er lief jetzt heiß wie ein Motor ohne Kühlwasser.

Lux versuchte es mit kühler Logik: »Sie werden niemals mit dem zufrieden sein, was Sie bekommen, oder? Sie werden niemals anerkennen können, was Sie haben, was Sie sind und was die Zukunft vielleicht für Sie bereithält. Sie werden immer ein Gejagter Ihrer selbst sein.«

Lux lehnte sich nach vorn und griff jetzt, vielleicht ein wenig zu hektisch, nach seinem Glas. Paulus missverstand seine Bewegung und drückte ab. Das Geschoss durchschlug erst den linken Oberarm von David Lux und vergrub sich dann in der Wand an der Fensterfront. Lux jaulte auf, ließ das Glas fallen und presste instinktiv seine Hand auf den glatten Durchschuss. Paulus drückte erneut ab. Dieses Mal hatte er auf die Schulter gezielt. Der Reporter kippte schmerzverkrümmt nach vorn aus dem Sessel.

»Langsam sterben, Lux, das ist die wahre Kunst eines Schützen, der sein Werk genießt. Im Grunde bin ich ein Künstler, der von einem Moment auf den anderen die Welt verändert. Oder, wie Sie so schön gesagt haben, *sich an der gesamten Menschheit vergreift.*«

Wie unter Wasser nahm Lux Paulus' Worte wahr, die für ihn immer weniger Sinn ergaben. Der Schütze war aufgestanden und hielt auf den Bauch des am Boden liegenden Mannes. Instinktiv rollte sich Lux blitzschnell weg, das Projektil schlug im Holzfußboden ein und hinterließ dort ein hässliches Loch. Dann stieß er mit einem Fuß gegen das Schienbein von Paulus. Mit so einer schnellen Reaktion hatte der nicht gerechnet. Er strauchelte und stürzte, auch wegen seiner hohen Absatzschuhe, der Länge nach auf den Teppich. Trotz der Verletzungen warf sich Lux nun auf ihn und versuchte ihm die Waffe zu entreißen. Doch Paulus war stark und wendig, packte die Handgelenke von Lux und verdrehte sie. Lux strampelte mit den Beinen und erwischte Paulus am Fußknöchel. Der heulte kurz auf und hieb Lux mit der rechten Faust aufs Gesicht. Doch Lux spürte es kaum, er wollte nur überleben und deshalb kämpfte er, egal wie es ausgehen mochte. Er verbiss sich in die andere Hand von Paulus, die immer noch sein Handgelenk umklammert hielt. Er spürte den Geschmack von Blut, doch er presste seine Kinnladen so fest zusammen wie ein Wolf bei einem Kaninchen. Paulus jammerte und brüllte, schlug wild um sich, doch Lux ließ nicht locker. Doch dann hatte Paulus mit der freien Hand den Schaft der Waffe gepackt und prügelte damit auf den Kopf des Reporters ein. Lux bekam den ersten Schlag noch mit, versank aber Millisekunden später in eine tiefschwarze Finsternis. Was dann passierte, ertrug sein Körper ohne Bewusstsein.

23

Im Hauptquartier der Rostocker Kriminalinspektion ging es derweil zu wie in einem Bienenstaat. Während Polizeihauptkommissar Delgado Anweisungen brüllte und verlangte, man solle ihm endlich den Kopf von Tom Paulus bringen, werteten seine Mitarbeiter fleißig wie Drohnen die gefundenen Dateien des Laptops aus. Immer neue Details kamen zum Vorschein. Paulus hatte ein umfangreiches Verzeichnis von allen Rostocker Polizeibeamten in Führungspositionen mit deren Namen, Vornamen und Adressen angelegt. Zudem fanden die Ermittler Hinweise auf Verabredungen für illegale Schießübungen in Wäldern des Landkreises. Paulus hatte Schmähreden, sogenannte Shitstorms, in sozialen Netzwerken gegen Psychotherapeuten und Ärzte initiiert, die sich für einen noch zurückhaltenderen Umgang bei Brustoperationen und Phalloplastiken, die Formung von Penissen aus der weiblichen Vagina, ausgesprochen hatten.

Eben landete ein umfangreiches Dossier auf dem Tisch von Delgado, das sich mit dem Aufenthalt von Christine Steiner in Australien beschäftigte. Delgado warf einen kurzen Blick hinein. Ihm wurde schnell klar, dass Christine Steiner als Tom Paulus völlig unbehelligt wieder nach Deutschland eingereist war und seither mit neuer Identität unerkannt lebte.

»Sabrina?«, rief er nach seiner Kollegin, die ihre weiblichen Reize heute wieder besonders eindrucksvoll zur Schau stellte. »Mit den Fotos in seinem Album können wir Paulus auch den Mord an Lena Hummel in die Schuhe schieben. Dann wären zwei Fälle auf einmal vom Tisch. Beide haben schon Rost angesetzt. Gibt's noch mehr?«

»Wir haben E-Mails zwischen beiden gefunden.« Sabrina wirkte leicht angespannt.

»Wie meinen Sie das?«, fragte Delgado. Auch seine Stimme vibrierte.

»Gemeinsames Leben, Pläne, Verabredungen. Sie waren sich offenbar sehr nah.«

»War Hummel etwa eine Lesbe?«

»Muss nicht. Vielleicht hielt sie Tom Paulus tatsächlich für einen Mann.«

»So eine Scheiße!«, entfuhr es Delgado. »Ich würde alles darum geben, wenn Paulus jetzt vor mir säße und ich ihn ausquetschen könnte wie eine Zitrone. Und danach: Ab mit ihm ins Loch.«

Sabrina hob den Finger wie eine Schülerin vor ihrem Lehrer.

»Was ist?«, fragte Delgado irritiert.

»Mir gefällt Ihre Tonlage nicht. Lux hatte schon recht. Sie sind, zumindest was diesen Fall angeht, offenbar vorbelastet und intolerant.«

Delgado reagierte unerwartet milde. »Ich bin Spanier«, sagte er, »ich habe Cojones und die sind für die Erhaltung der Art geschaffen, nicht für solche sexuellen Abartigkeiten.«

»Tom Paulus hat keine Cojones«, erwiderte Sabrina, »und er ist ein Mensch, schon vergessen?«

»Jaja«, wedelte Delgado mit den Händen, als verscheuche er ein Gespenst, »lassen Sie uns …«

»Was treibt eigentlich Ihr Freund Lux?«, unterbrach sie ihren Chef. »Vielleicht sitzt er mit Paulus schon längst beim Italiener und sie plauschen miteinander, während Sie hier herumschimpfen wie ein spanischer Gorrión?«

»Das soll der sich nicht trauen. Das wäre Vertuschung einer Straftat. Außerdem ist der spanische Spatz …«

Wieder unterbrach sie ihn. »Vielleicht hört ihm mit Lux endlich mal jemand zu?«

»Blabla.« Delgado wurde fuchtig. »Paulus ist ein mehrfacher Mörder. Schon vergessen?«

»Dennoch ein Mensch«, wiederholte Sabrina streng.

Delgado war an das Bürofenster getreten, riss es auf und zündete sich eine Zigarre an. Sabrina hatte recht, dachte er. Was trieb eigentlich sein Freund David Lux? Der Hauptkommissar wählte dessen Nummer. Das Handy klingelte ins Leere. Daraufhin versuchte er es auf dem Festnetztelefon. Auch ohne Erfolg. Er schwang sich auf seinen Schreibtischstuhl und schrieb erst eine Kurznachricht an Lux, dann eine E-Mail. Beides konnte der auf seinem Smartphone empfangen, das wusste Delgado.

Sabrina war vor dem Rauch aus dem Raum geflüchtet. Sie hasste Zigarren, aber irgendwie mochte sie ihren Chef, auch wenn der nach ihrem Geschmack manchmal zu sehr darauf pochte, Macho und Südeuropäer zu sein.

Das Telefon auf Delgados Schreibtisch klingelte. Eine ihm unbekannte Nummer. »Ja?«, fragte er rau.

»Mein Name ist Dr. Lungdal. Ich bin die Hausärztin von David Lux. Sie sind miteinander bekannt, hat er mir mal erzählt.«

»Und«, fragte Delgado herrisch, »was kann ich für Sie tun?«

»Lux hat heute Geburtstag. Und ich kann ihn nicht erreichen. Das ist sehr ungewöhnlich. Normalerweise ist er an seinem Geburtstag zu Hause und betrinkt sich. Das ist ein Ritual, seit ihm seine Frau vor sechs Jahren abhanden gekommen ist.«

Delgado dachte scharf nach. »Ich habe ihn eben versucht zu erreichen.«

»Und?«, fragte Dr. Lungdal.

»Er ist nicht ans Telefon gegangen.«

»Sie müssen nach ihm sehen!«, forderte sie energisch. »Vielleicht ist etwas passiert.«

»Nun mal sachte ...«, versuchte Karl Delgado sie zu beruhigen.

»Nein!«, widersprach die Ärztin. »Ich kenne David Lux sehr lange. Und ich kenne seine Gewohnheiten. Und so betrunken kann er nicht sein, am frühen Abend nicht ans Telefon zu gehen. Schon gar nicht, wenn er meine Nummer sieht.«

»Also gut«, sagte Delgado, den diese Fürsorge anrührte, »ich schicke einen Wagen hin.«

»Danke sehr, ich bin da, wenn Sie mich brauchen. Ich habe alles in der Praxis, um zu helfen.«

»Mache ich«, versprach Delgado. »Wiederhören.« Seine Stirn hatte sich umwölkt. Und er spürte, dass er sich von der Sorge, die sich andere um seinen Freund machten, anstecken ließ. Er wählte die Nummer des Polizeihauptreviers Bad Doberan. »Hier Hauptkommissar Delgado, Kriminalinspektion Rostock. Schicken Sie zwei Beamte in die Goethestraße 13. Der Bewohner heißt Lux. Wenn er die Tür aufmacht und gut aussieht, können Sie wieder abfahren. Wenn nicht, machen Sie bei mir Meldung. Und zwar sofort.« Er wartete kurz die Antwort der Gegenseite ab, legte dann den Hörer auf und programmierte sein Telefon auf eine Weiterleitung zum Handy. Dann eilte er ins kriminaltechnische Labor, das im Kellergeschoss lag. Ihn interessierte, welche Spuren seine Leute in der Wohnung von Tom Paulus gefunden hatten und er hoffte, dass sie dessen Verbindung zu den Mordopfern endgültig beweisen würden.

Zwanzig Minuten später schnarrte sein Smartphone. Er bellte ein »Was?!« in den Hörer, schwieg aber plötzlich.

»Herr Lux sieht gar nicht gut aus«, sagte die Stimme am anderen Ende. »Schüsse in den Oberarm und in die Schulter. Kopf und Stirn mit massiven Platzwunden. Wahrscheinlich Schläge oder Tritte. Eine Frau versorgt ihn, der Krankenwagen ist auf dem Weg.«

In einem Anfall von Wut spie Delgado auf den Boden des Labors. Sein spanisches Temperament kannte keine Grenzen. Er wischte schnell mit dem Fuß über die Spucke. »Gibt es irgendeinen Hinweis auf den Täter?« Er spürte aufsteigende Hitzewallungen.

»Nein, und wenn, dann dürften die Spuren verwischt sein. Die Frau hat …«

»Langweilen Sie mich nicht. Bringen Sie ihn in die Klinik! Wir dürfen ihn nicht verlieren! Und die Lady soll sich für eine Zeugenvernehmung bereithalten.«

»Geht klar.«

Delgado spürte Ohnmacht in sich aufsteigen. Keine Spur von Tom Paulus, ein halbtot geschlagener und angeschossener David Lux, eine ihm unbekannte Frau und ein Labor, das seiner Meinung nach viele zu lange brauchte, um verwertbare Tatsachen zu liefern. Als er den Korridor entlanghetzte, atmete er dabei hart und schwer. Er achtete auf jegliche Geräusche, und auch auf die, die er selber machte. Delgado drückte auf den Knopf des Fahrstuhls. Er zog sein Telefon heraus und sah seine Nachrichten durch. Er las die letzte von David Lux. Sie war bereits einen Tag alt. Aber eigentlich brauchte er sie nicht noch mal zu lesen, denn er wusste, was in ihr stand: Tom Paulus ist abgetaucht. Dass Lux recht hatte, wusste Delgado spätestens in dem Moment, in dem er die leere Wohnung von Paulus vorgefunden hatte und unverrichteter Dinge wieder abgezogen war. Stattdessen war er in die Physiotherapeutische Praxis eingedrungen und hatte Paulus' Praxisrechner beschlagnahmt. Er schnippte mit einem Fingernagel gegen sein Handy, während der betagte Lift schwerfällig heraufschwankte, ächzend wie ein mit Melonen beladener steinalter Pickup in der Kurve einer Serpentine vor Neapel. Der Hauptkommissar stürzte zu einem Wagen des Fuhrparks, warf sich in den Streifenwagen und raste mit Blaulicht von Rostock ins Bad Doberaner Krankenhaus. Wenn er auch vielleicht nicht reden konnte, so würde ihm Lux sicher aufschreiben, wer ihn so zugerichtet hatte. Und ihm ein bisschen den Kopf zu streicheln, dachte Delgado, machte auch immer guten Eindruck.

Seine Uhr zeigte 19:27, als er mit seinem heulenden Wagen und mit quietschen Reifen vor der Notaufnahme der Klinik hielt.

24

Im Schutz der fortschreitenden Dunkelheit pirschte sich Tom vorsichtig an sein Haus heran. Er war sich sicher, dass man ihn aufgespürt hatte. Für sein Gefühl sprach, dass Lux ausgerechnet bei ihm einen Behandlungstermin eingefordert und wahrscheinlich die Polizei informiert hatte. Paulus nahm einen Umweg durch benachbarte Gärten, drückte leise die Tür zum Fahrradkeller auf, der im Souterrain lag. Er gelangte ohne Widerstand durch das Treppenhaus in das Dachgeschoss. Auf seine zerstörte Wohnungstür und das Polizeisiegel reagierte er nur mit einem kalten Lächeln. Im Schlafzimmer warf er ein paar Kleidungsstücke, Ausweise und seine Geldbörse in eine Sporttasche und stellte sie griffbereit vor die Reste seiner Wohnungstür. Doch bevor er seine vier Wände für immer verließ, lümmelte er sich in einen seiner Ledersessel, der ihm einen schönen Blick hinunter in den Garten erlaubte. Ein fahles Licht lag wie ein weißes Laken vorn auf dem Rasen, nur der Fliederbaum, der auf einen Stamm gezüchtet war, war von der samtenen Dunkelheit der beginnenden Nacht verschluckt. Der Verband, den Tom um die Hand trug, war an manchen Stellen tiefrot eingefärbt. Er zog an einer Zigarette, die er schon zur Hälfte geraucht hatte. Das Gewehr lag neben ihm auf dem Boden. Noch immer fühlte er sich atemlos vom Geschehen der letzten zwei Stunden. Dass er David Lux eine Lektion erteilt hatte, erschien ihm mehr als gerechtfertigt. Tom Paulus hoffte, dass der Mann den Angriff nicht überlebte. Er war für ihn nicht mehr als ein Schmierenreporter, der sich als ein menschlicher Parasit bei Schicksalen anderer bediente und daraus eigene Geschichten machte.

Trotz aller Atemlosigkeit, trotz der noch immer in ihm bohrenden Aggression, fühlte sich Paulus befreit und ohne Schuld. Lena, Dr. Rechlin, seine Mutter und Lux waren für ihn Sinnbilder aller Pein, seine unmittelbaren Gegner in einer Welt der Intoleranz, der Ablehnung und der Verachtung. Warum musste Lena, in die er so sehr verliebt war, ihn im Moment seiner größten Hingabe unbedingt demütigen? Warum behandelte ihn sein Therapeut wie eine Störung der menschlichen Biologie? Warum beharrte seine Mutter darauf, eine Tochter zu haben, wenn er doch ihr Sohn war? Warum erschien in seiner größten Niederlage als Polizeischüler ein Artikel von David Lux, der ihn, Tom, vor aller Welt lächerlich machte?

Für Tom waren die Häutungen, die er durchgemacht hatte, zu kräftezehrend gewesen, als dass er sie sich von Menschen kaputt machen lassen würde, von denen er überzeugt war, dass sie ihm nur schaden wollten. Jedes seiner Opfer hatte seiner Ansicht nach das Recht auf das eigene Leben durch den Hass auf sein Anderssein verwirkt. Er drückte die Zigarette aus, die aber im Aschenbecher weiter glomm.

Doch hassten sie ihn wirklich oder unterlagen sie nur aus Schwäche einer Welt, in der die Norm alles und das Abnorme krankhaft ist? Nur ein paar Momente lang blitzte in Tom ein Gefühl wie Reue auf, das er aber sehr schnell wieder beiseiteschob. Vielmehr interessierte ihn nun ein gedankliches Resümee, das allerdings eine Person aussparte. Noch. Seine Gedanken waren jetzt wie Wellen einer starken Brandung. Er hatte seine frühere Identität als Frau umgebracht, war von Christine zu Tom geworden, hatte sich befreit von einem Malus, der ihn quälte und keine Perspektive bot: Er war in einem Körper gefangen gewesen, der ihn abstieß, der ihn aber bei anderen anzog. Das Weibliche war für ihn schizophren geworden. Er hasste seine Vagina, aber liebte sie bei anderen Frauen. Doch sein Ziel, vollständig und ohne Kompromisse bei sich selbst anzukommen, als Mann, den seine Umwelt auch als Mann akzeptierte, brauchte noch weitere Opfer. Tom sah diesen Umstand als notwendig an. Er würde erst dann frei sein, wenn wirklich diejenigen dafür büßten, die seiner endgültigen Identität im Wege standen. Im Grunde hatte er seine Brüste ermordet, indem er sie sich abschneiden ließ. Die Mastektomie und die Gebärmutterentfernung waren in seinen Augen nur konsequent gewesen. Denn nichts machte einen Körper mehr zu einer Frau, als ihre Brüste, die sich durch die Kleidung weithin abzeichneten, und die Blutungen, die jeden Monat kamen.

Doch der fehlgeschlagene Aufbau eines künstlichen Penis, die damit einhergegangene verstümmelte Vagina und der fast vollständige Verlust seiner körperlichen, sexuellen Empfindungen hatten ihn noch weiter verbittert, als er es ohnehin schon war. Tom spuckte aus dem Fenster. Der Gesang einer Amsel wehte aus dem Flieder zu ihm nach oben, irgendwo weiter hinten war das Quietschen eines Fahrrads zu hören, das abrupt abgebremst wurde. Wo waren seine

Hoffnungen, seine Wünsche, seine Lüste? Er war bei seinem Geschlechterwechsel konsequent aufs Ganze gegangen – und hatte dabei verloren.

Gerade wollte er sich eine nächste Zigarette anzünden, als er ein Geräusch hörte. Was, wenn es die Polizei war? Er musste jetzt endlich aus der Wohnung heraus. »Wer ist da?«, fragte er durch den dunklen Raum. Ihm antwortete eine weibliche Stimme. Doch sie klang entschlossen und hart und er kannte sie.

»Schatz!«, rief er erfreut.

Tom fiel Sarah um den Hals, die sich aber schnell wieder von ihm loslöste. »Ist was?«, fragte er verwirrt.

»Erzähl du es mir«, sagte sie kühl und steuerte auf den Sessel zu, in dem Tom eben noch gesessen hatte. Ihre Augen fielen auf das am Boden liegende Gewehr. »Du hast auf ihn geschossen, nicht wahr? Meine Mutter hat ihn gefunden und mutmaßlich gerettet. Sie hat den Krankenwagen gerufen.« Sarah bückte sich blitzschnell und hielt jetzt den Bergstutzen in der Hand. Sie spannte den Hahn so, wie Tom es ihr schon oft gezeigt hatte. Tom war ihr gefolgt, doch bevor er ihr zu nahe gekommen war, richtete sie den Gewehrlauf auf ihn.

»Sarah! Was zum Teufel …?«

»Tritt zurück!«, sagte sie mit entschlossenem Gesicht und gefährlich funkelnden Augen. Tom wich ein paar Schritte seitwärts von ihr weg. Sie folgte ihm mit dem Gewehrlauf. »Woher wusste deine Mutter Bescheid?«, grollte er böse.

»Sie achtet auf ihn. Sie kennen sich mittlerweile sehr gut. Schließlich wohnen sie fast Tür an Tür. «

»Das wusste ich nicht.« Er bewegte sich leicht. Sein Gesicht war so rot wie blühender Mohn.

»Jetzt weißt du es«, sagte sie mit einer Stimme aus Eis. Sie ließ ihn nicht aus den Augen.

»Was hast du nun vor?«

»Dich erlösen. Setz dich!«, knurrte sie leicht pathetisch und rückte dabei auf Tom vor wie ein Gardesoldat auf einen Feind.

»Aber mein Engel ...«, stammelte Tom, wich langsam zurück und blieb vor dem Sessel stehen.

»Wenn hier jemand ein Engel ist, dann bist du es«, sagte Sarah hart, »ein gefallener Engel. Luzifer. Du wirst mir dankbar sein, nicht im Gefängnis zu vermodern. Denn ich werde deine Seele vorher erlösen. Und zwar mit diesem Ding hier.« Sarah hob das Gewehr kurz an. Sie machte nicht den Eindruck, als suche sie Spaß.

Tom lachte dennoch plötzlich laut auf. »Du klingst wie in einer Rolle aus einem abgefuckten Bühnenstück.«

Sie musterte ihn ernst, distanziert und mit der Ausstrahlung eines Gletschers.

»Ach«, schnappte Tom jetzt, »du meinst es wirklich ernst?« Beide standen sich jetzt nicht mehr gegenüber wie ein Paar, das sich einst liebte. Sie standen sich gegenüber wie Gegner, bei denen es um Leben oder Tod ging. Die Frage war nur: Wer würde es überleben? »Wie lächerlich du aussiehst«, versuchte Tom die Taktik der Einschüchterung. »Du stehst da mit einem Gewehr wie ein dummer Schützenlehrling, der von nichts eine Ahnung hat.«

»Und du wie einer, der sich gleich in die Hosen macht«, konterte Sarah. Ihre Hände umfassten das Gewehr mit aller Kraft. Sie spürte, wie ihr langsam die Luft wegblieb. ›Jetzt bloß keinen asthmatischen Anfall‹, dachte sie panisch und versuchte sich auf die Situation zu konzentrieren. Ihr Gesicht war nicht sonderlich gut durchblutet, aber sie zitterte nicht. Das Gewehr hielt sie jetzt wieder ruhig und konsequent auf Tom gerichtet. »Interessiert dich mein Plan?«, fragte sie. Um ihre Lippen spielte ein merkwürdiges Lächeln. Tom machte eine Bewegung. »Hier geblieben«, knurrte Sarah.

»Was ist denn dein Plan?«, rasselte Tom.

»Ich schieße dir in den Mund, sodass es wie Selbstmord aussieht. Du hast auf dem Sessel gesessen, dir das Gewehr vors Gesicht gehalten, das Rohr am Gaumen. Und du hast abgedrückt. Du hast einen Abschiedsbrief geschrieben, in dem du zugibst, Lena und einen Therapeuten umgebracht und einen Reporter schwer verletzt zu haben. Und du wirst dort hineinschreiben, dass du dich endlich erlöst hast von deiner unendlichen Suche nach dir selbst, deiner eigenen Intoleranz der Gesellschaft gegenüber und den Folgen, die das für unschuldige Menschen hatte.«

»Vergiss nicht meine Mutter.« Tom schien jetzt fast ein wenig amüsiert zu sein.

»Du hast sie auch …?«

»Ja, vor ein paar Tagen. Sie ist die Urzelle gewesen.«

»Was meinst du damit?«, fragte Sarah, blieb dabei mit ihrem Gewehr zu Tom auf Distanz.

»Ich war und blieb für sie Christine. Völlig inakzeptabel.«

»Du bist verrückt.«

»Vielleicht«, schnarrte Tom zurück, »aber ich bin konsequent vorgegangen …«

»… was anderen den Tod brachte«, beendete Sarah seinen Satz und rückte wieder einen Schritt auf ihn vor.

Tom wich weiter mit bleichem Gesicht zurück. »Und deshalb willst du mich töten? Können wir das nicht auf friedlichere Weise klären?«

»Nein, ich töte dich, damit andere am Leben bleiben. Weil du sonst noch weitere unschuldige Menschen umbringst, von denen du glaubst, dass sie dich nicht so akzeptieren, wie du dich akzeptiert sehen willst. Und ich töte dich, weil du sonst nie deinen Frieden findest.« Bis hierher hatte Sarah ihre Stimme unter Kontrolle gehabt, doch jetzt kippte sie ins Sopran: »Und ich wäre als Nächste dran gewesen, ich weiß es!«

»Nein!«, sagte Tom scharf. »Ich vertraue dir. Sonst hätte ich dich nicht in alles eingeweiht. Ich bin zwar ein Einzelgänger, aber du bist meine Beziehung. Ich beseitige nur die …«

Sie unterbrach ihn schroff. »Du hast drei Menschen auf dem Gewissen und alle mussten sterben, weil du glaubtest, sie würden dich lediglich als Störung betrachten. Nein, Tom, du bist nicht krank, weil du dich trotz deines weiblichen Körpers als Mann fühlst. Du bist krank und gestört, weil du deshalb mordest. Du dachtest, deine Seele würde durch deine Taten Frieden finden. Doch das hat sie nicht und das wird sie im Knast erst recht nicht. Und wer weiß, wer dir morgen begegnet und dessen letzte Stunde geschlagen hat, weil du dich von ihm oder ihr zurückgesetzt, beleidigt, diffamiert fühlst?«

Tom Paulus glotzte wie ein Gaffer bei einem Verkehrsunfall.

Sarah verlor die Geduld: »Sag etwas! Rede mit mir!« Ihre Wut kollerte durch den Raum wie der Donner schwerer Geschütze.

»Solange du die Knarre auf mich richtest, sage ich gar nichts mehr«, antwortete Tom trotzig, machte jäh einen Schritt auf sie zu und hob dabei ruckartig beide Arme, als wollte er sie umarmen.

Sie drückte reflexartig ab und riss dabei den Lauf nach oben. Das Geschoß zerriss seinen Mund, die Nase und die Augenhöhlen. Es drang tief in sein Hirn ein, trat am Hinterkopf wieder heraus und schlug in die gegenüberliegende Wand ein. Vor ihr lag ein in sich zusammengekrümmter Mensch, unter dessen Kopf sich schnell eine Blutlache ausbreitete. Panikartig warf Sarah die Waffe von sich, die auf dem flauschigen Teppich kaum hörbar aufschlug. Sie brach in Tränen aus, fasste sich aber schnell wieder. Sie hob Tom auf und zog ihn mit aller Kraft auf den Sessel, dessen Lehne beinahe genau unter dem Einschussloch des Projektils in der Wand stand, und drapierte ihn wie einen Menschen, dessen Kopf durch die Wucht des Geschosses nach hinten weggekippt war. Sie säuberte die Waffe, drückte seine Hände auf den Schaft, den Lauf und den Abzug und stellte sie zwischen die Beine der Leiche. Dann nahm sich die Archivarin ein paar Handschuhe von der Garderobe, setzte sich an den Laptop und schrieb einen Abschiedsbrief in seinem

Namen. Sie schrieb von Enttäuschungen und Qualen, von Reue und dem Glauben an Gott. Sie druckte ihn nicht aus, weil sie glaubte, dass es leicht sein würde, herauszufinden, ob der Brief vor oder erst nach dem Tod geschrieben worden war. In ihrem Kopf begannen die Gedanken zu kreisen. Eben war sie noch klar gewesen. Doch jetzt offenbarten sich Gefühle der Furcht. ›Du musst dich jetzt zusammenreißen‹, sagte sie sich. ›Du musst hier vor allem schnell weg.‹ Da sie sowieso bei Tom, ihrer bis eben festen Beziehung, ein und aus ging, war es nicht nötig, dass sie die Wohnung von ihren Spuren reinigte. Sie schaute sich noch einmal um, ob sie etwas vergessen hatte, und schlüpfte dann durch die Reste der Tür und über das Treppenhaus ins Freie.

»Die Frau von vorhin verlässt das Haus«, sprach ein Polizeibeamter in das Funkgerät seines im Schatten der Dunkelheit geparkten Autos. »Weiter auf Paulus konzentrieren«, erhielt er zur Antwort.

Der Mond war hinter Nachtwolken verschwunden und der Garten vor Toms Wohnung hatte sein Leuchten verloren. Der Rasen war nun wieder schwarz und der Flieder in der Finsternis versunken.

25

Keine Nacht war wie die andere, kein Traum glich dem der Nacht zuvor. Lux gewöhnte sich allmählich an sein vorübergehendes Quartier in der Klinik für Unfallchirurgie im Krankenhaus Bad Doberan. Einquartiert in ein Einbettzimmer, kurierte er seine Verletzungen ohne Scham vor fremden Blicken haben oder das Gejammer von Leidensgenossen ertragen zu müssen aus. Doch trotz aller Privatheit und

Stille schlief er mit den Verbänden und Schienen, der Gesichtsmaske und den bandagierten Händen mehr schlecht als recht, träumte wieder und wieder von den Angriffen auf ihn aus immer anderen Perspektiven und mit anderen Inhalten.

Auf dem Boden, dem Fensterbrett und auf seinem Nachttisch standen Vasen und Wasserflaschen mit allerlei Blumen der Saison. Von Hauptkommissar Karl Delgado kamen blau blühende Stranddisteln und eine kleine weiße Karte mit dem Satz: *Schmeißfliegen sind nicht totzukriegen.* Den Briefumschlag, der an der Seite im Topf steckte, hatte Lux allerdings noch nicht bemerkt. Louise Piper wagte sich mit einer Menge roter Rosen und einer mit Herzen bedruckten Postkarte noch einen Schritt näher an David Lux heran. Von Sarah, ihrer Tochter, die Tom erschossen hatte, aber bislang völlig unbehelligt geblieben war und für die sich kein einziger Polizist interessierte, kam ein Töpfchen mit gelben Tulpen und einem Zettel auf dem stand: *Von Ihren guten Feen aus dem Nachbarhaus.* Susanne, seine ehemalige Sekretärin aus der Lokalredaktion, seine Einflüsterin von Fällen, die weder die Reporter noch die Polizei zu lösen vermochten, spendierte einen Strauß bunter Frühlingsblüher samt neuem Auftrag, aufgeschrieben in einem Briefchen: *Erinnerst du dich an den menschlichen Knochenfund vor ein paar Jahren am Weststrand hinter Prerow? Ich habe spannende Neuigkeiten und Details. Komm schnell auf die Beine. Du wirst gebraucht!*

Beinahe 48 Stunden war der Angriff auf Lux her und die Ärzte machten ihm die Hoffnung, dass er insgesamt nicht mehr als drei Wochen hier verbringen würde. Es war kurz vor Mitternacht. Lux lag wie festgeschnallt im Bett, horchte auf die Geräusche eines Käuzchens, die der Wind zu ihm durch das geöffnete Fenster wehte. Die Luft roch nach der Feuchte einer noch längst nicht warmen Frühlingsnacht. Ein Tropf flößte ihm langsam aber hingebungsvoll ein schmerzstillendes Medikament in den Unterarm. Lux sah, dass es zur Neige ging.

Es war weit nach Mitternacht, als er endlich in den Schlaf dämmerte. Wohl weil er sich davor fürchtete, dass ihn der Albtraum des Gefängnisausbruches erneut heimsuchen könnte, ging ihm auch heute Nacht die brutale Schlägerei nicht aus dem Kopf, an der auch er in seinem Traum mitgewirkt hatte. Er versuchte seine Traumerinnerungen zu verscheuchen, doch es gelang ihm nicht. Auch Tom Paulus, dessen Maskerade und der Gewehrlauf, aus dem plötzlich Patronen geschossen kamen, gingen ihm nicht aus dem Kopf. Um die bösen, flackernden Erinnerungsfetzen loszuwerden, dachte er an die vielfältigen Zärtlichkeiten, die er mit Louise

Piper ausgetauscht hatte, stellte sich warme Tage zu zweit an einem weißen Strand am Mittelmeer vor und sann darüber nach, wie viel Geld er wohl bräuchte, um sich bei ihr zu bedanken, wie sie es verdient hatte.

Zwischen Wachheit und Schlaf spürte er seinen trockenen Mund. Lux fingerte schläfrig nach einem weißen Kabel, das hinter seinem Bett aus der Wand kam und an dessen Ende eine Art Schalter saß. Er drückte.

Einen kurzen Moment später stand ein Nachtpfleger an

seinem Bett, ein junger Mann mit blasser Haut, hellen Haaren und Nickelbrille. »Was kann ich denn *jetzt* für Sie tun?«, fragte er unwirsch.

Lux sah ihm an, dass er ihn wohl aus einem Nickerchen gerissen hatte. »Ich bin durstig. Was haben Sie denn so im Angebot?« Lux grinste ihn versöhnlich an.

Der Nachtpfleger wurde keine Spur freundlicher. »Wasser, Tee …?«

»Ich nehme Wasser, möglichst kühl, keine warme Brühe.«

Das Jüngelchen verschwand und kehrte nach wenigen Augenblicken wieder zurück. In der Hand ein stilles Wasser im Glas.

Lux drückte auf den Lichtschalter an seinem Kopfende, nahm es ihm ab und trank. Der Pfleger sah auf ein schmales Messinstrument, auf dem drei Nullen giftig grün leuchteten. Er packte nach dem linken Oberarm des Patienten, schnallte ihm ein schmales Band um und drückte auf einen Knopf des Geräts. Aus den Nullen wurden Blutdruck- und Herzrhythmuswerte. Dann stellte er noch die Vasen ein wenig um, zupfte noch ein bisschen an der Bettdecke, nestelte an den Jalousien der Fenster und wünschte dem Patienten beim Hinausgehen einen angenehmen Nachtschlaf. Lux erwiderte die Wünsche höflich und wollte schon den Lichtschalter an der Wand an seinem Kopfende drücken, als sein Blick auf das weiße Briefkuvert fiel, das an Delgados Distelstrauß mit einer feinen Nadel angesteckt war.

Er drehte den Umschlag auf seine Vor- und Rückseite, entdeckte aber weder einen Gruß, noch eine anderweitige Mitteilung. Er schlitzte ihn ohne Erwartung und eher gedankenverloren mit einem Fingernagel auf. Innenliegend fand er ein schmales Dokument mit der Aufschrift *Verrechnungsscheck*, das auf seinen Namen ausgestellt war. Eine Belohnung für die Ergreifung eines gesuchten Täters über 5000 Euro. Auf dem Scheck klebte ein gelber Post-it-Zettel, auf dem stand: *Der Staatsanwalt ist der Meinung, dass dir das Geld zusteht. Karl.* Der Puls von Lux nahm Fahrt auf. Er war hellwach. Die giftgrüne Zahl zeigte ihm nun eine 83, der sich schnell auf 90 Schläge in der Minute steigerte. Lux spürte nicht ohne Wohlgefühl, wie schnell sein Herz jetzt pumpte, wie das Blut in ihm kreiste und ihn von innen heraus wärmte. Vielleicht sollte er dieses Hochgefühl mit derjenigen teilen, die ihm so nahe gekommen war? Die auf ihn, ohne es selbst zu bemerken, geachtet hatte und die offensichtlich mit ihrer Tochter, der Liebhaberin von Tom, dabei gemeinsame Sache machte? Den Scheck fest mit der Hand umschlossen, tippte er auf seinem Handy eine Nummer ein. Nur die Mailbox. Lux sah auf die Uhr. »Kein Wunder«, murmelte er und hinterließ eine Nachricht, die er mit einer feierlicher Stimme garnierte: »Herzlichen Glückwunsch. Sie haben 5000 Euro gewonnen. Wie wär's mit einer Reise für Sie und Ihren Partner?« Dann trennte er die Verbindung. Die Mimik seines Gesichts erzählte jetzt von Hoffnung, Abenteuerlust, Liebe und neuem Lebensmut. Sein Puls hatte sich wieder normalisiert, doch seine Hochgefühle waren geblieben.

Er legte sein Telefon auf dem Nachttisch neben sich ab, ordnete seine Bettdecke neu, schnippte mit einem anderen Fingernagel gegen den Schlauch, aus dem die letzten Reste der Elektrolyte tropften und besah sich die Zehen seiner Füße, die unter der Bettdecke hervorlugten. Er legte sich seinen heilen Arm unter den Kopf und schloss die Augen. Mit einem feinen Lächeln auf den Lippen dämmerte er noch einige Minuten zwischen diffuser Wachheit und Schlaf und glitt dann in die Arme von Morpheus, dem Gott des Traumes …

Der Zeremonienmeister lebhafter Bilder und tiefer Gefühle entsendet ihn auf den Friedhof nach Kühlungsborn. Lux sieht sich selbst, wie er als Mönch gekleidet nach einem Holzkreuz sucht. Er spaziert beinahe schwebend von Baum zu Baum, und entdeckt es schließlich auf einer kleinen Anhöhe, um die drei Birken gruppiert stehen. Sie wachsen so weit in den Himmel, dass er ihre Spitze nicht mehr sehen kann. Das Kreuz schimmert an seinen Kanten, als wäre es aus purem Gold. Lux fällt in das weiche Gras und starrt auf die Kronen der Birken, die weit oben wogen wie die ewigen Wellen eines Oze-

ans. Er entzündet eine Fackel, aus deren Flamme augenblicklich schwarzer Rauch an den Stämmen der Birken emporsteigt und sich irgendwo in ihren Baumkronen verliert. Im Licht der Flamme flackert der Schatten des Kreuzes wie ein springender Kobold von Stamm zu Stamm. Lux tritt dicht an das Kreuz heran und liest darauf drei Namen: Christine, Tom, Sabine.

Mit der Fackel in der Hand bettet er erst ›Hamlet‹ von Shakespeare, dann ein Gewehr und schließlich eine Flasche Whiskey auf die Erde unter das Kreuz. Angelockt durch das Licht der Fackel gaukelt ein schwarzer Nachtfalter aus dem Dunkel in die Flamme und verbrennt in ihrer Hitze so schnell wie ein Wimpernschlag.

26

Es war irgendwann gegen Morgen, als er von einem schurrenden Geräusch geweckt wurde. Er öffnete seine Augen einen winzigen Spalt breit. Eben noch hatte er eine Fackel in der Hand getragen und war auf einem Friedhof unterwegs gewesen. Nun schien es ihm, als stünde jemand in seinem Zimmer. Wieder hörte er dieses leise knarzende Geräusch, als seien Ratten unterwegs. Lux drehte
 sich vorsichtig in die Richtung der Zimmertür. Das Geräusch schien aus der Ecke zu kommen, hinter der das Bad lag. Doch dahin fiel kein Licht, das wegen der beinahe geschlossenen Jalousien ohnehin nur sehr schwach von der Straße hinein ins Zimmer fiel. Er sah sein Bett, er sah seine Füße, er sah das Messgerät, aber sonst sah er nichts. Aber er hörte etwas. Es schien näher zu kommen.

»Wer ist da?«, fragte er leise knurrend, während er die kleine Nachttischlampe einschaltete.

Und dann stand, wie aus dem Nichts kommend, eine Frau im weißen Kittel und mit Handschuhen an der Seite seines Bettes, einen neuen Tropf in der Hand. Sie trug einen Mundschutz, der beinahe ihr gesamtes Gesicht verdeckte. Lux war verwundert. Im schwachen Licht sah er ihre auffällig grünen Augen und die Sommersprossen auf der Stirn. Ihre Falten verrieten ihm, dass sie Mitte vierzig oder darüber sein musste. Aber warum der Mundschutz?

»Ihr neuer Tropf«, sagte die Schwester knapp. Um die Beutel auszutauschen, musste sie sich etwas vornüber beugen. Auf ihrem Namensschild, das sie auf der linken Seite ihres Kittels in Brusthöhe trug, konnte Lux *Schwester Charlotte* lesen. Sie drückte die Zuleitung in den Zulauf des gefüllten Tropfs. Die Frau öffnete das kleine Ventil. Sie verließ das Zimmer wortlos und genauso still, wie sie zuvor hineingekommen war.

David Lux spürte in seiner Vene ein leichtes Brennen. Er schloss die Augen.

Ende

Danksagung

Mein Dank gilt dem Endokrinologen Dr. Achim Wüsthof vom Endokrinologikum in Hamburg.

Dank an alle »transidenten« Menschen, die mich bei diesem Buch unterstützt und mich mit Details versorgt haben. Ich bewundere Euch für den Mut, die Kraft und die Geduld, mit Euch selbst und anderen menschlich umzugehen. Meine Hoffnung ist, dass die Norm das Andersdenkende, Andersfühlende und Anderslebende als einen Teil der Norm begreift.

Danke auch an meinen Lektor Henry Gidom und den Hinstorff Verlag.

Mein besonderer Dank gilt F.-L. Ibrahim.

Sie erreichen den Autoren unter seiner Internetseite:
www.marckayser.com

Musikstücke

Teil I

Kap. 6: Bob Dylan – Like A Rolling Stone
Kap. 7: The Beatles – Let It Be
Kap. 17: Deep Purple – Smoke On The Water
Kap. 20: Delgado hört „Klassische Musik“ (unpräzise)
ebd.: Udo Jürgens – Mit 66 Jahren
Kap. 22: MUSE -Hysteria
Kap. 23: The Sweet – Fox On The Run
Kap. 24: Led Zeppelin – Since I‘ve Been Loving You

Teil II

Kap. 3: Black Sabbath – Shot In The Dark
Kap. 5: Black Sabbath - Paranoid
Kap. 18: Weckradio bei Tom (unpräzise)
Kap. 20: Bob Dylan – Blowin‘ In The Wind
ebd.: Glenn Miller – A String Of Pearls
ebd.: weitere Lieder am Abend mit Louise (unpräzise)
Kap. 21: Bob Dylan – Album Slow Train Coming
ebd.: Bob Dylan – Just Like A Woman
ebd.: B.D. - It`s All Over Now, Baby Blue

Weitere OSTSEEKRIMIS

Elke Pupke
Tödliches Geheimnis auf Usedom
272 Seiten | 12,99 €
ISBN 978-3-356-01884-4

Volker H. Altwasser
Rostock, letzte Runde
320 Seiten | 12,99 €
ISBN 978-3-356-01993-3

Frank Goyke
Doppelmord
Fritz Reuters erster Fall
336 Seiten | 12,99 €
ISBN 978-3-356-01903-2

Burkhard Wetekam
Schwarzes Gold am Bodden
368 Seiten | 12,99 €
ISBN 978-3-356-01883-7

Liebe Leserin, lieber Leser, wir freuen uns über Ihre Bewertung im Internet!

Die Deutsche Nationalbibliothek verzeichnet diese Publikation in der Deutschen Nationalbibliografie; detaillierte bibliografische Daten sind im Internet über
http://dnb.ddb.de abrufbar.

1. Auflage 2016
Herstellung: Hinstorff Verlag GmbH
Lektorat: Henry Gidom
Titelbild: Seebrücke Kühlungsborn: mauritius images/imageBROKER/
Sabine Lubenow; Falter: Kunstart.net/pixelio.de
Druck: GGP Media GmbH, Pößneck
Printed in Germany
ISBN 978-3-356-02012-0

MIX
Papier aus verantwortungsvollen Quellen
FSC® C014496

ALS E-BOOK ERHÄLTLICH